Collection dirigée par Glenn Tavennec

L’AUTRICE

Née dans un chalet de montagne d’une mère punk-rock, Tess Sharpe a grandi dans la Californie rurale. Elle vit au fond des bois avec une meute de chiens et une colonie grandissante de chats vaguement sauvages. *Six baisers manqués* est son deuxième roman paru dans la collection R après *Si loin de toi*.

Elle vous invite à la retrouver sur Twitter @sharpegirl.

Retrouvez tout l’univers de
SIX BAISERS MANQUÉS
sur les réseaux sociaux de la collection R

COLLECTION R

TESS SHARPE

SIX baisers manqués

(et une histoire d'amour)

traduit de l'anglais (États-Unis) par Magali Duez

Éditrice : Elsa Whyte

Loi n° 49-956 du 16 juillet 1949
sur les publications destinées
à la jeunesse et aux jeunes adultes.

Titre original : *Six Times We Almost Kissed (And One Time We Did)*

ISBN : 978-2-221-26823-0
ISSN : 2258-2932
Dépôt légal : juillet 2023
Éditions Robert Laffont – 92, avenue de France, 75013 Paris

Pour toutes les personnes qui veillent trop tard à lire des fanfictions où la tension monte lentement jusqu'au baiser tant attendu.

Et pour les autrices et auteurs qui nous alimentent.

PREMIÈRE PARTIE

CHANGEMENT

(ou : La première fois dans la remise à foin)

1

Penny
21 juin

« Réunion de famille à 18 heures, ce soir. Ne sois pas en retard ! »

Je suis en train de lire le message tandis que June passe à côté de moi en attachant son tablier.

— Tu as fini la mise en place ?

— Oui, je réponds. Et j'ai rempli toutes les bouteilles de ketchup.

— Ça va ? dit-elle en me lançant un regard inquisiteur, car je serre mon téléphone un peu trop fort, et j'ai les yeux rivés sur le message de ma mère.

Je plaque un sourire sur mon visage, et réponds :

— Ça va. Je dois y aller. À tout à l'heure ?

— À tout', Pen.

Un autre texto arrive alors que je suis en train de partir : « Peux-tu passer prendre Tate à la piscine ? Anna est rentrée avec moi à la maison, elle ne se sentait pas très bien. »

Donc quand ma mère a mentionné une réunion de famille, elle parlait vraiment d'une réunion de famille. Elle et Anna ne sont pas sœurs. Elles aiment à dire qu'elles sont plus que ça. Meilleures amies, à la vie à la mort. Unies par un lien plus puissant que celui du sang.

Est-ce que Manou sera là aussi ? J'ai la tête qui tourne, mais je ne sais pas sur quelle crise me concentrer… Est-ce que l'impulsivité de ma mère a encore fait des siennes ? Ou bien vont-elles nous annoncer de mauvaises nouvelles concernant la santé d'Anna ? Ce sont les deux gros sujets qui dominent nos vies… à moins qu'elles aient prévu une espèce d'intervention. Mais je n'ai rien fait pour mériter qu'on me fasse la leçon, sauf à la limite si on prend en compte le code couleurs du calendrier qui occupe tout un mur de ma chambre. Tate m'a dit que c'était exagéré, mais elle dit ça de tout ce que je fais.

OK. Peut-être que je mens un peu sur les bords. Je fais bien quelque chose que ma mère m'a interdit de faire. Mais si elle l'avait découvert, elle m'aurait déjà traquée pour me hurler dessus plutôt que de prendre le temps d'organiser une réunion de famille.

Donc ça ne peut pas être mon truc.

Est-ce que Tate a besoin d'une intervention ? Impossible. Tate ne fait rien à part des longueurs de natation, et lever les yeux au ciel quand je parle. Tate, c'est la fille parfaite. Anna n'a jamais à s'inquiéter pour elle, comme ma mère aime à le répéter avec envie. Alors que moi, je suis « pénible ».

Je repense au message et réponds : « Bien sûr. » même si passer plus de dix minutes avec Tate dans ma voiture est en général synonyme de désastre.

Je ne reçois pas de message en retour. Aucune information supplémentaire.

Ça veut dire que quelqu'un est en train de mourir, c'est ça ?

Non. *Bon sang*. Arrête de flipper. Ne pense pas à…

Quelqu'un est déjà mort.

Merde.

Vais-je un jour passer vingt-quatre heures sans y…

Bien sûr que non. C'était mon père.

Impossible d'oublier.

Elle porte son alliance autour du cou. Ma mère. Quand elle l'a récupérée, la bague avait été coupée pour être retirée de son doigt. Elle était tellement énervée qu'elle a jeté l'une des moitiés à travers le salon. J'ai essayé de l'en empêcher, mais rien n'aurait pu l'arrêter… ou c'est peut-être juste que je n'ai pas su m'y prendre.

Anna a su, elle. Elle a serré ma mère dans ses bras et elle m'a envoyée dehors avec Tate. À ce moment-là, maman vivait avec Anna, tandis que j'habitais avec Manou, la mère de papa. Anna a retrouvé le morceau et a fait réparer l'alliance. Deux ans plus tard, ma mère la porte en permanence.

Est-ce que c'est Anna ? Le ventre noué, je sors du parking du Blackberry. J'ai du mal à me rappeler l'époque où Anna était en bonne santé. Elle a eu un cancer des ovaires quand Tate et moi étions petites, mais cela fait plusieurs années qu'elle est en rémission. Sauf qu'elle est retombée malade. L'année dernière, on lui a diagnostiqué un déficit en alpha-1, une maladie génétique qui peut causer des lésions au foie et aux poumons. Chez Anna, c'est le foie qui est touché. Dès qu'elle l'a appris, ma mère est passée en mode « recherche de solutions ».

Je tourne au coin de South Street pour me rendre à l'autre bout de la ville.

La piscine se trouve dans un immeuble de béton style années soixante-dix moche, toit incliné compris. Un vestige de l'époque où l'agglomération était censée grossir, avant que l'explosion du marché du bois fasse un flop.

À l'intérieur, la moitié des projecteurs sont déjà éteints, ce qui fait briller le bassin.

Le chronomètre dans son champ de vision, elle se donne à fond.

Je ne peux pas m'empêcher de l'observer quelques instants. Je défie n'importe qui de ne pas se laisser hypnotiser par ce spectacle, par la façon dont Tate évolue. Elle n'a rien d'une sirène. Non, Tate est un requin, elle trace dans l'eau comme si c'était son élément naturel et comme si elle avait une destination précise en tête.

Elle est seule dans le bassin. Les filles de l'équipe ne nagent pas ensemble en été, ou en tout cas, elles ne nagent pas avec Tate.

Elle est toujours la dernière à sortir. Ça aussi je le sais, tout comme je sais que la regarder fendre l'eau va m'obliger à me concentrer fortement sur mes pieds pendant quelques pas. Avant, elle était la dernière parce qu'elle s'entraînait plus dur que tout le monde. C'est encore le cas, mais ce n'est plus la seule raison. Désormais, elle reste dans l'eau jusqu'à ce que toutes ses coéquipières soient parties parce qu'elle n'est amie avec aucune d'entre elles. Et c'est à cause de moi. Tate a l'air de s'y être faite, mais je ne vois pas comment c'est possible, alors que même moi je n'y arrive pas.

Comme elle ne m'a toujours pas remarquée, je vais jusqu'à la pile de planches et de pullbuoys, en prends un et le jette dans sa direction. Il heurte l'eau devant elle – je ne suis peut-être pas une athlète de haut niveau, mais je sais viser – et elle se redresse brusquement en plein mouvement.

Tournant lentement sur elle-même, elle ne retire même pas ses lunettes de natation en me voyant.

— Sérieux ? demande-t-elle.

Avant que j'aie eu le temps de répondre, elle attrape le pullbuoy qui flotte devant elle, et me le renvoie avec une telle précision que je suis à peine assez rapide pour l'esquiver.

Le gloussement qui m'échappe est totalement involontaire. Elle le sait, car elle réprime un sourire en nageant vers le bord du bassin.

Elle pousse sur ses bras pour sortir de l'eau, et je me tiens à l'écart afin qu'elle ne puisse pas m'éclabousser en s'ébrouant comme un chien. Je me suis assez fait avoir quand nous étions petites. À de multiples reprises, car apparemment mon intelligence ne s'applique pas à tous les domaines... surtout quand il s'agit d'elle.

Tate porte deux maillots de bain de compétition l'un sur l'autre et un short fait dans une matière qui augmente la résistance de l'eau afin d'obliger l'athlète à produire un effort supplémentaire. Une déchirure sur une des jambes du short attire mon regard. Elle enroule sa serviette autour d'elle et demande :

— C'est ma mère qui t'envoie ?

— Non, la mienne. Tu devrais jeter un coup d'œil à ton téléphone.

Elle se dirige vers son sac en retirant d'un geste brusque son bonnet de bain et ses lunettes. Puis elle en sort son peignoir. J'attends en me demandant si elle a reçu un texto ou un message vocal. À la façon dont elle regarde son écran, je dirais : texto.

A-t-elle eu plus d'informations que moi ? Ou juste le prétexte volontairement vague – et généralement annonciateur de catastrophes – d'une « réunion de famille » ?

J'essaye de deviner les réponses à ces questions dans le peu que je distingue de son profil. La pointe de son nez est remontée, et des cheveux s'échappent de ses tresses africaines à cause du bonnet et du soin qu'elle met dessus avant d'aller dans l'eau. Elle devrait prendre une douche pour rincer le chlore et l'effort, mais quand elle lève les yeux de son téléphone je comprends que nous partons tout de suite pour la maison.

— Allons-y, dit-elle.

D'habitude, je ferais tout un plat à propos du fait qu'elle va mouiller les sièges de ma voiture avec son peignoir de natation, mais cette fois je me contente de hocher la tête.

Une fois dans la voiture, elle continue à scruter son écran. J'ai envie d'en savoir davantage. Non. Pas envie. Besoin. Mais je me borne à conduire. L'inquiétude est là, comme un élastique sur lequel nous tirons toutes les deux si fort qu'il risque à tout instant de céder.

— Quand est-ce que ton camion sera réparé ? je demande dans un accès de désespoir pour éviter le craquage ou l'explosion, car nous en avons pour dix minutes à traverser la ville, et vingt de plus dans la montagne avant d'arriver chez moi.

Silence. Je tambourine sur le volant et prends mon mal en patience, car parfois Tate savoure ses mots, comme un amateur de vin qui fait tournoyer le liquide dans le verre et le renifle à n'en plus finir.

Et ça ne rate pas. Alors que je m'engage dans la rue qui sort de la ville, elle déclare enfin :

— Il ne le sera pas.

Je tourne la tête vers elle.

— Comment ça ?

Elle répond en évitant de croiser mon regard.

— Je l'ai vendu.

— Quoi ?

Elle adore ce camion. C'est un tas de ferraille, mais elle en est dingue. Elle le lustre à la cire et utilise des microfibres et tout le bazar pour l'entretenir.

— Ne le dis pas à ma mère, OK ?

— *Tate.*

Je ne peux pas quitter la route des yeux, et pourtant j'aimerais. J'aimerais scruter son visage pour y chercher une réponse, car elle en donne rarement à voix haute, mais parfois, son visage…

Disons que parfois elle ne peut pas se cacher sous l'eau.

Elle hausse les épaules.

— On avait presque atteint le plafond de la carte de crédit. Et puis, il fallait payer l'électricité. Sans compter les courses, et les médocs, et… Bref, j'ai géré le truc, OK ?

J'ai la bouche sèche, je n'avais pas réalisé que la situation était si catastrophique. Ça a toujours été difficile côté finances, ne serait-ce qu'à cause des frais médicaux. Mais pour que Tate en vienne à vendre son camion dans le dos de sa mère…

— Elle va bien se rendre compte que tu n'as plus de moyen de te déplacer !

— Elle croit que le camion est au garage. Ne t'inquiète pas pour ça.

— Je… (Pour être tout à fait honnête, c'est comme si elle me demandait d'arrêter de respirer. Parce que m'inquiéter, c'est mon truc.) D'accord. Mais si c'est le sujet de cette réunion, ne t'attends pas à ce que je sois dans ton camp et que j'argumente en ta faveur.

Elle lève les yeux au ciel.

— Il n'y a pas de camps, Penny. J'essaye juste d'assurer le quotidien. J'aurais cru que tu comprendrais mieux que personne. Tu as fait pareil quand…

Ma langue claque contre mes dents, un avertissement qui fait écho à l'éclair de douleur et de rage qui me traverse la poitrine.

— Je t'interdis…

Tate ne montre aucun remords devant ma réaction. Elle se contente de me regarder comme pour me défier.

— Alors laisse-moi gérer ma façon de payer les factures.

— Peut-être que tu aurais pu demander de l'aide avant de vendre ton camion et de pousser ma mère et Anna à organiser une intervention !

— Ce n'est pas le sujet de ce soir. Si maman était au courant que j'ai vendu mon camion, elle m'en aurait parlé, elle n'aurait pas organisé une réunion de famille.

Je rebondis littéralement sur ses mots.

— Dans ce cas, tu sais de quoi elles veulent nous parler ?

Elle laisse échapper sa version d'un rire, une espèce de souffle qui n'atteint jamais vraiment ses lèvres ni ses yeux. Contrairement à son sourire, parfois. Rarement. Encore faut-il le mériter.

— C'est pas possible, tu es infernale ! s'exclame Tate, écœurée.

Puis, elle lit sur son téléphone :

— « Hello, ma chérie, réunion de famille chez Lottie ce soir ! Penny passera te prendre. » Tu veux t'arrêter pour le lire toi-même et vérifier que je ne mens pas ?

Maintenant, c'est moi qui reste silencieuse. Peut-être que c'était son but, car nous n'échangeons pas un mot pendant le reste du trajet. Quand je me gare enfin dans l'allée de gravier qui mène à la maison, elle pousse un soupir de soulagement que je fais semblant de ne pas entendre. Les lumières de la cuisine sont allumées. Je déverrouille le cadenas sur le portail que j'ai acheté dans un vide-grenier pour remplacer celui que ma mère avait enfoncé durant l'année de l'horreur. Je suis sûre que si je l'ai eu à trente dollars c'est parce que Mme Frisbee a eu pitié de moi.

Je déteste que Tate me rappelle cette période. Je déteste le fait que ma mère ait choisi d'être énigmatique au lieu d'être transparente. Je n'aime pas le flou. J'aime les programmes clairs en dix étapes avec trois plans de secours.

La voiture est à peine arrêtée que Tate est dehors. Je déteste aussi quand elle fait ça. Son éternelle impatience m'exaspère.

Le temps que je ferme le portail et que je la rattrape, elle est déjà presque arrivée au porche.

— Il nous faut une stratégie ! je siffle. C'est vrai, quoi. Et si c'était réellement une intervention ?

— Pour quel motif ? Est-ce que tu aurais fait des bêtises pendant que j'avais le dos tourné ? Est-ce que tu as finalement rempli ton placard de marqueurs, comme tu en rêvais quand on avait sept ans ? Si c'est ça, je suis dans le camp de nos mères. Sevrage de papeterie. Le calendrier géant, avec ses codes couleurs, et le bullet journal de l'enfer sont déjà suffisamment graves sans qu'il y ait besoin d'en rajouter.

— Mon calendrier est très pratique !

— Il occupe un mur entier de ta chambre. Et puis qui a besoin d'un calendrier en plus d'un bullet journal ?

— Je défendrai ce journal jusqu'à ma mort et même au-delà.

— Hmm.

J'ai envie de taper du pied. C'est comme ça avec Tate : elle fait naître en moi des sentiments qui me donnent envie de taper du pied, comme une gamine sur le point de piquer une colère.

Puis, je croise son regard et je le vois, dans ses yeux, car il se propage rarement jusqu'à ses lèvres : son sourire.

— Est-ce que tu joues les garces pour me distraire ? je demande.

Ses yeux se plissent de façon à peine perceptible. Raaa, mais pourquoi elle me fait ça ?

Et pourquoi je tombe systématiquement dans le panneau ?

— Il faut qu'on entre, se contente-t-elle de dire.

— Attends.

C'est comme si ma main avait deux temps d'avance sur mon cerveau, car je lui ai déjà attrapé le poignet. Son peignoir est doublé en polaire, donc sa peau est déjà chaude. Puis il y a ce long moment pendant lequel des secondes, peut-être même des minutes, perdent leur sens tandis que son regard passe de mes doigts autour de son poignet à mes yeux… et malgré ça, je ne la lâche pas.

C'est toujours si difficile de la lâcher.

— Si ce n'est pas au sujet du camion…, je demande du bout des lèvres. Et si… Tate, et si c'est une mauvaise nouvelle ?

Elle se libère d'une torsion et le temps reprend son cours tandis qu'elle me serre doucement les doigts avant de rompre le contact.

— Alors ce sera une mauvaise nouvelle, dit-elle simplement.

Elle se dirige vers la porte, mais cette fois, je ne l'arrête pas.

Je la suis.

2

Penny
21 juin

— Qu'est-ce que tu fais en peignoir ? (Ce sont les premiers mots d'Anna quand Tate et moi entrons dans le salon.) Vous n'aviez pas besoin de vous speeder, les filles.

— Tu plaisantes ? rétorque Tate.

Elle se laisse tomber lourdement sur le canapé à côté d'Anna, et se retrouve quasiment engloutie par les coussins (ma mère adore les coussins).

Anna donne un petit coup d'épaule à sa fille.

— Va te changer, dit-elle. Tu vas tout mouiller.

— Maman ? j'appelle en ne la voyant pas dans la pièce.

— Je suis dans la cuisine, crie-t-elle depuis l'arrière de la maison.

— Tu l'as laissée seule dans la cuisine, Anna ? je demande, horrifiée.

— Elle s'occupe de la salade, rien de crucial, marmonne Manou en apparaissant derrière moi.

Je me mords la langue pour me retenir de crier. Ma grand-mère a le pied léger et adore débouler par surprise.

À cause de ça, toute ma vie, j'ai été sur le qui-vive. Elle sort de nulle part, telle la faucheuse, mais une faucheuse qui vous donnerait des cookies et vous apprendrait à démarrer une voiture sans clé.

— Je vais juste...

Je laisse ma phrase en suspens et me dirige vers la cuisine. Heureusement, Manou a dit vrai. Ma mère est en train d'émincer de la laitue sur le plan de travail.

— J'ai presque fini, dit-elle en balançant les feuilles dans le saladier. Nous parlerons après le dîner, d'accord ? Va tenir compagnie à Tate.

— Parler de quoi ?

— Tu verras.

Je vois surtout qu'elle évite mon regard. Elle ne serait pas en train de préparer une salade si elles projetaient de nous annoncer une mauvaise nouvelle concernant la santé d'Anna, n'est-ce pas ?

— Je vais mettre la table.

Je prends les couverts dans le pot et les serviettes dans le tiroir de la salle à manger. Quand ma mère a vendu notre maison en ville, elle habitait encore chez Anna. Elle n'était plus assommée de douleur, mais pas encore sortie de la phase où elle se réfugiait dans le sommeil. Pendant la première année, je l'ai à peine vue. J'ai vécu avec Manou jusqu'à ce qu'elle reprenne le dessus. Puis elle a emménagé ici et ma grand-mère s'est installée dans la caravane stationnée de l'autre côté du pré. Je n'ai jamais été vraiment à l'aise avec l'idée d'avoir chassé Manou de sa maison. Mais elle et ma mère n'auraient jamais pu cohabiter pendant des mois, encore moins des années.

Pourtant, ça n'a pas toujours été comme ça.

Je suis sur le point de commencer mon année de terminale, et la maison est un curieux mélange des femmes Conner. Le buffet des années trente de grand-mère contient mes outils, rangés dans un de ses tiroirs, ainsi que les objets fabriqués par maman pendant sa phase céramique et, au-dessus, son plus grand vitrail – celui constitué essentiellement d'éclats de verre violet pailleté qui devraient ressembler à des cristaux, mais qui évoquent plutôt la souffrance. Plus rudimentaire que ses autres œuvres, c'est une des premières qu'elle a faites après la mort de papa. Depuis, son art est différent. Avant, elle était obsédée par la symétrie, les couleurs et la précision. Maintenant, elle ne crée plus que des œuvres abstraites à la narration torturée qui attirent l'attention des gens du monde de l'art comme jamais auparavant.

L'argenterie appartient également à grand-mère. Mais les serviettes, décorées de fleurs brodées à la main, sont celles de ma mère.

Je prends le temps de les plier de façon que les bords soient parfaitement alignés, parce que ma seule autre option est de ruminer davantage. Je suis en train de disposer les assiettes quand Tate revient. Elle s'est séchée avant d'enfiler un pantalon de jogging et le maillot de l'année dernière du cinq kilomètres contre le cancer des ovaires, dont elle a coupé les manches et le cou parce qu'elle est allergique aux cols trop serrés, ou un truc dans le genre. Elle fait ça avec tous ses T-shirts. Résultat, ils glissent toujours sur l'une de ses épaules.

C'est troublant.

— Penny, on dirait que tu vas faire une crise d'angoisse, murmure-t-elle en me prenant les assiettes des mains.

— Elles se comportent de façon bizarre.

— Je suis d'accord.

— Alors, panique avec moi !

Elle hausse un sourcil, et rétorque :

— Calme-toi avec moi.

— C'est… (je bafouille et ses yeux se plissent, mais sa bouche ne frémit pas)… mesquin.

— Je préférerais dîner sans que tu hyperventiles.

— C'est arrivé une seule fois, tu le sais !

— C'est arrivé bien plus d'une fois, et *tu* le sais. Sans parler du jour où tu es tombée dans les pommes…

Je fronce les sourcils. Elle n'était pas là, la fois où je suis tombée dans les pommes. Comment est-elle au courant ? Je n'ai même pas à poser la question, car elle la lit sur mon visage et y répond, ce dont je lui suis reconnaissante. Contrairement à Tate, je ne suis pas quelqu'un qui peut s'enfoncer dans les eaux profondes de l'inexpliqué. Elle n'a jamais besoin de remonter à la surface… alors que je finis toujours par être obligée de le faire.

— À qui tu crois que Meghan a envoyé des textos affolés parce qu'elle savait que si elle appelait ta mère tu serais furax ?

— Meghan ne ferait jamais ça.

— Bien sûr que si. C'est ta meilleure amie, et tu t'étais évanouie sous son nez. Pas la peine de me remercier, d'ailleurs.

— De quoi ?

J'ai envie de dégainer mon téléphone et d'écrire à Meghan sans attendre, mais je ne le fais pas, parce que Tate a raison. Une fois de plus.

— De n'avoir rien dit à personne.

— Il n'y avait rien à dire, je rétorque.

Mais c'est des conneries. Et parce que ses yeux pétillent toujours, j'ajoute :

— Je vais bien, Tate.

— Hmm.

Elle ne se donne même pas la peine d'essayer de me croire, mais je ne peux rien y faire, car ma mère choisit ce moment précis pour sortir de la cuisine avec la salade.

Tate et moi terminons de mettre la table pendant que le reste de la nourriture est apporté, et nous nous asseyons toutes les cinq.

Après quatre bouchées, je n'y tiens plus.

— Alors, qu'est-ce qui se passe ?

— Je te l'avais dit, lance Anna à ma mère en lui agitant sa fourchette sous le nez. Il fallait le faire avant le dîner.

— Faire quoi ? demande Tate.

— Après le dîner, répète maman, et la façon dont elle évite mon regard suffit à me faire craquer. On s'en tient au plan, ajoute-t-elle à l'intention d'Anna.

— Maman, c'est quoi ce putain de bordel ?

Le silence se fait autour de la table, seul le claquement outré des couverts de Manou résonne, ce qui est sacrément ironique quand on sait qu'elle jure comme un charretier.

Anna se met à rire.

— C'est ta faute, dit-elle à ma mère. Penny, chérie, tout va bien.

— Que s'est-il passé ? demande Tate, en dévisageant Anna.

Anna pose sa fourchette et sourit. En fait non, elle rayonne.

— Depuis ma biopsie du foie, mes docteurs parlent de la possibilité d'une greffe, dit Anna.

— Ils auraient dû en parler dès le départ, intervient ma mère.

— Me mettre sur la liste d'attente des greffes, comme ils l'ont suggéré, était parfaitement raisonnable, lui rétorque Anna.

— Attendez… vous avez un donneur ? Est-ce qu'on doit partir pour l'hôpital ce soir ?

Tate semble prête à bondir de sa chaise et prendre ma voiture pour aller à Sacramento.

— Il y a une donneuse, répond Anna.

— C'est moi, ajoute maman. Nous avons appris aujourd'hui que j'avais l'autorisation d'être donneuse pour Anna. Pourquoi attendre Dieu sait combien de temps quand je peux le faire maintenant ?

— *Quoi ?*

Le mot est sorti de ma bouche, tel un coup de tonnerre. Il résonne dans la salle à manger et les yeux de ma mère se posent sur moi. Enfin. Sauf qu'il s'écoule à peine une seconde, avant qu'elle détourne de nouveau le regard. Qu'elle se détourne de nouveau de moi.

— Les docteurs ont dit que même si cette procédure est plus rare, les chances de survie sont meilleures quand la greffe est faite à partir d'un donneur vivant, intervient Manou depuis l'autre bout de la table.

— Vous allez faire une greffe de foie ? répète Tate.

Mais elle a parlé si vite qu'il me faut quelques secondes pour comprendre, car mes pensées sont brouillées par la question *Qu'est-ce que ma mère vient de dire ?* qui tourne en boucle dans ma tête.

— Quand ? demande-t-elle ensuite.

— Nous partons pour Sacramento dans quatre jours, répond Anna.

— Plus que quatre-vingt-seize heures, les filles ! s'exclame maman en souriant.

C'est à ce moment-là que je prends conscience que tout a déjà été décidé : elles doivent préparer ça depuis des jours... non, pas des jours, des mois ! Il leur a fallu faire tout un tas de tests pour savoir si ma mère était compatible, et elle a dû passer des évaluations psychologiques pour être sûre que c'était ce qu'elle voulait... Et pendant tout ce temps, elles nous ont tenues à l'écart.

— Maman ! dit Tate en se levant pour les prendre dans ses bras.

Elle se jette quasiment sur leurs genoux, comme une enfant, et j'ai du mal à supporter cet élan de joie alors que je suis sur le point d'être emportée un tourbillon de panique et de peur.

Je ne peux pas être là, maintenant.

Je me mets en mouvement avant d'avoir pu réfléchir et j'entends quelqu'un m'appeler, mais je ne m'arrête pas.

Le jardin est moins un jardin qu'un champ. Cette propriété : l'hectare et demi de terrain, la maison avec son toit de tôle ondulée, la vieille caravane de Manou sur la voie d'accès de l'autre côté du champ, c'est l'endroit où a grandi mon père. Et c'est ici que je vis depuis qu'il est mort. Maman est arrivée plus tard et Manou a emménagé dans la caravane. Après tout ce qui s'était passé, il était hors de question qu'elle me laisse seule avec ma mère. Même si je ne crois pas que celle-ci ait eu envie d'être seule avec moi – encore aujourd'hui, elle cherche systématiquement une échappatoire quand nous sommes ensemble.

Que se passera-t-il si c'est *elle* qui meurt cette fois ? Que se passera-t-il si elle m'abandonne pour de bon ?

Ce sont des pensées égoïstes. Des questions égoïstes. Mais j'ai envie d'être égoïste sur ce coup. Avare du seul parent qu'il me reste. Des épis me frôlent les chevilles alors que j'arrive à la lisière du champ où des amas de roches volcaniques se dressent vers le ciel. Je me perche sur le plus gros rocher, et cherche du bout des doigts l'endroit sous le rebord de la pierre.

Là. Je retrace les initiales. *GC + CC = PC*

George Conner + Charlotte Conner = Pénélope Conner

Ma mère a toujours été extrême en amour. Elle a gravé leur histoire dans la pierre, et elle a donné son cœur à mon père, à tel point qu'il l'a emporté avec lui dans la mort… Et maintenant, elle s'apprête à donner une partie de son foie à Anna, parce que c'est ce qu'on fait pour sa meilleure amie.

Elle est super en équipe, ma mère. Quand elle a un ou une partenaire, elle rayonne. Quand papa était en vie, elle était d'une luminosité éblouissante. Mais lorsqu'il est mort, la lumière s'est éteinte si brutalement, que je me suis retrouvée à tâtonner dans le noir.

Pendant les six premiers mois, ou plutôt la première année, elle était sous le choc et avait désespérément besoin d'un ou d'une partenaire, tandis que moi j'avais besoin d'une mère. Tout le monde me voyait comme la plus forte, alors j'ai dû l'être. Ça va mieux maintenant. Anna a été là, tout du long, pour soutenir ma mère dans cette épreuve, parce que c'est ce que font les meilleures amies.

J'ai entendu cette phrase toute ma vie. J'ai grandi avec leur amitié, leurs histoires, leur langage secret, et le fait qu'elles sont plus proches que ne le seraient des sœurs ou un couple. Elles ont créé des liens qui transcendent ceux du sang et de l'amour, une amitié du genre « dis-moi où est le corps et je m'occupe de tout ». Un lien si fort qu'il se répercute sur tout ce qu'elles touchent. À cause d'elles j'ai passé la moitié de ma vie auprès de Tate. Et ma grand-mère pourrait tout aussi bien être la sienne, c'est en tout cas la seule que nous ayons, l'une comme l'autre. Il n'y a pas un aspect de ma vie qui n'ait été affecté par le fait que, quand elles étaient gamines, Anna a surpris ma mère en train de voler et l'a couverte.

J'aurais dû le voir venir. Il était évident que ma mère se ferait tester pour voir si elle était compatible. Évident qu'elle se lancerait dans cette opération sans même m'en parler.

Tellement évident.

Je m'allonge sur la roche. Depuis le temps que je suis là, le dîner doit probablement être terminé. Mais je ne rentre pas. Je ne bouge même pas, jusqu'à ce que...

— Sérieux ?

Je pince les lèvres en entendant la voix de Tate, mais je reste allongée, les yeux rivés sur le ciel et les genoux relevés. Je ne tourne pas la tête, même quand elle me rejoint et s'assied à côté de moi.

Si je croise son regard et qu'il est plein de sympathie et de pitié, je n'arriverai pas à contenir mes larmes ; et si elle est en colère, je vais crier.

— Penny.

C'est juste mon nom. Je l'ai entendu des centaines de fois dans ma vie. Des dizaines de fois de sa bouche. Mais cette fois, on dirait qu'elle le souffle entre ses doigts, comme si elle tentait de le retenir. Comme si c'était soudain devenu un secret que je n'étais pas censée entendre.

— Ce n'est pas...

Je m'interromps afin d'essayer de trouver un moyen de m'expliquer sans m'enfoncer désespérément. Parce que de quelle façon je peux dire : *Ta mère est super, je l'adore, mais j'ai peur que la mienne meure en la sauvant*, sans passer pour une sale égoïste ?

Il n'y en a pas. Aucune. Alors je me tais. Ce n'est pas sa faute. Ce n'est la faute de personne.

C'est simplement la vie. Nous avons appris toutes les deux il y a bien longtemps que la vie n'était pas juste.

Je ne me noie jamais dans le silence quand je suis avec Tate. À quelques exceptions près, ce n'est pas vraiment inconfortable. Peut-être parce qu'elle ne parle naturellement pas beaucoup, à moins d'y être incitée. J'attends donc que ce soit elle qui dise quelque chose.

— J'ai toujours pensé qu'on était chanceuses, dit-elle après un moment.

Cette déclaration me fait me redresser sur les coudes pour la dévisager. *Chanceuses ?*

— Maman et moi, poursuit-elle en comprenant mon regard. On est bien plus entourées que d'autres personnes. On a Lottie et Marion. Je sais que c'est ta grand-mère, mais parfois c'est comme si elle était aussi…

Elle ne dit pas « la mienne », mais c'est tout comme.

— Elle l'est, je dis, parce que c'est vrai.

Manou aime beaucoup Tate.

— Et on t'a, toi, ajoute Tate.

— Vous ne…

J'interromps mon démenti automatique avant d'avoir terminé ma phrase – *Vous ne m'avez pas, moi* – parce que j'ignore pourquoi je dirais ça, en vérité. Pour la contredire et être cruelle alors qu'elle agite une sorte de drapeau blanc ?

— Et pourtant tu es venue me chercher à l'entraînement aujourd'hui.

Waouh, Tate, belle façon de foutre en l'air mon demi-démenti en une seule phrase.

— C'était sur mon chemin.

— Le restaurant aurait-il déménagé dans le quartier nord de la ville pendant que j'avais le dos tourné ?

— La ville est à peine assez grande pour avoir un quartier nord. Tout est sur le chemin de tout. Ce n'est pas comme si j'avais fait un énorme détour.

— Tu m'as emmenée jusqu'à Chico pour acheter le lit l'année dernière… et tu as passé un temps fou à m'aider à le monter.

— Faire le taxi et monter un cadre de lit n'est pas pareil que donner un bout de ton foie, Tate !

Elle expire lentement et doucement. Je suis en train de l'agacer, et je n'en ai pas envie. Pour une fois, je n'ai vraiment, *vraiment* pas envie de me disputer avec elle. Je suis en train de gâcher ce… je ne sais pas trop, ce moment où elle est venue me trouver, en pensant… quoi ? Qu'elle pourrait me convaincre d'accepter tout ça ?

Est-ce ma mère qui l'a envoyée ? Cette idée me met en colère. Ma mère ne peut pas m'éviter éternellement… ou peut-être que si. Ça fait des années qu'elle y arrive très bien.

— Vous n'êtes pas chanceuses. Aucune de nous ne l'est. Ton père vous a abandonnées. Le mien est mort. Ma mère a perdu la tête pendant toute une année, et la tienne a vaincu un cancer pour se retrouver avec une autre maladie tout aussi atroce. Ton seul espoir d'aller à l'université est de te défoncer pour obtenir une bourse grâce à la natation, et le seul moyen pour moi de faire quoi que ce soit est de débarrasser des tables et de donner des cours particuliers à des fils de médecins et d'avocats. Nous ne sommes pas chanceuses, Tate. Nous sommes en permanence dans la merde. Toujours en train de dépenser l'argent que nous n'avons pas pour des urgences. Qu'as-tu pensé quand tu as vu ce message sur ton téléphone à propos d'une réunion de famille ? Est-ce que tu ne t'es pas automatiquement dit *Il y a eu un problème* ? Parce que moi, si.

— Bien sûr, admet-elle. Mais pour une fois, il n'y a pas de problème. On nous a annoncé une bonne nouvelle. Elle va s'en sortir.

Et c'est alors que ça se produit : elle esquisse un sourire. Il s'est épanoui si lentement sur son visage que je ne m'en suis pas rendu compte tout de suite.

Ça me donne le vertige. Je suis toute retournée d'une façon qui ne me ressemble pas. Tate est mouvement, une fille pagaille, frémissante et parfumée au chlore… Moi, je ne suis pas une fille pagaille… rien en moi n'est désordre. Je suis une fille qui marche à pas prudents, réfléchie, qui regarde devant et derrière elle pour prévenir les ennuis. J'essaye d'arranger les choses. Et quand je ne peux pas, je les enfouis.

Mais je ne peux pas arranger ça, et je ne peux pas non plus enfouir quelque chose qui sera une réalité dans moins de quatre-vingt-seize heures. Je grimace à cette pensée. Mes poumons sont trop serrés, et je n'arrive pas à empêcher ma respiration de s'accélérer, même si je sais que je devrais.

Je devrais, parce que c'est vraiment une bonne nouvelle. J'ai l'impression qu'Anna a toujours été malade, et quand son foie a commencé à lâcher l'année dernière, ça a été terrible, et rapide. Je veux qu'elle aille mieux et qu'elle soit en bonne santé… évidemment que c'est ce que je veux.

— Hé, hé, Penny, respire.

Je sens sa main entre mes omoplates. Une pression légère. Elle est toujours bouillante. Comme si le mouvement en elle brûlait en permanence de s'échapper.

Ça devient un peu plus facile de respirer.

Un peu plus facile de parler.

D'être honnête.

— Je n'ai pas envie qu'elles meurent, ni l'une ni l'autre.

— Tu ne peux pas penser comme ça, dit-elle.

Et quand j'ouvre la bouche pour demander comment faire autrement, elle reprend :

— Non. C'est moi l'experte dans le domaine des mères-en-danger-pour-raisons-médicales, donc il faut que tu m'écoutes. On ne doit pas les stresser. Il y a des tonnes de choses à faire, et très peu de temps pour s'en occuper. De nombreuses études montrent que le stress a des effets désastreux sur les patients greffés, donc on va avoir un comportement exemplaire et accepter le déménagement avec le sourire... *et* on va faire en sorte qu'elles croient que c'est ça qui nous a permis de nous entendre... OK ?

— Depuis quand tu lis des études médicales ? je demande avant d'avoir complètement intégré ce qu'elle vient de dire.

— Ce n'est pas parce que je n'ai pas un calendrier sur lequel mes plages de lecture sont planifiées en violet que je ne lis pas, dit-elle au moment où mon cerveau rattrape la conversation.

— Attends. Quel déménagement ?

— C'est vrai. Tu n'étais plus là quand elles ont abordé cette partie. (Maintenant, c'est Tate qui ne me regarde plus.) Elles ont décidé de rassembler nos foyers pour faire des économies. C'est comme ça qu'elles l'ont présenté.

— Quoi ?

— Tu crois que l'une ou l'autre pourra payer toutes les dépenses que ça va engendrer avec tout le temps pendant lequel elles seront arrêtées ? Ma mère va être en convalescence pendant des mois avant de pouvoir reprendre le travail, et la tienne va devoir rester alitée pendant plusieurs semaines, peut-être davantage. Et elles devront rester dans les environs de l'hôpital de Sacramento pendant presque un mois. Sans compter les médicaments… Maman va rendre notre appartement. On va devoir tout déménager nous-mêmes pendant qu'elles se rétablissent. Cette maison est plus grande. On va toutes vivre ici.

— *Ensemble ?*

— J'ai vendu mon camion, Penny, donc je ne peux pas m'installer dedans.

Son sarcasme est aussi mordant qu'un requin.

— Je ne veux pas que tu vives dans ton camion ! J'essaye seulement de comprendre ce qui est en train de se passer, parce que visiblement d'autres annonces ont été faites pendant cette réunion de famille après mon départ, et j'ai deux nouvelles colocs.

— C'est toi qui es partie en jouant les drama queen.

— Je ne voulais pas pleurer devant nos mères, OK ? Et puis, j'ai justement fait ce que tu viens de me conseiller, non ? Leur épargner du stress.

— Elles pensent que tu es contre cette idée.

— Donc, c'est bien ma mère qui t'a envoyée.

— Non. Je suis venue pour te dire que si tu fous ça en l'air, Penny…

Mes traits se tordent. Mon cœur entier se tord. Je bondis sur ses mots :

— Comme si mon opinion avait le moindre impact sur ma mère. Elle ne me prend jamais en compte, et tu le sais !

Je suis en train de crier et nous sommes toutes les deux debout. Je ne sais pas quand c'est arrivé, mais c'est un fait, nous nous dressons face à face sur cette plaque de roche, prêtes à exploser, comme si nous étions le volcan qui l'a crachée.

— Ce n'est pas ma faute. (Elle est à présent aussi près de crier qu'elle peut l'être, ce qui ressemble davantage à un grognement qu'à autre chose.) Si ta mère s'est effondrée, ce n'est pas ma faute. Rien de tout ça n'est ma faute. J'essaye seulement de garder ma mère en vie.

— Et la mienne est sa meilleure chance.

Je ne le dis pas sur un ton de défi, pour le lui lancer à la figure, ni même de façon défaitiste. C'est juste… un fait. Comme le fait que nous ne sommes pas chanceuses. Ma mère est la meilleure chance d'Anna. Elle est compatible et en bonne santé.

Le foie se régénère. Et je ne devrais pas être si flippée.

Pourtant, je le suis. À cause de dizaines de choses, dont certaines que je ne suis même pas sûre de pouvoir nommer, et d'autres qui étaient à ma portée, mais que ma mère m'a arrachées.

— Lottie veut le faire.

— Mais et si…

— Tu dois arrêter avec tes scénarios catastrophe à la con.

Elle ne grogne plus. C'est une supplique.

Comment ? J'ai envie de lui demander. J'ai envie de continuer à lui crier dessus. Mais soudain je prends conscience de notre proximité physique ; si je prends une inspiration, il se pourrait que je la frôle, et cette pensée…

Oh, non. C'est reparti. Ça commence comme ça parfois, et je peux le sentir… ce bourdonnement dans ma poitrine.

C'est juste qu'elle… Elle est si *frustrante.* Et parfois je voudrais juste l'attraper et…

Pas la secouer, bien sûr. Jamais. Je serais incapable de faire une chose pareille.

Parfois, je voudrais l'attraper, arrêter ses mouvements et ses mots qui me mettent hors de moi, ainsi que ce bourdonnement dans mon cœur et dans ma tête. Ça m'est arrivé assez souvent désormais pour que je sois quasiment certaine que la seule façon d'y parvenir c'est de... c'est de l'embrasser.

Ce que je ne peux pas faire. Bourdonnement ou pas.

C'est juste quelque chose qui me traverse l'esprit. Parfois. Comme maintenant. Ou quand je suis au lit et que je liste les « Différentes Façons de Faire Taire Tate », comme d'autres comptent les moutons.

Et c'est juste quelque chose qui arrive de temps en temps. Cette pause. Tout devient lourd, mes lèvres deviennent sèches, et il n'y a pas de mots, mais on se regarde longuement et...

Oui. C'est bel et bien encore en train d'arriver.

Alors je fais la seule chose que je peux faire : je fuis. Une fois de plus.

3

21 juin

Est-ce que tu viens de me fuir en détalant comme un chevreuil à travers le foutu champ ? T

C'est quoi ce bordel, Penny. T

Tu cours toujours aussi mal, au fait. J'aurais pu te rattraper. T

J'ai cru qu'après Yreka… T

J'ai cru… T

Merde. T

Vingt-deux heures

Est-ce qu'on va en parler un jour ? T

4

La fois dans la remise
TATE
Deux ans et demi plus tôt

La première fois qu'on s'est presque embrassées, je suis pompette, limite saoule. Je sais que ça ne donne pas une super image de moi, de la façon dont j'ai passé ce premier semestre de seconde, et de l'histoire de cette première (et sûrement pas dernière) fois où j'ai presque embrassé Pénélope Conner. Mais laisse-moi te raconter.

Je n'ai jamais existé dans un monde sans Penny. Elle a deux mois de plus que moi, donc elle est arrivée la première. Je ne peux pas dire combien de fois elle me l'a rappelé lorsqu'on était petites. Et vu que Lottie et maman sont Lottie-et-maman, toute ma vie je me suis retrouvée coincée dans l'orbite de Penny.

Elle est comme ça. Elle attire les gens. Comme un aimant. Elle est comme cette foutue ville, même quand tu penses lui avoir échappé, elle trouve le moyen de te faire revenir. Mais je n'ai jamais réussi à échapper à cette ville… ou à Penny.

J'ai décrété qu'elle était agaçante quand j'avais sept ans. J'ai voulu la détester à neuf, mais ça n'a jamais vraiment pris. À onze ans, on en serait venues aux mains si Marion ne s'était pas interposée. Arrivées à douze ans, on a décidé qu'on en avait assez que nos mères veuillent à tout prix qu'on devienne amies. Et, à treize, on menait des vies séparées : je me levais à 5 heures tous les matins pour aller nager, et elle classait tout par codes couleurs et terrorisait la direction du collège par le biais du conseil des délégués.

Ce qui nous amène au début du lycée, à cette soirée, et ce moment où pour moi tout a changé, même si ça n'a visiblement pas été le cas pour elle. (Elle n'est pas la seule à tenir un journal de tout ce qui se passe, la différence est que le mien est dans ma tête plutôt que sur un mur transformé en calendrier.)

C'est la soirée de l'une des terminales de l'équipe. Ses parents sont absents et elle connaît un gars. Il y a donc une tonne de bière, et quelqu'un a accroché des lumières aux chevrons de la grange. L'odeur de foin est plus forte que les effluves de joint, d'huile de moteur et de sueur.

Passer d'une équipe de club à l'équipe du lycée est un challenge, je nage toujours pour le club le week-end et tout le monde sait que l'entraîneur le tolère uniquement parce que je suis plus rapide que toutes les autres secondes. Et plus rapide que les premières. Et les terminales.

Je ne suis pas douée au point d'espérer aller aux Jeux olympiques. Mais peut-être assez pour obtenir une bourse, et c'est ma seule chance de quitter ce trou. C'est donc là-dessus que je me concentre. Je sais déjà que ce n'est pas la peine de viser certains objectifs. Certaines filles ont seulement le droit de rêver. Et je n'ai aucun doute sur le fait que j'appartiens à cette catégorie.

Donc, je suis à la soirée. Et je suis déjà ivre après deux bières, parce que je n'ai pas mangé et que je suis dans cette phase où je n'ai pas encore compris que se saouler était vite ennuyeux en plus de rendre les séances de natation du matin extrêmement pénibles. Et puis j'ai tellement, tellement envie de m'intégrer à l'équipe. Mais je ne sais pas encore que m'intégrer ne sera jamais à ma portée.

Les filles sont bruyantes, tout comme la musique qui s'échappe des enceintes. Je ne remarque pas tout de suite Penny, entre autres parce que mon ami Remington n'arrête pas de m'apporter de la bière, puis m'oblige à la faire passer avec des bouteilles d'eau en répétant que je dois penser à m'hydrater… Il est comme ça, Remi. Il s'inquiète presque autant que Penny.

Pendant toute la soirée, j'aperçois Penny et Jayden du coin de l'œil et, promis, j'essaye de ne pas faire attention à eux, mais quand un mec se met à hurler à pleins poumons et d'une voix bourrée *Je regarde les seins de qui je veux*, difficile de l'ignorer.

Jayden Thomas est un connard. Un connard qui est constamment en train de mater sans complexe les seins de toutes les filles.

Penny s'enfuit en pleurant et passe devant moi dans un éclair de cheveux châtains et de mousseline pastel. J'entends Remi crier mon nom, mais je ne l'écoute pas.

Écouter n'est pas mon fort.

Je me retrouve à suivre Penny hors de la grange, jusque dans la remise à foin où elle va se réfugier. C'est mal éclairé et ça sent comme les potagers que j'ai aidé Marion à planter.

Le temps que j'arrive, Penny a arrangé les bottes de foin de façon à se faire un fauteuil, et en a aussi pris une pour servir de repose-pieds.

— C'est quoi la prochaine étape ? Tu vas construire un fort ? je demande.

Mon cœur frémit quand, sans même se retourner pour vérifier que c'est bien moi, elle répond :

— Laisse-moi tranquille, Tate.

— Je suis venue voir comment ça va.

— Ça va. (Elle renifle.) Tu peux partir.

Elle lève les jambes, pose les pieds sur la botte de foin et croise les bras. Je pourrais partir, je devrais partir... Une version moins éméchée de moi serait partie. Mais la moi un peu ivre lui trouve l'air triste et humiliée. Je n'ai donc pas d'autre choix que de décaler ses pieds et m'asseoir en face d'elle.

Son mascara n'a pas coulé, et je suis soulagée de constater qu'elle n'a pas pleuré assez fort pour que cet abruti la salisse, mais peut-être qu'elle ne se soucie pas assez de lui pour ça. Il ne mérite pas de lui briser le cœur.

— Jayden est un con.

— Je l'aime, dit-elle, et je ne peux pas m'empêcher de laisser échapper un rire moqueur avant même qu'elle ait terminé sa phrase.

— Tu ne l'aimes pas, Penny. C'est impossible.

Elle me fusille du regard.

— Je suis *censée* l'aimer.

— Qui a dit ça ? je demande, incrédule. C'est lui qui dit ça ?

— Non. (Elle renifle de nouveau.) Ça fait partie de mon plan.

— Ton plan ?

Un sentiment de crainte s'empare de moi. Ça m'arrive parfois quand il s'agit de Penny, parce qu'elle a tendance à pousser les choses trop loin. Comme la fois où, alors qu'on était en CM1, elle a décidé qu'elle devait vivre en autonomie pendant une semaine afin de vraiment comprendre un livre qu'on était en train de lire en classe. Je ne me souviens plus du livre, mais je me souviens parfaitement de la semaine qu'une Penny de neuf ans a passée à arpenter les bois avec une hache, et à se nourrir de mûres et de poissons attrapés avec un filet qu'elle avait fabriqué en utilisant de la vigne sauvage.

— Mon plan pour le lycée, dit-elle.

Évidemment qu'elle a un plan. Il comporte probablement plusieurs étapes avec des codes couleurs et même les plans d'architecte du bâtiment qu'elle aura dégotés à la mairie. Et donc, *a priori*, Jayden Thomas en fait partie. Cette pensée réveille en moi une douleur, tranchante et rouge colère. Une douleur qui l'emporte sur ma raison et qui me pousse à m'emballer sans réfléchir à ce que je dis.

— Et dans ce plan il y a un type qui ne te respecte pas, et ne respecte pas assez les autres pour arrêter de reluquer leurs seins ? Sérieux, Penny. C'est super les seins, je trouve ça top moi aussi, mais j'ai assez de retenue pour ne pas mater ceux de toutes les meufs que je croise !

— Bon sang, quel connard, gémit-elle dans ses mains. En plus, il embrasse atrocement mal. Je ne sais pas ce qui m'a pris.

Je suis si soulagée qu'elle n'ait pas le cœur brisé que je ne me rends pas compte de ce que j'ai révélé avant qu'elle relève brusquement la tête et me dévisage.

— Attends une seconde. Qu'est-ce que tu as dit à propos des seins ?

— Quoi ?

Mon cœur fait un bond dans ma poitrine.

— Tu as dit…

Elle me regarde de façon bien trop intense et je comprends soudain l'intérêt qu'il y aurait à fuir.

Parce que, à cause de l'alcool, je viens de me griller devant Pénélope Conner en parlant de seins.

— Tu es…

Elle s'arrête pour tenter de me laisser une échappatoire suite à mon coming out accidentel. C'est sympa, et suffisamment gentil de sa part pour que je hausse les épaules et termine sa phrase.

— Oui. Je suis bi.

Elle penche la tête, une lueur de curiosité dans les yeux.

— OK. Ça répond à certaines questions que je me posais sur toi et Mandy Adams en cinquième.

D'un coup de pied, je lui envoie du foin à la figure.

— La ferme. Mandy et moi on n'a jamais…

Elle sourit. Ses larmes ont complètement séché à présent.

— *On n'a rien fait*, j'insiste.

— Vous auriez dû avant qu'elle déménage. Elle était mignonne. Mais peut-être plus mon genre que le tien.

Et tout à coup, c'est moi qui la dévisage.

Tout à coup, elle a renversé la situation, car, jusqu'à il y a cinq secondes, j'aurais dit que je savais tout ce qu'il y avait à savoir sur Penny. J'ai – j'avais ? – cerné sa personnalité.

Mais ça… *ça* ne m'était pas venu à l'esprit.

— Penny, combien de bières tu as bues ?

— Combien de bières *tu* as bues ? rétorque-t-elle.

Ce sourire narquois. Il s'élargit, et, l'espace d'une seconde, les poutres de la remise étirent leurs ombres sur son visage, lui donnant un air sauvage.

Elle est comme ça, Penny : guindée avec des allures de déléguée de classe en surface, mais quand vous creusez un peu, elle n'a pas seulement passé une semaine dans les bois avec une hache, elle en a adoré chaque seconde.

— Tu n'es pas la seule personne au monde à avoir des secrets, dit-elle d'une voix chantante.

— Pourtant tu viens de me révéler ton super plan.

— Jayden n'était qu'un point parmi d'autres, dit-elle en balayant son souvenir d'un geste de la main comme s'il s'agissait d'une mouche.

— Et il y a combien de points ?

— Quinze.

— Tu as fait un plan en quinze points rien que pour le lycée ?

— C'est une partie de celui que j'ai élaboré pour ma vie et qui en compte trente-cinq.

C'est sûr, elle a trop bu, sinon elle ne parlerait pas si librement avec moi. Et moi aussi, car je reste assise là, suspendue à ses mots comme si elle était une falaise au bord de laquelle j'aurais glissé. Mais je me cramponne au lieu de lâcher prise.

— Ça fait beaucoup.

— Et toi, il y a combien de points à ton plan de vie ?

— Un seul point : me tailler de cette ville.

Elle s'esclaffe. Je ne devrais pas contempler la façon dont la lumière tombe sur ses lèvres, et pourtant…

Un tas de mauvaises idées se succèdent dans ma tête, à l'intérieur de cette remise. Un tas de nouvelles idées. Ou peut-être qu'elles ne sont pas nouvelles, mais en tout cas avant elles étaient floues. À présent, il me semble que mon regard était un miroir embué qui vient d'être essuyé, et que je la vois claire et nette pour la première fois : Penny. Davantage qu'une fille, c'est une épine, prête à vous accrocher pour ne plus vous lâcher.

Aucune de nous deux ne sait comment faire.

— Tu as toujours voulu partir d'ici.

Elle s'étire sur son trône de foin, et je bénis la piètre luminosité, car mon visage est rouge pivoine avant même que son T-shirt remonte. Ce n'est qu'un petit bout de peau, à peine visible, un tout petit peu plus pâle que le reste, et je ne sais pas pourquoi soudain c'est si différent. J'ignore pourquoi cette bande de chair au-dessus de son jean qui semble si douce a plus d'importance que la peau de son bras ou de son cou.

Mais Penny, elle, n'est pas douce. Je ne dois pas l'oublier. Elle en a l'air comme ça, mais c'est la fille dans les bois avec une hache. La fille qui fait tous ses devoirs en semaine pour être libre de passer les week-ends sur la rivière avec son père.

La fille capable d'engloutir des rapides qui font flipper des rafteurs et des rafteuses expérimentés en guise de petit dèj'.

Si je suis douée *dans* l'eau. Penny est une prodige *sur* l'eau.

Elle est terrifiante : intrépide dans le genre accro à l'adrénaline. Et cette attitude est encouragée par son père. La dernière fois que je suis sortie avec eux deux, j'ai vraiment cru que j'allais mourir.

— Tu ne veux pas partir d'ici ? je demande, trop honnête et curieuse pour me retenir.

— Ce n'est pas une cage pour moi, dit-elle.

Elle lève la tête, vers les ouvertures de la remise derrière lesquelles se déploie l'horizon de pins et de roches volcaniques. Je ne connais même pas assez bien cette émotion au creux de mon ventre pour la nommer.

— Ces montagnes… cette rivière… je pourrais passer ma vie à les découvrir et il y aurait encore tant à apprendre.

— Partir fait forcément partie des trente-cinq points de ton plan.

— Ah ? Vraiment ?

Elle hausse un sourcil, et j'ai une fois de plus réussi à l'offenser sans le vouloir. Nous sommes en permanence en train de racler l'une contre l'autre, comme des éléments soudés par un mauvais mécanicien.

— Tu vas rester ici pour toujours ?

— Contrairement à toi, je ne déteste pas cette ville.

— Je ne...

— Oh que si.

Je me tais. Parce qu'elle a un petit peu raison à propos du fait que je déteste cet endroit, et complètement raison pour la partie « cage », tout comme elle a raison quand elle dit qu'elle pourrait passer sa vie ici, dans ces bois, avec sa foutue hache, sans jamais cesser de découvrir de nouvelles choses. Je le vois clairement, comme je la vois soudain clairement.

J'ignore pourquoi ça m'ennuie autant, l'idée qu'elle puisse se contenter de rester ici.

(Ou peut-être que c'est l'idée de l'abandonner derrière moi qui me contrarie. Car elle a beau être agaçante, je ne pourrais jamais me convaincre de haïr Penny. Même si on se prend souvent la tête, je sais ce qu'elle a traversé. Et plus on a essayé de séparer les fils de nos vies que nos mères ont tissés ensemble, plus j'ai compris à quel point ce serait difficile.)

— Au moins tu ne me dis pas que je suis trop intelligente pour rester, ronchonne-t-elle.

— Bah, tu as été sympa, dis-je.

Voyant son regard perplexe, je précise :

— Tu ne m'as pas sorti que je n'arriverais jamais à me tirer d'ici.

Penny fronce les sourcils. Elle les a épais – deux traits sombres sur sa peau tannée parsemée de taches de rousseur – et quand elle vous regarde ainsi, c'est une expérience unique.

— Jamais je ne dirais une chose pareille, rétorque-t-elle. Ça sera difficile, mais c'est ton rayon, non ?

Elle se penche en avant, les coudes sur ses cuisses, et à présent ses pieds touchent presque les miens. Le vernis sur ses orteils est vert. Ou bleu. Difficile à dire. Mais je suis dévorée par le besoin de le savoir, de mémoriser le moindre petit détail de ce moment.

Elle est tout près. (Trop près ? Pas assez ? Je n'arrive pas à me décider.) Ses genoux frôlent ma jambe tandis qu'elle me regarde droit dans les yeux, et c'est comme si tout l'air avait été aspiré hors de la pièce. Puis elle dit :

— Si quelqu'un doit partir d'ici, ce sera toi.

— Penny.

Sur le moment, je ne connais plus que son nom. Je ne vois plus qu'elle.

Je n'aurais jamais dû entrer dans cette remise.

— J'en suis convaincue, même si toi tu le ne crois pas, déclare-t-elle.

Et peut-être que si elle l'avait dit de façon grandiloquente ou théâtrale, j'aurais pu balayer sa réplique d'un haussement d'épaules et la mettre sur le compte de l'alcool.

Mais son ton n'a rien de grandiloquent ni de théâtral.

Il y a ses mains qui me serrent les poignets. Son attention concentrée sur moi, et rien que sur moi. Ses yeux pleins d'assurance. Comme elle ne me lâche pas, mon corps tout entier tressaute, un bond frémissant de parties de moi inutilisées qui s'éveillent à la vie en grinçant.

Je relève mes poignets en pensant qu'elle va me libérer.

Mais elle ne le fait pas. Elle me laisse l'attirer vers moi.

(Je ne sais pas quoi faire. / Je ne sais pas ce que je veux.)

(Je ne sais pas comment l'obtenir / si je dois essayer.)

(Est-ce que c'est mieux de rester figée ?)

Mais avant que je me décide, elle le fait pour moi ; elle est comme ça, Penny.

— Tes cils sont si longs, dit-elle.

J'ignore comment interpréter la façon dont mon cœur tambourine.

— Je n'avais jamais remarqué, ajoute-t-elle.

— Ce ne sont que des cils.

Est-ce que c'est ma voix, ça ? Je n'en suis même pas sûre. Mon cœur bat trop vite. Ma peau est trop chaude. Elle touche la sienne.

(Elle n'est pas assez près. J'ai pris ma décision.)

— Hmm. Joli.

Et comme si elle voulait confirmer ses propos, elle me libère enfin. Mais avant que j'aie eu le temps de recouvrer mes esprits, du bout du doigt, elle me caresse le visage, de la courbe de mon sourcil, jusqu'au coin de mon œil. Un toucher qui me fait oublier comment cligner des yeux, bouger, ou faire quoi que ce soit d'autre.

— Tu es très jolie.

C'est comme une plongée dans l'eau froide. Je n'essaye pas de m'éloigner d'elle, mais je sais que je devrais, maintenant.

— Tu as trop bu.

Son sourire narquois est de retour. *Pitié, aidez-moi.* Ses doigts sont sur ma joue ; un peu plus, et elle la tiendra au creux de sa main.

— J'ai bu une demi-bière il y a deux heures. Tu crois vraiment qu'il faut que je sois ivre pour te trouver jolie ?

— Je…

— Parce que tu as toujours été jolie.

Elle tient maintenant mon visage dans sa main. Je ne peux même pas déglutir, tant j'ai envie de me perdre dans cette sensation.

(Elle est si proche. Ses mains ne sont pas douces, elles sont calleuses à cause des pagaies et des cordages, et le contact de sa peau rêche contre ma joue est... c'est...

C'est comme être aimée pour la première fois.)

Je dis son prénom. Est-ce pour l'arrêter ? Ou pour l'inciter à aller plus loin ? Je ne suis pas assez honnête avec moi-même pour reconnaître ce que je veux entre les deux.

(Si proche.)

C'est alors que quelqu'un l'appelle dehors. On s'écarte si brusquement l'une de l'autre que ça me donne le tournis.

— Penny ? Tu es là ?

Dans la seconde qui suit, Meghan, sa meilleure amie, fait irruption dans la remise.

— Ah, te voilà ! Je t'ai cherchée par... Oh, salut Tate. Tu lui tiens compagnie ?

Je colle un sourire sur mon visage.

— J'attendais juste que tu la trouves, je réponds en me levant.

— Ça va ? demande Meghan à Penny.

Mais Penny m'observe comme si j'étais un courant qu'elle n'arriverait pas à lire. Je veux partir, mais comment faire quand elle me regarde comme si rien n'existait de plus fascinant au monde que moi ?

— Tu es dans un sale état, ajoute Meghan. Il faut qu'on te rende de nouveau présentable avant de te ramener. Viens.

— Je vais bien, dit Penny en laissant Meghan l'entraîner.

Mais elle ne cesse de jeter des coups d'œil par-dessus son épaule pour me regarder, sourcils froncés en une barre sombre, comme si elle était déterminée à comprendre ce qui vient juste de se passer, ou ce-qui-ne-s'est-pas-passé-mais-qui-a-bien-failli.

J'ignore si en pensant ça je me faisais des films. Ou si c'était la réalité.

Tout ce que je sais, c'est qu'elle n'a jamais essayé de comprendre. Ou peut-être qu'elle n'en a pas eu le temps. Parce que cette Penny, celle qui a pleuré parce qu'un garçon l'avait humiliée et qui avait un plan de vie en trente-cinq points, celle qui a pris mon visage entre ses mains dans la remise à foin.

Cette version de Penny est morte avec son père. Et la fille qui a survécu à l'accident est une Penny complètement différente. Une Penny qui au lieu de n'avoir peur de rien a peur de tout.

(Parce que certaines filles ont seulement le droit de rêver, tu te souviens ?)

DEUXIÈME PARTIE

TRÊVE

(ou : La période vraiment triste)

5

TATE
22 juin

— Tu es sûre qu'elle va bien ? me demande de nouveau maman.

Heureusement que je contrôle super bien ma respiration, car je suis tentée de laisser échapper un soupir.

— Pour la troisième fois, maman, Penny va bien.

Elle hausse les sourcils, l'air sceptique, et j'ajoute :

— Lottie te l'a dit, non ?

— Je sais que c'est un grand changement pour vous deux, dit maman.

Puis elle se recule sur sa chaise et attend.

C'est une manie chez elle : elle fait une déclaration, puis me dévisage en silence, ce qui signifie que j'ai le choix entre lui assurer que tout va bien ou déballer mes inquiétudes.

— Il n'y a pas grand-chose qui va changer à part l'endroit où je dors et la durée des trajets pour aller en cours et à la piscine, dis-je fermement. Et ma mère avec un foie opérationnel. Gros bonus. Je trouve que c'est plutôt une bonne affaire pour seulement trente minutes de trajet supplémentaire.

Elle sourit.

— Tu minimises la situation, et c'est adorable de ta part, mais il est important pour moi que tu puisses m'en parler. Ce n'est pas parce que je vais me faire opérer que je ne peux plus tenir mon rôle de mère. En réalité, après ça je devrais être deux fois, voire trois fois plus performante avec toute cette énergie !

— Cet enthousiasme dans ta voix a quelque chose de perturbant. J'ai grandi, tu sais ? Si j'étais un gâteau, je serais cuite.

— Si tu étais un gâteau, tu serais peut-être cuite, mais il manquerait la déco.

— Je ne suis pas sûre que cette métaphore…

Je m'interromps, car elle est en train de digresser, et c'est toujours mieux que de s'inquiéter, alors je la laisse faire.

— On n'est pas *adulte* à dix-sept ans, poursuit-elle. Et tu… tu as déjà renoncé à tant de choses, je veux juste que…

Ses yeux se mettent à briller. Hors de question que ça se transforme en larmes.

— Maman, dis-je d'une voix douce. Hier était le plus beau jour de ma vie. Tu le sais, non ?

Évidemment, mes paroles ont l'effet inverse de celui recherché.

— Toi et Lottie vous vous tracassez trop pour ce déménagement. Je sais que Penny et moi on ne s'entendait pas bien quand on était gamines…

Maman laisse échapper un petit rire.

— OK. On ne s'est jamais entendues, je corrige. Mais on n'a plus sept ans, et on en est plus à se battre pour des jouets. Et puis, on a déjà discuté de certaines choses, comme le covoiturage. Ça va super bien se passer. Je suis sûre qu'elle a déjà fait un tableau de répartition des tâches.

Évidemment, c'est totalement faux. Elle m'a laissée dans le champ et n'a pas répondu à mes textos. Mais peu importe. Je dois faire un max de cartons et les emporter chez Penny avant qu'on parte pour Sacramento.

— C'est vrai que Penny aime les tableaux, dit maman.

Sauf que ma mère est nulle pour ce qui est de cacher ses émotions, et ce qu'elle pense est écrit noir sur blanc sur son visage : elle ne croit pas un instant à mes mensonges.

La vérité, c'est que je ne dirai jamais rien de négatif à maman à propos de ce déménagement. Même si elle me harcèle à ce sujet. Même si je suis bourrée de craintes, d'inquiétudes, et de putains de papillons dans le ventre. Et j'ai tout ça à foison, car emménager sous le même toit que la fille à laquelle tu n'as jamais réussi à échapper est une très très mauvaise idée. On m'a forcée à regarder assez de comédies romantiques hétéros pour que je m'en rende compte.

Mais rien de tout ça n'a d'importance. Je suis prête à tout pour que cette opération ait lieu. À être la personne que maman et Lottie ont besoin que je sois. À vivre n'importe où. Prête à tout.

Il n'y a rien de comparable à ce sentiment, cette preuve si tangible que je pourrais presque la toucher, la preuve que quelqu'un aime ma mère autant que moi.

Au fil des ans, j'ai eu beaucoup d'opinions différentes sur Lottie. Certaines demeurent, car je l'ai vue se perdre dans le chagrin et Penny se faner pour la préserver. Il m'est difficile de faire comme si de rien n'était. J'aime tourner et retourner ces événements dans ma tête afin de les examiner sous tous les angles, j'envisage les pourquoi, les comment, les « et si ».

En ce qui concerne Lottie, il y a beaucoup de « et si ». Beaucoup de pourquoi aussi. Et pas beaucoup de comment, car j'ai toujours vécu dans la périphérie de ces événements, et subi leurs répercussions.

Il ne m'était jamais venu à l'esprit qu'elle pourrait être notre miracle, car d'habitude c'est elle qui a besoin d'être sauvée. Et pourtant nous y voilà, le moment qu'on attendait toutes depuis si longtemps, la renaissance qu'on espérait, mais que je ne m'étais jamais autorisée à imaginer pour de vrai.

Elle va s'en sortir. Ma mère.

Chaque fois que je la regarde, c'est la seule chose à laquelle je pense : elle va s'en sortir. Quand j'ai dit ces mots à voix haute à Penny, j'ai eu l'impression de me tenir sur un promontoire rocheux au-dessus de l'eau, où j'aurais attendu en équilibre pendant des années avant de pouvoir enfin sauter.

Parce que, dans ma vie, il y a toujours eu deux constantes : l'impossibilité d'échapper à Penny, et ma mère aux portes de la mort. Ce n'est pas une jolie façon de le présenter, mais il n'y a rien de joli dans le fait de regarder sa mère s'éteindre. Et j'ai arrêté d'essayer de présenter les choses joliment quand j'avais à peu près cinq ans.

— On doit apporter les lits là-bas dès demain. Prépare juste tes affaires pour Sacramento. Je vais aller chercher des cartons tout à l'heure et je m'occuperai du déménagement pendant que tu seras partie.

— Je suis désolée que ça se fasse dans l'urgence, dit maman.

— Ne t'inquiète pas. C'est l'été. On va s'en charger avec Penny.

— Ma puce, m'appelle maman, alors que je suis déjà debout et à mi-chemin de ma chambre.

Je la regarde par-dessus mon épaule, et le sourire qu'elle m'adresse, je veux le garder à jamais en mémoire. Je veux me souvenir d'elle comme ça, « avant », car désormais il va y avoir un « avant », ce qui signifie qu'il y aura un « après », des années et des années d'après.

— J'ai de la chance de vous avoir. Toutes les deux.

— C'est vrai que je suis géniale, dis-je pour alléger l'atmosphère.

Je n'ai pas envie qu'elle se remette à pleurer. Elle a besoin de repos, de sérénité, ce genre de choses.

— Et modeste avec ça. (Elle sourit.) Tu viendras me retrouver après mon service du soir ? On mangera sur place avec l'équipe.

— Ça marche.

— À tout à l'heure, ma puce.

Je ferme la porte et observe le bazar qui règne dans ma chambre en me demandant si maman serait énervée si je fourrais toutes nos affaires dans des sacs-poubelle pour les emporter chez Penny. Sûrement. Notre appartement est petit, mais ça reste un appartement entier. Et si je fais n'importe quoi en emballant ce qu'il y a dans la cuisine ou si je perds l'un de ses couteaux, ça va être ma fête.

J'ai besoin de quelqu'un d'organisé.

Je sors mon téléphone et tape sur son nom un peu trop violemment. Il faut absolument qu'on se mette d'accord, sinon ça va être un désastre.

Si tu ne me réponds pas, je viens te trouver. (T)

Je garde les yeux rivés sur le téléphone en espérant que les mots *Penny est en train d'écrire…* s'affichent. Cette fois, des petits points apparaissent puis disparaissent. Après quelques secondes, ils apparaissent de nouveau, et Penny envoie un message qui me fait jeter mon téléphone à travers la pièce.

P — Je te rappelle que tu as vendu ton camion.

Je m'empresse de récupérer mon portable au milieu de la pile de coussins dans laquelle il a atterri sur mon lit.

Tu es vraiment décidée à jouer les emmerdeuses ? — T

N'obtenant pas de réponse j'envoie :

Si tu ne passes pas me prendre pour qu'on discute de comment vivre ensemble sous le même toit, je viendrai en stop. D'une façon ou d'une autre, on va régler ça. — T

C'est toi qui vois. — T

Penny est en train d'écrire…

P — Je serai là dans une heure.

6

TATE
22 juin

Maman frappe à ma porte.

— Je pars au travail, dit-elle en passant la tête dans l'entrebâillement. On se retrouve après la fermeture ?

— OK.

J'ai à peine réussi à dégager une partie des vêtements qui jonchent le sol de ma chambre. Je refuse de commencer à penser à mon bureau. J'ai besoin de cartons… de beaucoup, beaucoup de cartons. Et de scotch. Et de papier bulle. Et…

Les coups frappés à la porte d'entrée m'empêchent de me lancer dans une liste mentale. Ça doit être elle. Je prends un instant pour me préparer psychologiquement avant d'ouvrir, mais je me retrouve nez à nez avec Meghan, vêtue d'une jupe ocre qui bruisse à chacun de ses pas.

— Salut ! dit-elle. (Elle entre avec un plat dans les mains et laisse dans son sillage un parfum de fleur d'oranger.) J'ai apporté le gratin de macaronis aux épinards de mon père pour toi et ta mère. Vous n'aurez qu'à le mettre au four.

D'ailleurs, mes parents vous passent le bonjour. Et ma mère a dit qu'elle enverrait un message à la tienne.

Penny est sur le seuil, les yeux rivés sur moi.

— Tu as amené un chaperon ? je lui demande.

Meghan, en route pour la cuisine, fait volte-face et nous lance :

— Pourquoi vous auriez besoin d'un chaperon ?

Au moment même où Penny marmonne :

— Arrête, Tate.

— Bonne ambiance, ici, commente Meghan.

À mon grand soulagement, elle a le tact qui semble nous faire défaut, à Penny et à moi, parce qu'elle enchaîne aussitôt en disant :

— On a apporté du papier bulle, du scotch et quelques cartons, mais pas beaucoup.

Puis elle se retourne et disparaît dans la cuisine.

— Tu as amené un chaperon, je répète.

— Meghan m'a accompagnée parce qu'elle était avec moi quand tu m'as ordonné de venir, et elle a proposé son aide. Avec une paire de bras supplémentaire, on aura plus vite terminé.

— On dirait presque que tu as hâte de vivre avec moi.

— Je suis là, non ?

— Tu as ignoré tous mes messages.

— J'étais occupée à vider les pièces que vous allez utiliser, rétorque innocemment Penny. On devrait commencer par déménager les lits.

Je respire profondément, et me répète *Elle va s'en sortir*. J'essaye de ne pas penser aux couvertures de motel rugueuses ni aux larmes de Penny, ni à l'horreur toute particulière du chlore des piscines couvertes dont l'odeur imprègne tout.

— Si tu es d'avis qu'il faut commencer par les lits, je te suis.

Penny cligne des yeux, comme si elle croyait que j'allais continuer à me disputer avec elle.

— Tu veux que je me charge de l'organisation ?

— J'étais plus ou moins partie pour tout fourrer dans des sacs-poubelle, je réponds, dans l'espoir de la lancer.

Et ça marche.

— Ah oui, quand même ! Tu as vraiment besoin de moi. (Elle entre enfin dans l'appartement, me passe devant avec empressement et se dirige vers le salon.) Tu as des cartons au moins ?

— Remi nous en a mis de côté au magasin. Il faut que j'aille les chercher.

— Le déménagement des lits sera bien plus facile avec ton camion, dit-elle.

Au départ, je pense que c'est par méchanceté, mais elle grimace aussitôt, et ajoute :

— Désolée. (Elle secoue la tête.) On aura qu'à aller chez le loueur à côté du lac.

— On pourra emprunter celui de Remi, demain. Et la remorque de son grand-père.

— C'est vrai ? (Son visage s'illumine.) Ça serait super. Eh, Meghan, on a un camion et une remorque pour déménager les lits demain.

— Parfait, dit Meghan depuis la cuisine. Et les cartons ?

— Il faut que j'aille les chercher, je réponds.

— Vous devriez y aller maintenant toutes les deux, suggère-t-elle. J'ai assez de papier bulle pour commencer à emballer la vaisselle et une partie de ce qu'il y a dans la cuisine.

— Bonne idée, je m'empresse d'approuver, car je veux parler à Penny sans qu'elle ait la possibilité de fuir.

Et la voiture est le lieu idéal. Elle ne pourra pas se jeter du véhicule en marche si c'est elle qui conduit.

— Je..., commence Penny.

Puis, elle s'interrompt, car Meghan la regarde avec insistance pendant que je fais semblant de ne pas savoir pourquoi elle ne veut pas monter en voiture avec moi.

— OK, dit-elle enfin. Allons-y.

Elle ne décroche pas un mot durant tout le trajet jusqu'à la voiture. Il y a deux coins avec des immeubles dans la ville, un avec des loyers élevés, l'autre avec des loyers bas. Maman et moi vivons dans ceux de la deuxième catégorie.

Ronnie, le propriétaire, est un vrai connard. Mais il a bien fallu faire avec. Quand tu peux à peine payer le plus bas des loyers, tes choix sont limités. Ça fait longtemps qu'on habite ici ; depuis mes onze ans.

Ça va me faire bizarre de ne pas rentrer dans cet appartement après l'entraînement. Mes pieds évitent d'instinct les endroits où les cafards aiment se regrouper du côté des poubelles, et savent comment éviter les marches endommagées de l'escalier en béton ; et mes mains connaissent chaque éraflure de sa rampe en bois merdique.

Penny déverrouille la voiture en silence. Ce n'est qu'une fois sur la route qu'elle commence à parler.

— Si on peut déménager les lits demain, on pourra toutes partir pour Sacramento dimanche.

— Tu as vraiment réussi à libérer deux pièces au cours des quinze dernières heures ?

Elle hausse les épaules.

— Si j'avais laissé ma mère s'en occuper, la tienne serait rentrée de son opération pour s'installer dans une chambre d'amis blindée d'œuvres d'art invendues. Tu te souviens de sa période sculpture ?

Mon corps est parcouru d'un frisson.

— Ces trucs m'ont filé des cauchemars.

— Graham s'en sert encore pour décorer son bar pendant Halloween.

— Penny, il faut qu'on discute de tout ça.

— C'est ce qu'on fait. On parle logistique, dit-elle, et si elle n'était pas en train de conduire, je crois même qu'elle me regarderait en battant innocemment des cils.

— On doit discuter de ce qui se passera après le déménagement.

— On va attendre qu'elles rentrent à la maison et éviter de tuer le jardin de grand-mère pendant son absence, dit Penny sur un ton mécanique comme si elle récitait un cours appris par cœur.

— Penny. S'il te plaît.

Elle pince les lèvres, enclenche le clignotant un peu trop brusquement et s'engage dans le parking de la boutique pour animaux. Même avec les vitres fermées, je peux sentir l'odeur du foin.

— Très bien. (Elle coupe le contact, détache sa ceinture, se tourne vers moi, et pose ses mains jointes sur ses cuisses.) Qu'est-ce que tu veux ?

— Pardon ?

— J'ai vidé les pièces. J'ai fait de la place dans le réfrigérateur, dans ma salle de bains et dans le meuble à chaussures de l'entrée. Je gère, Tate. Ma mère a pris une décision, et au moins, cette fois, j'en comprends les raisons. Mais une fois de plus, je dois gérer les répercussions de ses choix. Alors, s'il te plaît, dis-moi juste ce que tu veux, et je le ferai, d'accord ?

Son petit discours a commencé sur un ton hautain, mais il se termine en supplique. Et soudain, elle a les larmes aux yeux, et j'ai l'impression d'être la personne la plus dégueulasse du monde.

— Je veux… une trêve, je suppose.

— J'ignorais qu'on était en guerre.

— Penny…

Elle tapote le volant du bout des doigts. De cet angle, je vois les cicatrices sur sa main droite et la façon dont certains doigts ne peuvent plus se tendre sans effort.

— Je ne veux pas me disputer avec toi, dit-elle doucement. J'ai juste pris l'habitude qu'on se chamaille. Ça se fait tout seul.

— Je sais. (Parce que c'est vrai. Je comprends exactement ce qu'elle veut dire.) Mais… il faut qu'on arrête ça, de se chamailler. Et ça doit venir de nous deux. Pour nos mères.

— Je sais. Tu as raison.

Elle se redresse, les yeux rivés sur ses mains posées sur le volant.

— Une idée de comment on va s'y prendre ? je demande.

Elle éclate de rire.

— C'est toi qui veux ça. Tu n'as pas une liste ou un truc dans le genre ?

— C'est plutôt ton domaine, les listes.

Mon cœur cesse momentanément de battre tandis qu'elle se penche de mon côté – son odeur m'évoque la forêt, profonde, vive et dangereuse. Elle attrape son bullet journal ainsi que sa trousse dans le sac posé à mes pieds, puis se tourne pour me faire face et s'assied en tailleur sur son siège.

Je suis trop grande pour faire la même chose, alors je me contente de me tourner du mieux que je peux. Elle prend un feutre et feuillette son cahier jusqu'à tomber sur une page vierge sur laquelle elle écrit :

PENNY & TATE : ACCORD DE TRÊVE
(rédigé le 22 juin)

— Première règle ? demande-t-elle.

Je prends alors conscience que j'ai probablement fait une erreur en donnant le pouvoir à Mademoiselle l'ex-déléguée de classe. Mais il est trop tard pour revenir en arrière.

— Pas de dispute devant nos mères.

— D'accord.

Elle le couche sur le papier. Son écriture à la va-vite est meilleure que la mienne quand je fais de mon mieux.

— Interdiction de balancer.

Elle hausse un sourcil.

— Tu parles de ton camion ? Elle va finir par l'apprendre.

— Mais pas par toi.

— OK. Mais ça marche dans les deux sens.

— Tu as des secrets, Pen ?

Elle esquisse un sourire en coin.

— Peut-être.

Je tapote le papier, parce que si je continue à la regarder ça risque de dégénérer, et le but de cette discussion c'est justement d'éviter ça.

— Tu le notes ?

Elle écrit : *Interdiction de cafter auprès de nos mères.*

— J'en ai une, annonce-t-elle. Interdiction d'utiliser toute l'eau chaude quand tu te douches.

Je grimace. Et merde. Partager une salle de bains avec elle va être galère. Je suis déjà allée dans sa salle de bains. Et… comment dire… C'est une forêt de lierre, et de petites bouteilles de sels de bain qu'elle a probablement concoctés elle-même.

— D'accord, mais tu enlèves une partie des plantes et des bougies.

Elle se mord la lèvre, mais l'ajoute à la liste.

— Ça marche. Et pour tes entraînements ?

— Comment ça ?

— Comment tu vas t'y rendre ?

J'essaye d'ignorer le nœud qui se forme soudain dans mon ventre, car je ne sais pas. Je ne le savais pas quand j'ai donné les clés à Pete et quand j'ai fait à pied les huit kilomètres pour rentrer à l'appartement avant que maman termine son service à la brasserie.

— Je trouverai un moyen.

Elle laisse échapper un bruit agacé.

— Ce que tu peux être têtue.

— C'est pas vrai.

— Je peux t'emmener.

La proposition est plus humble et plus douce que d'habitude.

— Tu n'es pas obligée, je réponds automatiquement.

— Je sais. Mais je peux. Même s'il faudra parfois que tu attendes une heure ou deux au restaurant quand ton entraînement se terminera avant la fin de mon service.

— Ça me va. C'est… Merci.

Elle hoche la tête.

— Reste que ça va être ta fête quand ta mère va découvrir que ton camion n'est pas au garage.

— C'est mon problème.

— D'accord. Tu veux que je l'ajoute ?

— En fait, oui. Ta mère, ton problème. Ma mère, mon problème.

Nous continuons à discuter et à peaufiner l'accord. Tout ça nous prend une vingtaine de minutes, mais on aboutit à une petite liste de conditions qui ne semblent pas si terribles que ça. C'est alors que…

— Une dernière chose, dit-elle en écrivant.

Elle met si longtemps que ma curiosité en est presque devenue douloureuse quand elle pose enfin le journal dans mon sens afin que je puisse lire ce qu'elle a ajouté en dernier.

Interdiction de parler d'Yreka.

(Le cliquetis de l'air conditionné de la chambre d'hôtel. Mme Rawlins frappant à chaque porte de l'étage pour vérifier une dernière fois que toutes les filles vont bien avant d'aller se coucher. *Ça va, vous deux ?* Je réponds : *Très bien,* tandis que Penny cache son visage maculé de larmes et son cœur brisé sous les couvertures. Et nous espérons toutes les deux que Mme Rawlins ne se rendra pas compte que Penny n'est pas Theresa.)

Parfois, Penny me regarde comme si j'étais un défi qu'elle voudrait relever mais sans savoir comment s'y prendre. Pourtant, alors qu'elle ramène le bullet journal vers elle, son expression est différente.

Est-ce que je me trompe en y voyant une bravade ?

(J'ai envie de lui crier « Maintenant ? Tu fais ça, maintenant ? », mais je m'abstiens. Je ne mordrai pas à l'hameçon, qu'il soit réel ou imaginaire. Je ne peux pas.)

— C'est d'accord, je dis.

(Ça ne l'est pas.)

7

PENNY & TATE : ACCORD DE TRÊVE
(rédigé le 22 juin)

- Pas de disputes devant nos mères (ou Manou).
- Interdiction de cafter à nos mères.
- Interdiction d'utiliser toute l'eau chaude (Tate).
- Élaguer un peu la forêt de la salle de bains (Penny).
- Nous ferons les trajets ensemble.
- Ta mère, ton problème. Ma mère, mon problème.
- Nous allons travailler ensemble pour gérer les différentes étapes du déménagement.
- Nous partagerons toutes les courses et corvées qui pourraient s'ajouter pour que nos mères n'aient pas à les faire.
- Pas de stress pour nos mères. Pour elles, nos vies sont parfaites.
- S'il y a un problème de vie ou de mort, nous nous tournons l'une vers l'autre et pas vers nos mères.
- Tate apprendra à Penny comment faire les brownies d'Anna, si Penny apprend à Tate à faire le cake au citron de Marion.
- Interdiction de parler d'Yreka.

8

22 juin

M : Bon, on fait quoi à propos de Penny et Tate ?

Qui c'est ? : R

M : À ton avis ? Qui te poserait une telle question sur P et T.

Comment tu as eu mon numéro, Meghan ? : R

M : C'est Tate qui me l'a donné. Je les aide à faire les cartons. Elle a dit que tu allais venir filer un coup de main pour les lits demain.

Oui. : R

M : Super. On a passé l'après-midi à mettre en carton ce qu'il y avait dans la cuisine et à démonter les lits. Donc. On fait quoi ?

On devrait tout emporter le matin avant qu'il fasse trop chaud. J'ai rendez-vous avec Tate pour courir à 6 heures, donc on peut dire 7 h 30 ? (R)

(M) Je ne parlais pas des lits, mais de Penny et Tate.

Qu'est-ce qu'elles ont ? (R)

(M) Je suis sûre que tu as remarqué toi aussi. Il y a de la tension.

??? (R)

(M) Remington ! Je sais que tu es plus observateur que ça.

Ce ne sont pas mes oignons. (R)

(M) Ah, ah ! Tu admets qu'il y a des oignons alors ? Des oignons romantiques ?

Remington est en train d'écrire...
Remington est en train d'écrire...
Remington est en train d'écrire...

(M) Oh, bon sang, dis-le !

Ce ne sont pas nos affaires. Laisse tomber. (R)

(M) On en reparlera !

Je vais tuer Tate pour t'avoir filé mon numéro. Et ne t'avise pas de m'inonder d'images de fleurs comme tu le fais avec tout le monde. (R)

[Meghan a envoyé une photo.]

Quelle maturité ! (R)

(M) Quoi ? Tu as dit pas de fleurs ? La bague sur mon majeur n'est-elle pas trop mignonne ?

Remington est en train d'écrire…
Remington est en train d'écrire…
Remington est en train d'écrire…

Dis-moi quand tu as besoin du camion. Je serai là. (R)

(M) Demain 8 heures. Et si tu as de la chance, je ferai peut-être des cookies.

9

TATE
23 juin

— Tu as donné mon numéro à Meghan, dit une voix alors que je suis en train de nouer mes lacets.

Je lève la tête et plisse les yeux sous la lumière du jour naissant. Remi est d'habitude sur la piste avant moi, mais ce matin je suis arrivée la première. On court ensemble trois fois par semaine. Remi est un coureur, pas un nageur, mais on s'est toujours bien entendus, pas seulement parce qu'on pratique un sport solitaire, mais aussi parce qu'on est les intrus de nos équipes respectives.

— Bonjour à toi aussi.

Remi me fusille du regard.

— Tu as donné mon numéro à Meghan, répète-t-il comme si j'avais commis un crime.

— Tu as dit que tu nous aidais à déménager les lits aujourd'hui.

— En effet. Parce que tu as vendu ton camion sans en parler à personne.

— Parce que tu avais les sept mille dollars dont j'avais besoin planqués quelque part, peut-être ? je demande, sarcastique.

— J'aurais pu essayer de trouver une solution.

Je balaye son objection d'un geste de la main.

— C'est fait. Et Meghan est super sympa sur ce coup, elle m'a aidée toute la journée d'hier. Je ne sais pas pourquoi tu es toujours tellement sur la défensive quand il s'agit d'elle.

— Elle va m'envoyer des photos de fleurs, proteste-t-il.

— L'horreur, je rétorque, ironique. Meghan est une bonne photographe. Ses photos de fleurs sont belles. Un peu de beauté dans ta vie te fera le plus grand bien. Tu t'étires avec moi ? On a qu'une heure et demie avant notre rendez-vous avec elles.

— Regarde ce qu'elle m'a envoyé, dit-il en brandissant son téléphone sous mon nez.

Meghan, tout sourire, en train de faire un doigt d'honneur à Remi, son majeur orné d'une bague avec un oiseau.

J'étouffe un rire, et il me lance un autre regard assassin. Remi est très doué pour communiquer ce qu'il pense via ses expressions faciales.

— Quoi ? C'est drôle. Et ce n'est pas une photo de fleur.

— Alors, ça y est, c'est décidé ?

— De quoi tu parles ?

— Tu déménages en pleine cambrousse. Ta mère sait pour ton camion ? Et comment tu vas aller aux entraînements ?

— Je trouverai un moyen.

— Ça craint, dit-il avec un soupir. On ne se verra plus qu'au lycée.

Il se renfrogne, visiblement contrarié. Je lui ferais bien un câlin si c'était notre truc à l'un ou à l'autre. Mais on a toujours été plutôt du genre à se bousculer et à se donner des coups affectueux. C'est sans doute pour ça qu'il est si mauvais à exprimer le message que je crois qu'il veut me transmettre.

— Est-ce que c'est ta façon de me dire que je vais te manquer ?

— C'est bon. Tais-toi, rétorque-t-il, mais ses oreilles sont toutes rouges. Je suis vraiment content pour ta mère. Je comprends que vous alliez vivre là-bas.

— Tu vas me manquer aussi. Et je te promets que je ne vais pas commencer à mettre des codes couleurs partout sous prétexte que je vivrai sous le même toi que Penny.

— Ce n'est pas ce qui m'inquiète, dit-il, avant de laisser échapper un rire forcé un peu trop nerveux, et de secouer la tête. C'est le dernier de mes soucis concernant l'ouragan Penny.

— Comment ça ?

— Je ne m'inquiète pas que tu deviennes comme Penny. Je m'inquiète à l'idée que tu te retrouves avec la cage thoracique explosée pour qu'elle puisse enfin atteindre ton cœur et le serrer jusqu'à en faire de la purée.

L'espace d'une seconde, c'est comme si je pouvais voir les mots qu'il vient de prononcer et les images qu'il a conjurées, parce que *merde*, il n'y est pas allé de main morte.

— Je…

— Honnêtement, Tate.

— Non, dis-je.

Puis je répète plus fermement :

— Non. Je ne risque absolument rien.

Il s'esclaffe, et je serre les poings.

— Je vous connais toutes les deux depuis la maternelle.

— Ça n'a rien à voir avec…

— J'étais là le jour de l'accident, me rappelle-t-il.

Je déteste le fait que mes yeux s'écarquillent quand il l'évoque. En général, j'essaye de ne pas être trop transparente. Mais ce jour-là…

— Dès que tu es dans une pièce, tu la cherches, Tate.

— Cette fois-là, elle avait vraiment besoin qu'on la trouve, tu ne vas pas dire le contraire ?

— Tu sais ce que je veux dire.

Bien sûr que je le sais.

— Vous allez être toutes les deux seules dans cette maison pendant quoi, deux semaines ? Trois ?

— Probablement quatre, je murmure.

— Et ça va être comment de vivre avec elle ?

Je le dévisage, et je hais à quel point cette question m'est familière.

— Douloureux, je suppose.

Trop d'honnêteté. Je ne peux pas supporter de soutenir son regard. Je commence donc à courir sans m'être suffisamment étirée. Peu importe. Je veux juste mettre de la distance entre lui et moi, le plus vite possible.

Il me connaît assez bien pour me laisser faire un tour complet avant de me rejoindre.

10

23 juin

M : Merci de nous avoir aidées avec les lits.

M : Tu n'avais pas l'air dans ton assiette. Tout va bien ?

Je crois que j'ai merdé avec Tate ce matin : R

C'est un peu ta faute, aussi. : R

M : Ma faute ?!

C'est toi qui as dit que Penny et Tate étaient des âmes sœurs. : R

M : Je n'ai JAMAIS parlé d'âmes sœurs.

M : C'est toi qui as utilisé ce terme.

M — Pas moi.

M — Tu as dit quelque chose à Tate ?

M — Qu'est-ce que tu as dit ?

M — Non, attends. Qu'est-ce qu'ELLE a dit ?

M — Vous avez déjà parlé de ça tous les deux ? Parce que Penny refuse d'en discuter.

M — Tant que j'y pense, tu pourrais mettre de côté d'autres cartons pendant qu'elles sont à Sacramento ?

M — Ça doit être chaud niveau financier avec les factures liées à l'opération. Peut-être qu'on devrait organiser un buffet de pâtes, ou un truc dans le genre ?

M — Qu'en penses-tu ?

Je pense que tu viens de me poser six questions avant que j'aie eu le temps de répondre à la première. — R

#1 : oui. — R

#2 : J'ai dit quelque chose que je n'aurais pas dû dire.

R

#3 : Tate s'est fâchée.

R

#4 : Même pas en rêve. Hors de question que je me mêle de ça, c'est un coup à se cramer 🔥.

R

#5 : OK. Je vais récupérer autant de cartons que possible.

R

#6 : Je vote pour une collecte de fonds autour d'un barbecue, plutôt qu'un buffet de pâtes.

R

7# : Je pense que c'est une bonne idée et que c'est super sympa de ta part d'aider autant.

R

M

Remington. Je rêve ou est-ce que ce serait un compliment ?

[Meghan envoie une photo.]

S'il te plaît, envoie-moi des fleurs comme à tout le monde. Tout, mais pas des cœurs avec les doigts.

R

M

J'envoie des cœurs avec les doigts à qui je veux. Surtout quand la personne m'a dit un truc super gentil.

11

TATE
23 juin

— Je n'arrive pas à croire que vous ayez fait tout ça en moins d'une journée, dit maman en découvrant la chambre d'amis de Lottie.

Ça nous a pris un moment, mais tous ses meubles sont installés et son lit est fait.

— Remi a réussi à caser l'armoire dans le camion, du coup on en a profité pour l'apporter.

— Merci, dit maman en se glissant sous les draps.

Elle saisit la télécommande du lit que j'ai placée à côté et appuie sur le bouton afin de se redresser.

— Quel bonheur, dit-elle dans un soupir.

— Je vais te laisser te reposer avant le dîner.

— Oh, il faut que je me lève dans une minute. J'ai promis à Marion une partie de cartes. Mais je vais juste fermer les yeux un instant.

— OK, je réponds, en sachant pertinemment qu'elle sera probablement endormie quand j'arriverai à l'étage.

Sa chambre est au rez-de-chaussée, comme celle de Lottie, mais la mienne est au premier en face de celle de Penny.

J'ai passé la journée à trimballer des meubles dans des escaliers. La porte de Penny est déjà fermée, et je ne prends pas la peine de frapper.

Les étages d'une maison ont quelque chose de particulier. Quelque chose d'intime. Je suis venue dans cette maison un paquet de fois au fil des ans. J'y ai passé des heures et des heures. Mais je ne suis quasiment jamais montée depuis que Lottie est revenue s'y installer, et je me demande pourquoi ça ne m'a pas sauté aux yeux avant.

Il n'y a aucune photo de George en bas. C'est comme si Lottie l'avait effacé de cette partie de la maison, et je ne remarque cette absence que maintenant parce qu'à l'étage il y en a. Parmi l'amas de clichés et de peintures accroché autour du tuyau de poêle qui traverse la bâtisse au bout du couloir, j'en repère un de Penny à dix ans avec son père, tous les deux équipés de gilets de sauvetage. Il y a aussi une photo en noir et blanc de George avec son père à lui. Et une peinture, de toute évidence réalisée par Lottie, représentant des mains d'homme avec une bague scintillant à l'annulaire.

— Qu'est-ce que tu fais ?

Sortant brusquement de ma prise de conscience, je jette un coup d'œil à Penny par-dessus mon épaule.

— Je regardais la peinture, je réponds alors qu'elle m'observe depuis le seuil de sa chambre. Je ne me souviens pas de l'avoir vue avant aujourd'hui.

— Je l'ai sauvée du feu dans lequel elle voulait la jeter, dit Penny comme si ce n'était pas dingue d'avoir à faire ce genre de chose.

— Tu…

— Elle a mis tout ce qui lui appartenait dans un garde-meuble, poursuit Penny en agrippant le chambranle comme pour ne pas tomber. Elle refuse de me laisser m'y rendre.

Je suppose que je devrais m'estimer heureuse qu'elle n'ait pas aussi brûlé ses affaires. Mais toutes les peintures qu'elle a faites de lui, d'elle et de lui, de lui et de moi, de toute notre vie… Elle a fait un immense feu et elle a tout brûlé.

— Penny…

Je ne sais même pas quoi dire.

— Elle a dit que je n'avais pas à être en colère. Après tout, c'était ses peintures à elle.

— C'était aussi tes souvenirs.

Son regard se pose rapidement sur moi avant de se détourner.

— Je ferais mieux d'aller aider Manou avec le dîner.

Je sais qu'elle veut échapper à ma présence, mais il est hors de question que je ne fasse pas ma part ici. Et si Marion fait à manger, j'ai bien l'intention de mettre la main à la pâte.

Mais quand nous arrivons en bas, ce n'est pas du tout ce qui est en train de se passer dans la cuisine.

Marion et maman sont en train de jouer aux cartes à un bout du plan de travail, avec une pile d'After Eight posée entre elles, tandis qu'à l'autre bout, penchée sur son carnet de croquis, Lottie dessine. Si quelqu'un prenait une photo avec un filtre noir et blanc, ça donnerait un cliché chaleureux et désuet qui aurait pour titre *Femmes profitant d'un moment de détente.*

— Le dîner sera prêt dans environ vingt minutes, les filles, dit Marion. Je dois d'abord finir de botter les fesses d'Anna.

Je m'assieds à côté de maman et vole un chocolat dans sa pile.

— Hey ! proteste maman. Tu ne veux pas que je gagne ?

— Je ne pense pas que ce soit possible à ce stade, se vante Marion.

Maman étouffe un cri faussement offusqué pendant que je déballe le chocolat. Mais elle doit comprendre que, si je dois attendre vingt minutes de plus avant le dîner, il faut que je mange quelque chose. Je suis en pleine croissance.

— On ne t'a donc pas enseigné les bonnes manières ? demande-t-elle.

— Pas quand il s'agit de chocolat.

Je lâche la friandise dans ma bouche.

— Enfant terrible, dit maman en me souriant.

— Je dirais même atroce, j'ajoute.

— Vous êtes infernales toutes les deux, dit Lottie en secouant la tête, sans lever les yeux de son carnet.

Penny se tourne vers sa mère.

— Sur quoi tu travailles, maman ?

Mais avant qu'elle ait pu s'approcher suffisamment pour voir ce que Lottie est en train de dessiner, cette dernière change de page pour une vierge.

— Juste des gribouillis, répond-elle.

On dirait qu'elle ne voit pas les traits de Penny s'affaisser devant ce rejet. Et je pense à Penny, en train de regarder partir en fumée tous ces tableaux avec le visage de son père, immortalisé à l'aquarelle et à la peinture à l'huile.

Encore une blessure à ajouter à toutes celles que lui a infligées sa mère.

— Vos affaires pour Sacramento sont prêtes, les filles ? s'enquiert Lottie.

— Elles le seront avant jeudi, répond Penny. En parlant de tout ça, il faut qu'on discute.

— Il n'y a rien à discuter, dit Lottie.

Au même moment, ma mère demande :

— De quoi veux-tu parler, ma chérie ?

Lottie s'esclaffe.

— Elle est juste en train de s'inquiéter, comme d'habitude.

— Marion a gagné cette manche de toute façon, dit maman.

Marion éclate d'un rire diabolique en ramenant tous les chocolats vers elle.

— Je vais faire des provisions pour notre séjour à Sacramento.

— Si je passe presque un mois à jouer au rami avec toi, je ne peux que m'améliorer, l'avertit maman.

Mais Marion lui répond avec un rire moqueur.

— J'ai des années d'avance sur toi, ma poulette.

— De quoi voulais-tu parler, Penny ? demande à nouveau maman.

Et le fait qu'elle y revienne semble redonner un peu de vie à Penny.

— J'ai fait tout un plan, dit Penny en ouvrant son bullet journal.

— Oh non, pas une autre de tes listes, plaisante Lottie.

Voyant que Penny, les yeux rivés sur son journal, ne dit rien, j'interviens :

— On a déjà fait le point sur le déménagement de l'appartement, et comment s'organiser pour que tout soit déballé et rangé à votre retour.

— J'ai parlé à Graham de travailler certains week-ends à la brasserie, lâche soudain Penny.

Tous les regards se tournent vers elle.

Maman fronce les sourcils.

— Tu es allée voir notre patron ? Pourquoi ?

— Pour compenser la perte de revenu que va générer votre absence. Il a dit que c'était OK. Il me mettra sur le service du midi pour que je n'aie pas affaire à la clientèle nocturne.

— Tu as déjà un boulot, je dis.

Comment va-t-elle faire pour travailler à la brasserie *et* au Blackberry ?

— Je peux faire les deux, assure Penny.

— Tu n'aurais pas dû faire ça, dit Lottie.

— Lottie, ça partait d'une bonne intention, proteste maman.

— Tu n'as pas à enquiquiner Graham ou à te préoccuper de perte de revenu, insiste la mère de Penny. Les œuvres que je suis en train de terminer compenseront tout ça, une fois qu'elles seront vendues. Tu t'inquiètes toujours trop.

Penny relève le menton d'un air de défi.

— Tu ne sais pas si tes œuvres vont se vendre rapidement.

— On dirait que tu ne crois pas en moi. Mes dernières œuvres ont suscité pas mal d'attention du côté de San Francisco. Avec Anna nous avons tout planifié. C'est pour ça que nous avons rassemblé nos deux foyers. Pour faire des économies. Alors, s'il te plaît, laisse les adultes être les adultes, OK ?

Le visage normalement serein de maman se crispe légèrement.

— J'apprécie l'attention que tu portes à tout ça, Penny, dit maman. J'apprécie vos efforts à toutes les deux, les filles.

— Mais nous savons ce que nous faisons, conclut Lottie avec une condescendance acide.

Et Penny réagit comme si elle venait effectivement de se brûler.

— Quel est le montant de la taxe foncière, maman ? demande-t-elle à Lottie. Et quand est-elle due ?

C'est comme si elle avait aspiré tout l'air de la pièce, tant le silence qui suit est dense. Maman et moi échangeons un regard qui signifie *Oh, merde* avant de baisser les yeux sur le plan de travail. Marion observe sa petite-fille et sa belle-fille comme une maman pitbull prête à mordre s'il le faut.

— Pénélope, dit Lottie qui irradie littéralement de colère.

Mais Penny continue.

— De combien de stères de bois avons-nous besoin pour chauffer la maison ? demande-t-elle en se penchant en avant. Quel est le montant de la facture d'électricité ? Nous allons devoir remplacer la pompe du puits l'année prochaine…

— Ça suffit, l'interrompt Lottie.

Penny grimace.

— La taxe foncière est due en septembre, dit-elle. Ça va nous coûter mille quatre cents dollars. Nous n'avons que quatre cents dollars de côté. Il faut trois stères de bois de chêne pour chauffer la maison, quatre, si c'est du pin ou une autre essence qui brûle plus vite, plus le propane pour la caravane de grand-mère. Ça fait au minimum mille deux cents dollars. Que nous n'avons pas. La facture d'électricité…

— J'ai dit, ça suffit, la coupe une fois de plus Lottie.

— Lottie, dit calmement Marion.

— Tu ne vas pas t'y mettre toi aussi ! explose Lottie en se levant brusquement.

Puis, son carnet de croquis sous le bras, elle quitte la pièce. Je l'entends sortir de la maison d'un pas rageur, sûrement pour rejoindre son atelier dans le garage, où personne ne viendra la déranger.

Après un court silence, maman, ma magnifique, mon imperturbable maman, se lisse les cheveux et dit :

— Tu parlais de la facture d'électricité, Penny ?

Penny laisse échapper un petit gémissement qui ne peut être décrit que comme du soulagement.

— Penny a tout répertorié sur son ordinateur, dit Marion. Elle m'a beaucoup aidée en s'occupant des comptes en ligne pour moi.

— Je paye chaque facture tous les mois, explique Penny à maman. Pas de prélèvement automatique, parce que si nous n'avons pas assez…

— Ça engendre des frais bancaires.

Maman et moi soupirons de conserve.

— Oui. Maman ne vérifie pas toujours l'état du compte avant d'acheter des fournitures. Mais j'ai créé un calendrier avec tout ça. Et je peux vous donner les identifiants pour la compagnie d'électricité.

— Super, dit maman. Mais, Penny, à propos du boulot à la brasserie.

C'est alors que je m'entends dire :

— Je peux le faire.

Maman me dévisage.

— Tu es sûre ?

— Penny a déjà un travail. Si c'est juste le service du midi, je peux nager avant, et terminer mon entraînement après. Jusqu'à ce que Lottie revienne. L'argent servira à payer toutes les factures dont parlait Penny.

Voyant qu'elle hésite, je lui assène le coup de grâce :

— Comme ça je pourrai garder un œil sur Drew et deviner comment il fait pour rater la pâte à bretzels, je propose en espérant la faire rire.

Et ça marche.

— Quelle bonne idée, j'apprécierais vraiment.

— Comme tous les clients qui aimeraient continuer à commander des bretzels à la brasserie, marmonne Marion.

— Ma puce, je ne vais pas t'interdire de prendre un job d'été, tant que tu penses pouvoir maintenir tes entraînements, dit maman. Mais Penny, tu devrais aller t'excuser auprès de ta mère pour avoir parlé à Graham.

— J'essayais juste d'aider, ronchonne Penny.

— Je sais, lui dit maman. Et ta mère le sait aussi. Parce qu'elle fait la même chose que toi : elle essaye d'aider par tous les moyens à sa disposition. Vous vous ressemblez tellement, toutes les deux.

Les yeux de Penny se mettent à briller tandis qu'elle rétorque :

— Je ne veux pas lui ressembler, Anna.

À ma connaissance, jamais déclaration n'a un jour été plus sincère.

Je n'arrive pas à dormir. Ce n'est pas nouveau. J'ai le sommeil léger. Ce n'est pas génial pour quelqu'un qui se lève régulièrement avant l'aube. J'ai tout un rituel – bouchons d'oreilles, et tout le toutim –, mais c'est la première nuit dans une chambre bien plus grande que celle de notre vieil appartement, combiné au fait que nous sommes au milieu des bois, au lieu de la ville, et ça fait une grosse *différence.* Les sons sont différents – la forêt est silencieuse, mais aussi bruyante quand le vent souffle à travers les pins et l'espace entre les deux crêtes. La maison est différente – elle vibre et respire avec des craquements auxquels je ne suis pas habituée. Le lit est à moi, les affaires également, mais tout ce qui est hors de ces quatre murs ne l'est pas.

(À l'instar de la fille de l'autre côté du couloir.)

En parlant de Penny…

C'est ce qui m'a réveillée. Un craquement trop fort pour faire seulement partie de la respiration de la maison. Je me lève et me rends à la fenêtre à temps pour la voir à la lumière du porche. Avant d'avoir réfléchi à ce que je faisais, j'ai déjà descendu la moitié de l'escalier.

(Je ne réfléchis jamais quand il s'agit d'elle.)

La caravane de Marion est plongée dans le noir, mais la lumière du garage s'allume quand Penny passe devant.

J'attrape mon sac dans le couloir avant de sortir de la maison. Elle est déjà dans sa voiture. Elle la démarre et se dirige vers le portail.

Je me baisse derrière le camion de Marion pendant que Penny descend pour ouvrir le portail, le franchir et refermer derrière elle avant de partir.

Et je la suis. Je récupère le boîtier sous le pare-chocs dans lequel Marion cache sa clé et je prends le volant.

(Où Penny peut-elle bien aller ?)

La route qui traverse la forêt est une succession d'épingles à cheveux qui longe la montagne, et elle est trop étroite pour deux voies. J'aperçois ses feux arrière à chaque tournant, mais le temps qu'elle arrive sur la bretelle d'entrée de la 5, elle est assez loin devant moi pour que je puisse la suivre sans crainte d'être repérée.

Je m'engage à mon tour sur l'autoroute, la partie sinueuse que les constructeurs ont bâclée, avec de fâcheuses conséquences, en attendant d'atteindre la ligne droite plus facile en direction de Sacramento. Quand je vois la sortie qu'elle prend, je continue ma route non pas pour éviter d'être vue, mais parce que je suis sous le choc.

C'est la sortie du lac. Je n'y crois pas…

Je sors à la suivante et reprends la 5 dans l'autre sens, et cette fois, je sors au même endroit qu'elle. Mon visage et mes doigts sont engourdis tant j'ai du mal à y croire.

Et pourtant quand j'arrive au quai, sa voiture est garée sur le parking, elle est vide.

Je descends du véhicule de Marion, et, l'espace d'un instant, je reste plantée là, car mon cerveau me raconte un million de choses et mon corps réagit comme s'il n'y avait qu'une possibilité, et cette possibilité est...

(Non.)

Je me mets en mouvement en direction du quai et du lac qui scintille sous la lumière de la lune. *Qu'est-ce qu'elle fout ici ?*

Mes pieds claquent sur les pavés, puis sur le bois. Je ne la vois nulle part. Mais elle ne peut pas...

Elle est sur l'eau.

(Ce n'est pas possible.)

L'idée est ahurissante, car Penny ne va pas sur l'eau. Elle n'y va plus.

Et pourtant, elle est là. Dos à moi, sa frontale allumée, elle manœuvre pour écarter son kayak de la rive à coups de pagaie, avec des gestes sûrs et fluides.

Je reste figée. Je me moque qu'elle se retourne et me voie. Je la regarde s'éloigner de plus en plus, traverser la crique en direction de l'étendue d'eau lisse du lac Shasta. Dans la journée, l'endroit est plein de jet-skis et de canots à moteur, mais, cette nuit, il n'y a qu'elle, la lune, et le bruit de la pagaie. Mon cœur saigne en se rappelant pourquoi elle a arrêté le raft... et je me demande pourquoi (depuis quand / comment) elle est de retour sur l'eau (et pourquoi elle n'a rien dit à personne).

Elle lève les bras. Le kayak se balance de gauche à droite.

Elle passe sous l'eau. Elle… Elle se retourne telle une poupée de chiffon emportée par le mouvement du kayak, jusqu'à ce que le fond de l'embarcation flotte à la surface du lac et qu'il n'y ait plus de Penny éclairée par la lune, parce que Penny est sous l'eau. À cette distance, c'est presque comme si quelqu'un l'avait attirée depuis les profondeurs, et je n'ai pas d'autre choix que de passer à l'action.

Je saute.

Et la seule pensée dans ma tête alors que mon corps entre en contact avec l'eau est : *Ça ne peut pas recommencer.*

12

Acte un : La rivière
Penny
Quinze ans

L'eau est agitée ce jour-là. Et je suis ravie. Papa aussi. C'est un temps parfait – le soleil est éclatant. Eau parfaite – calme jusqu'à l'endroit où elle se déchaîne dans toute sa gloire.

Rapides parfaits – blancs comme neige.

Père parfait. *Vas-y avec tout ton bras, Pen.*

Journée parfaite. *Rien que nous deux, cette fois, papa ?*

Puis… parfait cauchemar.

Sur ta gauche ! Papa !

Quand ça tourne mal, c'est tout, et tout en même temps. Nous arrivons dans la partie où la rivière s'engouffre dans un tourbillon étroit surnommé le Wishbone. C'est relativement calme, le début des rapides est encore à plusieurs mètres de distance, mais ce qui accroche le fond du raft – une branche d'arbre ? Un débris laissé par le dernier orage ? Je ne le saurai jamais – nous envoie en arrière dans les premiers remous. Impossible de barrer, on peut à peine ramer, et pas moyen de rattraper le coup. L'eau suinte sous mes pieds, puis me lèche les chevilles. Tellement d'eau.

Tellement vite. Mon champ de vision se rétrécit tandis que le monde bascule. Je sens la peur grandir. Je ne peux pas la laisser me submerger.

Redresse-toi. Tiens bien ta rame. Ne la lâche pas. Concentre-toi sur ce qu'il y a devant. Laisse papa barrer. Rejoins la berge.

Rame. Rame. De toutes tes forces. Reprends le contrôle.

Mais il n'y a pas moyen de reprendre le contrôle. Pas moyen de rejoindre la berge. Encore deux coups de rames, et nous entrerons en arrière dans les rapides. Tout va trop vite. Nous n'avons pas l'occasion de nous arrimer à quelque chose, ni de trouver refuge derrière un rocher. Nous sommes pris dans le courant, et faisons tout ce qui est en notre pouvoir pour ne pas sombrer en écopant frénétiquement. Nous balançons l'eau et le matériel hors du raft, tandis que la déchirure, ajoutée à notre poids à tous les deux, le fait couler de plus en plus.

Il me crie quelque chose à propos de mon gilet. Je ne peux même pas vérifier, car nous sommes précipités dans une nouvelle série de rapides avec un violent soubresaut.

Tout ce que je peux faire, c'est m'accrocher, aucune direction, aucun contrôle, nous sommes à la merci de la rivière. À l'autre bout du raft, il essaye de conserver l'équilibre et de nous orienter, sans succès.

Nous allons perdre le raft. Mes doigts agrippent les cordes trempées qui me cisaillent la peau. Nous percutons les rochers. J'entends un horrible craquement et il me faut une seconde pour comprendre que le bruit a été produit par un choc sur son casque.

Je patauge vers lui en abandonnant ma rame, alors même que nous sommes entraînés plus loin dans les rapides infernaux. Il y a du sang sur sa joue. Il coule de son front. Il retire le casque abîmé et secoue la tête – il la secoue ? Puis, il me crie de nouvelles instructions. Ça veut dire qu'il va bien, hein ? Hein ?

Jette ce dernier paquet. Attrape cette rame. C'est bon, Pen. On contrôle la situation. Les rapides deviennent costauds par ici. Prépare-toi pour la grosse chute. Après, ça se rétrécit, on pourra s'accrocher à quelque chose. On gère.

On gère que dalle. Nous le savons tous les deux. Je ne l'ai jamais vu si effrayé. Je ne l'avais jamais vu effrayé du tout. La rivière est dans le fond de ma gorge, elle tourbillonne dans mes poumons, elle imprègne chaque cellule de mon corps, et je le sais avec la certitude d'une fille qui a passé sa vie dessus : elle va nous tuer.

Quand nous aurons atteint la partie dangereuse du Wishbone, nous ne pourrons plus nous en sortir vivants.

Il le voit avant moi : l'arbre tombé. Une partie des branchages pend dans l'eau, et au-delà, il n'y a qu'un bouillon d'écume blanc et trop d'espace, des creux profonds gonflés par le dernier orage. Ce ne sont plus des rapides mais une véritable chute d'eau. Les yeux de mon père sautent de l'arbre à ce qu'il y a devant, puis reviennent aux branches. Je suis son regard avec quelques secondes de retard sur son raisonnement… seulement quelques secondes.

Une corde enroulée autour de ma main. Des mains sur mes hanches. Qui me serrent fort. Nous basculons, nous allons chavirer – *Attrape-la, Penny !* hurle-t-il, et j'obéis. Je tends le bras –, réussir ou mourir. Il me soulève assez haut, et je percute le tronc. Mon ventre et mes côtes le heurtent à une vitesse qui m'arrache un cri de douleur. La corde se resserre autour de mon poignet – c'est la seule chose qui empêche le raft d'être emporté. Elle me tire violemment en avant, et le vacarme de l'eau est couvert par les bruits que je fais. La rivière est puissante, elle lutte contre moi, déterminée à aller de l'avant, toujours si déterminée à se frayer en force un passage à travers les obstacles. C'est pour ça que je l'aime.

Mais en cet instant, je suis l'obstacle. Papa est l'obstacle. Et la rivière déteste ce qui lui résiste. *Ça va aller, Pen.* Je parviens difficilement à l'entendre par-dessus le rugissement – suis-je en train de pleurer ? De crier ? Est-ce qu'il y a un mot pour les sons qui s'échappent de ma bouche ? Je n'arrive pas à penser à autre chose qu'à mes muscles, l'effort qui brûle et extirpe les os de leurs cavités tandis que j'essaye de tirer sur la corde, de le soulever. Mon corps est bâti pour tant de choses, il est si utile, si capable, si extraordinairement fort, mais il va se briser sous cette pression. L'eau bouillonne tout autour de mon père. Le raft n'est plus qu'un amas de caoutchouc dégonflé et de corde enroulée autour de son bras.

C'est une bataille que je ne peux pas gagner. Mais je continue à essayer. La corde est dans ma main à présent au lieu d'être autour de mon poignet. C'est un progrès. Je peux le faire. Le sang poisseux sur mes paumes, la corde qui glisse, *Tire, bordel.* Je dois la réenrouler autour de ma main. J'ai besoin d'une quinzaine de centimètres. Juste quinze centimètres. Je peux le faire.

Je glisse plus en avant sur le tronc, entraînée par la corde et le courant. Ça étire mon corps au-delà de ce qui est humain, et je sens mon coude grincer, puis il y a un claquement encore plus douloureux que celui de mon épaule.

Il me crie quelque chose. Il le répète en boucle, en frappant l'eau avec frénésie. Je crois que c'est la peur qui brouille ses mots, la mienne et le grondement de l'eau qui trompent mes oreilles, jusqu'à ce que ce qu'il est en train de faire devienne évident.

Il n'a pas peur.

Il essaye de se libérer de la corde.

Il essaye de se libérer de ce qui nous relie.

Il me supplie.

Non pas pour lui.

Il me supplie de le lâcher. *Pénélope ! Lâche la corde ! Je ne peux pas me libérer… lâche la corde !*

Je suis trempée. À moitié dans le vide. Tractée par le courant, la corde, le raft, et son poids. La corde est descendue de son bras jusqu'à son poignet. Il est presque libre.

Non. Non. Je te tiens. Promis. Je peux le faire. Je suis assez forte.

Je dois l'être.

Je tire. La corde glisse dans la mauvaise direction, mais je la rattrape et manque de basculer. Le *Non, Penny, stop !* qui s'échappe de sa gorge est comme un crissement d'ongles sur une ardoise.

Je fais comme si je ne l'avais pas entendu. Encore dix-huit centimètres. Peut-être vingt ? Je peux le tirer avec moi sur le tronc.

Je peux. Je peux. Je…

— Penny ! Regarde-moi !

Mes yeux se plantent dans les siens, à travers l'eau, bleu sur bleu.

La corde est dans son poing.

— Dis à ta mère que je l'aime.

Je hurle. Pas un mot. Pas même un vrai son. Juste la douleur. Juste une prise de conscience. Juste cette atroce *lucidité* dans son regard.

Et :

Il.

Lâche.

Tout.

13

Penny
23 juin

L'air est rarement froid la nuit en été. C'est comme si les arbres et la terre se rappelaient la chaleur de la journée et continuaient à la diffuser. Mais le lac, lui, se rafraîchit dès que le soleil disparaît.

Autrefois j'avais peur de l'eau sombre. J'ai eu peur de beaucoup de choses pendant longtemps après l'accident.

J'ai encore peur. *Tu as survécu à de nombreux traumatismes,* me disait gentiment Jane, la thérapeute que m'avait envoyée voir Manou, comme si cette étiquette pouvait aider. J'aurais aimé que ce soit le cas, mais j'ai acquis ce jour-là beaucoup d'étiquettes qui n'avaient rien à voir avec le syndrome de stress post-traumatique, et leur poids était déjà trop lourd. En ajouter ne fut pas très utile au début de ma thérapie ; ça a même déclenché une crise d'angoisse.

Mais à force d'aller la voir, ça a fini par changer. Je ne pouvais pas parler de l'accident. Alors, je lui parlais d'autres choses. De ma vie. De mes bizarreries. De ma mère, du fossé qu'il y avait toujours eu entre nous et qui était à présent un gouffre. Du fait qu'à une époque j'avais été capable de fuir mes pensées, et que ça m'était devenu impossible.

Plus je me livrais, plus Jane écoutait, plus elle en savait, et un jour elle a évoqué quelque chose dont je n'avais jamais entendu parler auparavant. *Les pensées intrusives.* Et cette fois, cette nouvelle donnée ne m'a pas fait la sensation d'un fardeau. Ça a été comme une porte qui avait toujours été fermée quand je passais devant et qui s'entrouvrait.

En regardant en arrière, je me sens tellement bête. J'avais accepté une séance avec ma mère en me disant que ça serait mieux si c'était Jane qui amenait le sujet. J'étais loin d'imaginer à quel point je me trompais.

Dès que Jane a expliqué que les pensées intrusives étaient souvent liées à des troubles de l'anxiété et à des troubles obsessionnels compulsifs, ça a été comme si tout ce qu'elle avait dit d'autre avait disparu. Ma mère s'est focalisée sur les TOC, ignorant complètement l'anxiété. Jane a essayé de la rediriger, elle lui a répété que ça pouvait être associé au deux, TOC et troubles anxieux, voire au syndrome de stress post-traumatique, mais ma mère ne cessait de marteler que je ne pouvais pas souffrir de TOC, car ma chambre n'était pas assez propre pour ça.

Peut-être que ça aurait été réparable si ma mère n'avait pas été si méprisante. Peut-être que ça aurait marché si Jane n'avait pas parlé de médicaments et de réintégrer le raft dans ma vie pour m'aider à lutter contre l'anxiété et les pensées intrusives. Mais ma mère a explosé. Et ça a mis fin à la séance. Elle m'a ensuite interdit de poursuivre la thérapie.

Je continue à faire les exercices de respiration que m'a enseignés Jane. Ça aide. Mais parler aidait davantage. Et qui sait, peut-être que les médicaments, trouver la cause du problème, et comment gérer mon anxiété aurait aidé encore plus. Mais il faut croire que je n'aurais pas l'occasion de le découvrir.

Chaque fois que j'essaye de discuter de tout ça, ma mère s'énerve et me sort : *Tu connais les règles.*

Rien à foutre de ses règles.

Jane m'avait expliqué le principe lors de la séance précédant celle où ma mère a tout gâché. Elle m'avait dit que tout le monde avait une boîte à outils. Et parfois, quand une personne n'était pas diagnostiquée, elle se fabriquait sa propre boîte à outils, sans même le savoir. Des stratégies d'adaptation qui ne ressemblent pas à des stratégies d'adaptation.

Le rafting était l'un des outils les plus importants de ma boîte. Toute ma vie tournait autour de ça. Mon esprit s'apaisait quand j'en faisais. Et quand ça m'a été retiré, adieu la paix intérieure.

Comme chaque fois, Meghan a attaché le kayak au quai. J'allume ma frontale et clignote trois fois face à la rive sud. Trois brefs éclairs de lumière me répondent. Elle est en position.

Je laisse traîner ma main dans l'eau. Je n'essaye même plus de bloquer sa voix qui me dit de m'assurer que j'ai tout ce qu'il me faut avant de m'éloigner de la berge. Inutile d'essayer de le faire taire. Il est dans ma tête, dans chaque courbe, chaque trait de mon visage, et aussi dans tous les recoins explorés avec lui de ces forêts, de la rivière, de ce lieu. Je tiens tellement de lui que ça m'a condamnée, car, maintenant, aux yeux de ma mère, je ne suis plus sa fille mais un douloureux rappel.

Je m'installe dans le kayak et prends la pagaie avant de détacher l'embarcation et de pousser pour l'éloigner du quai.

Le glissement soyeux me noue le ventre ; désormais une part de moi s'attend aux secousses des rapides chaque fois que je sens l'odeur de l'eau vive et des pins.

Je plonge la pagaie dans l'eau et commence à avancer en direction du faisceau lumineux diffusé par la frontale de Meghan. Mon phare. Elle est probablement en train d'éditer des photos sur son téléphone en attendant que je me bouge les fesses et que je me mette à pagayer pour de bon.

Je suis juste censée traverser. C'est ce qui a été prévu. Je l'ai déjà fait plus d'une dizaine de fois. J'ai dû réapprendre beaucoup de choses et retrouver de la force. La rééducation a aidé. Mais j'aurai toujours une mobilité réduite au niveau de mon petit doigt et de mon annulaire. Toute ma main me fera mal au bout d'un moment. Et ce sera encore pire si je pousse trop.

Je n'ai jamais été douée pour reconnaître mes limites. Tout ça m'a obligée à apprendre.

Je fixe ma pagaie sur le côté du kayak, lève les bras et les étire vers la lune. Mon corps tout entier chante avec elle, et en une fraction de seconde je prends une décision.

Un. Deux. Bascule.

Je ne glisse pas sous l'eau. Esquimauter dans un kayak n'a rien de gracieux. C'est un mouvement brusque et violent. Les abdos se contractent, la peau se couvre de chair de poule sous le choc de l'eau froide, et ensuite…

Silence. Paix. Refuge.

Je savoure, car ce n'était pas le cas avant. Maintenant je peux. Il n'y a pas eu un moment clé où j'ai été capable de faire ça. C'est venu d'une multitude de petits pas. En avant et en arrière. Et je ne suis pas certaine que j'y serais parvenue sans Meghan et sa... juste sa présence. Indéfectible. Même quand je pleurais, quand je rageais et quand je faisais des crises de panique sur la berge à l'idée d'être emportée comme lui. Elle était toujours là. Et d'accord, parfois elle me disait que c'était une mauvaise idée, mais elle était toujours là, et bien sûr le fait que les gens partent touche une corde sensible chez moi, vous savez ?

Je laisse s'échapper un chapelet de bulles. Lentement, de façon contrôlée. Ma poitrine commence à être douloureuse – ma capacité pulmonaire est encore loin d'être au top – et je suis sur le point de me retourner de nouveau quand je le sens. Un remous sous l'eau juste avant que quelque chose s'enroule autour de ma taille.

Mon esprit ne fait même pas le tri entre les diverses possibilités. Ma bouche s'ouvre pour crier et tout l'air qu'il me restait s'échappe avant que mon cerveau se connecte. La peur m'envahit. Je serre les dents. *N'inspire pas l'eau.* Mon corps réagit, il se bat, sachant que c'était écrit, depuis le début il était écrit que ce serait l'eau qui me prendrait. C'est pour ça que maman a si peur...

... Et tout à coup, je suis hors du kayak. Je ne sais même pas comment – mes neurones sont saturés par la panique – mais mes jambes sont libres, et mon corps connaît la chanson, il sait qu'il doit donner des coups pour remonter, pour s'éloigner. Mais j'oublie de ne pas inspirer l'eau et quand je crève la surface je m'étouffe avec.

Elle surgit à l'air libre quelques secondes après moi, et il me faut plusieurs autres secondes, trempée et engourdie, pour vraiment la voir. Pour discerner les contours flous et mouillés de Tate.

— *Qu'est-ce qui t'a pris ?*

Je ne saurai jamais qui crie ces mots. Peut-être que c'est nous deux, presque en même temps. Je pense qu'à ce moment précis nous ressentons exactement la même chose pour des raisons opposées.

Elle passe son bras sous le mien et, surprise, je me retrouve contre elle tandis qu'elle essaye de m'entraîner dans son sillage. Nous faisons du surplace et ses jambes frôlent les miennes en cercles incessants. Portée par les remous, ma frontale s'éloigne avec sa lumière. Dans l'obscurité grandissante, je fais remonter mes mains le long de la courbe de ses épaules. La bretelle de son débardeur glisse sous mes doigts et c'est comme si mon esprit s'animait, électrisé par ce détail.

— Lâche-moi !

Je la pousse, pas très fort, mais assez pour m'écarter d'elle et de ce petit bout de sa peau à la lueur de la lune. De l'eau jaillit autour de moi, et elle s'essuie le visage d'un geste de la main en ramenant en arrière une mèche de cheveux échappée de sa tresse africaine.

— C'est quoi ce bordel, Penny ? crie Tate.

— Tu m'as agrippée ! Tu aurais pu me tuer !

— Tu as disparu sous l'eau ! J'ai cru…

Elle s'arrête. S'ensuit un silence tonitruant dans lequel le reste de sa phrase devient évident. Elle a sauté sans même ôter ses vêtements.

Elle a cru…

Ma colère explose avant que j'arrive à me contrôler ou à réfléchir. Je suis si furieuse que je l'éclabousse comme quand nous avions huit ans et que nous étions une fois de plus forcées d'être ensemble pour un pique-nique à la crique.

— Comment peux-tu imaginer que je ferais ça à ma mère ? À Manou ?

À toi ?

— Tu as disparu sous l'eau ! répète-t-elle en criant, comme un disque rayé.

Ses yeux sont immenses… Ses épaules tremblent.

Plaf, splash. Plaf, splash.

La frontale de Meghan nous éclaire comme un projecteur. Nous nous écartons l'une de l'autre, mettant de nouveau entre nous de la distance et de l'eau, les yeux plissés sous la lumière.

— Vous deux, grogne Meghan. À la berge.

— Je…, commence Tate, car, de toute évidence, elle n'a pas compris que, quand Meghan utilise sa voix flippante, on obéit.

— Maintenant !

J'obtempère et Tate me suit tandis que Meghan attache mon kayak au sien et pagaie à côté de nous, la bouche pincée en une grimace désapprobatrice.

J'avance en tirant sur mes bras. Je ne suis pas comme Tate – chaque mouvement de bras une alliance parfaite de puissance et de vitesse, un corps fait pour fendre n'importe quel courant, des épaules larges, de longs membres et de grandes mains qui semblent capables d'envelopper les deux miennes. Elle me distance sans même essayer.

Meghan arrive la première et j'ai à peine fait plus de la moitié du chemin qu'elle est déjà en train de sortir les deux kayaks.

Quand mes pieds touchent enfin le fond sableux du lac qui cède progressivement la place au béton de la rampe accolée au quai, Tate est là, assise sur le bord mouillé. Je patauge jusqu'à ce que l'eau m'arrive aux chevilles, et je me sens tout à coup lente et inutile. J'ai envie de m'ébrouer sur elle comme un chien, je suis encore tellement furieuse. Elle m'a suivie. Comment a-t-elle fait sans son camion ?

La réponse est derrière elle : celui de Manou est garé sur le parking.

— Tu m'as suivie jusqu'ici ? je demande. Tu as *volé* le camion de ma grand-mère ? Qu'est-ce qui t'est passé par la tête ?

— Marion m'a dit que, si j'en avais besoin, je pouvais l'utiliser, siffle-t-elle. Et toi, qu'est-ce qui t'a pris de faire du kayak en pleine nuit avec seulement une frontale ? Et depuis quand tu retournes dans l'eau ?

— Ça ne te regarde pas ! je crie, en même temps que Meghan lance par-dessus son épaule :

— On y travaille depuis longtemps, et ça fait un bail que nous sommes passées au kayak.

Je la fusille du regard.

— Quoi ? demande Meghan depuis le quai. Elle ne dira rien à personne. Tate, tu ne vas rien dire à Lottie, n'est-ce pas ?

Tate ne répond pas et mon monde penche encore plus que quand j'étais dans ce kayak. Si elle en parle à ma mère, ça sera fini avant d'avoir commencé. Et je ne le permettrai pas. Pas cette fois. Ma mère a tout détruit la première fois. J'ai une chance d'arranger les choses, et je ne la laisserai pas de nouveau tout foutre en l'air juste parce qu'elle déteste cette rivière.

— Accord de trêve, je rappelle à Tate. Règle numéro 2 : Interdiction de cafter à nos mères.

— Ne me dis pas que ta mère en est *encore* à t'interdire la rivière, proteste-t-elle.

Je sens monter en moi un mince espoir, car elle a l'air perplexe.

— Oh, que si, répond Meghan. Il y a la règle de la piscine.

— La quoi… ?

Devant l'air perdu de Tate, j'explique :

— La seule étendue d'eau dans laquelle j'ai le droit de m'immerger est une piscine en présence d'un maître nageur sauveteur.

— Tu plaisantes ?

— D'où les subterfuges et les sorties nocturnes en kayak, ajoute Meghan. Il faut bien qu'on s'entraîne.

— Que vous vous entraîniez pour quoi ?

Je secoue la tête à l'intention de Meghan, mais il est trop tard.

Meghan lève les mains en signe de reddition.

— Je vais vous laisser parler de ça toutes les deux, dit-elle. Pen, Tate a raison. Nous devons trouver un moyen de faire ça dans la journée. Surtout quand… (Elle pince les lèvres.) Je vais vous laisser en parler toutes les deux, répète-t-elle.

Elle m'abandonne complètement, mais elle prend les kayaks et va finir par se taper leur rangement toute seule, du coup je ne peux pas trop lui en vouloir. Surtout que c'est un peu à moi d'expliquer, même si c'est notre truc à toutes les deux. À Meghan et à moi.

Mais avant c'était celui de papa.

Je m'assieds à côté de Tate. L'eau nous lèche les pieds. La rampe à bateau est striée et je le sens à travers mon legging. Je gigote pour essayer de trouver une meilleure position, mais ça ne fait que me rapprocher d'elle.

— Vous vous entraînez pour quoi ? me demande Tate. Tu vas te remettre au raft ?

— Et si je te répondais oui ?

Je sais que Tate n'est pas comme ma mère, mais je ne peux m'empêcher de penser à la réaction de cette dernière en entendant la recommandation de Jane. Au fait qu'après cette séance elle a vendu l'affaire de papa. Et à la façon dont elle a explosé quand je lui ai demandé une explication.

— Tu adorais faire du raft.

— C'est vrai, j'adorais ça, je réponds, avant de corriger. J'adore ça. C'est rouillé, mais j'aime toujours ça.

— Alors, c'est super. Si ça te rend heureuse. Et tu peux… Tes mains, ça va ? Tu n'as pas de problème pour pagayer ?

— J'ai dû pas mal travailler pour en arriver là. Faire des ajustements. Et mes exercices de rééducation. Mais jusque-là, je gère.

— Ça fait mal ?

Je reste silencieuse quelques instants. J'ai bousillé les tendons et presque sectionné deux des doigts de ma main droite en essayant de sauver mon père. Les docteurs ont appelé ça une blessure de tir à la corde… Je comprends pourquoi, mais ça sonne comme un jeu de gosse au lieu de ce que c'est réellement : la représentation physique d'une perte à laquelle je ne peux pas échapper. Pour la reconstruction de ma main, j'ai eu la chance de tomber sur d'excellents chirurgiens, et Manou s'est assurée que je fasse ma rééducation. Certaines choses sont désormais difficiles, mais il n'y a rien qui me soit impossible. En tout cas, rien de ce que j'ai voulu faire jusque-là.

— Je pense que ma main me fera toujours mal par moments.

— Ça craint.

Je hausse les épaules, parce que dorénavant ma vie c'est ça, et qu'on ne peut rien y faire.

— Donc tu t'entraînes de façon à pouvoir refaire du raft et tu ne veux pas que Lottie le sache.

— Oui. C'est ça.

Elle me dévisage quelques instants sans rien dire et déclare :

— Tu mens.

Je vous présente Gillian Tate : témoin de tous mes pires moments, et détectrice infaillible de tous mes mensonges.

— Quel est le rôle de Meghan là-dedans ?

— J'avais besoin de quelqu'un pour m'aider.

C'est la vérité, mais pas toute la vérité. Et elle fixe sur moi un regard qui dit clairement qu'elle ne gobe pas mon histoire.

Alors j'ajoute :

— Nous avons un plan.

— Quel plan ?

— Tu te souviens que ma mère a vendu la moitié de la société de rafting de papa à son associé ?

— Oui, je m'en souviens.

— Elle n'avait pas le droit de...

— Penny, quel est le rapport avec le rafting, exactement ?

— Tom gérait l'argent et l'administratif. Ce n'est pas un féru de la vie au grand air comme papa l'était. Il veut arrêter, et il est d'accord pour nous vendre l'équipement et la base de données clients quand Meghan et moi aurons notre diplôme.

Elle se tait un moment.

— Où allez-vous trouver l'argent ?

— L'assurance vie de papa. Il en avait souscrit deux. Une pour maman et une pour moi. Je toucherai l'argent le jour de mes dix-huit ans. Et Meghan a reçu un héritage de ses grands-parents. Nous allons mettre en commun notre argent et nous associer.

Alors qu'elle me regarde en silence, je ressens comme un picotement sur ma peau.

— C'est ce qu'il aurait voulu, je dis. Que je reprenne sa société. Je serais allée travailler avec lui après avoir eu mon diplôme.

— Je sais, dit-elle.

Deux mots. Pourquoi ont-ils tant d'importance ? Pourquoi étais-je si sûre qu'elle allait me rire au nez ? Ou me crier dessus ?

— Vraiment ?

Ma voix tremble, ainsi que mes mains. Et peut-être que j'aimerais qu'elle les serre dans les siennes… Je ne peux pas le lui demander. Mais je me rappelle le jour où ils l'ont enterré.

Est-ce que la promesse qu'elle m'a faite ce jour-là tient toujours ?

— Ton père te comprenait, dit-elle.

Les larmes me montent aux yeux avant même qu'elle ait terminé sa phrase, parce que c'est vrai, il me comprenait. Et c'était le seul… Ou est-ce que je me trompe ? Est-ce qu'elle aussi… ?

— Il aurait adoré travailler avec toi, poursuit-elle. Ta mère… Elle veut que tu utilises l'argent pour aller à l'université, c'est ça ?

— Ouais.

— Et tu comptes lui faire part de ton plan à quel moment, exactement ?

— Je pensais le faire après mes dix-huit ans, et après que Meghan et moi aurons racheté l'équipement à Tom, histoire d'être sûre qu'elle ne gâche pas tout.

Tate laisse échapper un sifflement.

— Elle essayera de saboter le projet, j'insiste.

— T'en fais pas, je vois très bien pourquoi tu ne peux pas lui en parler. C'est juste qu'elle va…

— Oui, j'approuve, quand elle ne termine pas sa phrase.

Car ma mère va être dans tous ses états quand elle l'apprendra, et Tate comprend mieux que personne ce que ça implique. Meghan sait, parce que je lui ai raconté, mais Tate a souvent été témoin de ses comportements.

Elle a même parfois assisté à des choses que je ne voyais pas, quand ma mère m'a fuie.

— Peut-être que tu pourrais faire un plan en dix points pour le lui annoncer ? suggère Tate.

Je rougis, persuadée qu'elle est en train de se moquer de moi, mais quand je la regarde, son expression est sérieuse.

— Tu ne vas rien dire ?

— Non, à moins que tu continues ces sorties de nuit à la con.

— Alors il faudra que tu me couvres, je dis, peut-être sur un ton de défi, car une étincelle traverse son regard.

— D'accord, dit-elle. Je te couvrirai.

— Pourquoi ?

— Parce que ta mère a tort, répond-elle. Et parce que je te l'ai déjà dit une fois, si je devais choisir un camp, ce serait le tien. C'est facile à faire quand c'est le bon camp.

— Et… et si mon camp était le mauvais ?

Un autre de ses silences, pendant qu'elle cherche ses mots.

— Je te connais littéralement depuis toujours, Penny. Quand c'était important, je ne t'ai encore jamais vue mal faire. Mais… à l'inverse, beaucoup de mal t'a été fait.

Puis elle se lève, et tend la main, tandis que l'eau dégouline de son pantalon de pyjama écossais et de son débardeur.

Je le prends comme un pas en avant.

Ça y ressemble.

14

Acte deux : Les recherches
TATE
Quinze ans

Le jour de l'accident, Marion est censée me récupérer après l'entraînement de natation, car maman est à Sacramento pour des examens médicaux.

Quand je vois Remi arriver à sa place, je sais qu'il y a un problème. Il vient juste d'avoir son permis et sa mère est tellement stressée de le voir conduire qu'elle ne le laisse jamais utiliser la voiture. Mais il est là à m'attendre, les clés à la main. Je cours presque pour le rejoindre.

Et heureusement que j'ai Remi, car la première chose qu'il me dit quand j'arrive à portée de voix, c'est :

— Ta mère va bien.

— Qu'est-ce… ?

— Il y a eu un accident à la rivière.

Le soulagement ressenti un instant plus tôt disparaît aussi vite qu'il est apparu.

— Penny ?

— Je ne sais pas. Marion a appelé ma mère il y a quelques heures pour dire que Penny et son père n'étaient pas au point de rendez-vous.

— George rallonge toujours leurs sorties, je proteste alors même qu'un bruit sourd résonne dans ma tête.

Je comprends avec un temps de retard que c'est mon cœur. Il bat trop vite pour essayer de rattraper mes pensées qui se sont emballées. (Quand ai-je vu Penny pour la dernière fois ? Quelle est la dernière chose qu'elle m'a dite ? Quelle est cette réalité dans laquelle j'ai atterri en sortant de la piscine ?)

Je contrôle toujours parfaitement ma respiration, mais soudain j'en suis incapable.

— Ils ont trouvé le raft, dit Remi.

Poum, poum, poum.

— Il était complètement déchiré.

Poum, poum, poum.

— Il semblerait qu'ils aient été obligés de l'abandonner.

Poum, poum, poum.

Il lâche un juron et place ses mains sous mes bras pour éviter que je m'effondre sur le parking.

— Je vais bien, je lui dis.

Puis je me dégage et verrouille mes genoux.

Poum, poum, poum.

— Où était le raft ? Où est-ce qu'ils cherchent ?

— Près de la Fourche du Diable, là où ils ont trouvé l'embarcation.

— Ils devraient regarder du côté du Wishbone, dis-je. La dernière fois que j'ai fait une sortie avec eux, George parlait d'y emmener Penny pour son anniversaire. Appelle ta mère. Dis-lui.

— Tu sais qu'elle ne capte pas là-bas.

— OK. Alors, conduis.

Il hausse un sourcil.

— Je suis censé te ramener chez toi.

— Remi.

— OK, dit-il. Allons-y.

*

* *

Remi est mon meilleur ami. C'est pourquoi, durant le trajet, il met ma musique au lieu de la sienne, et il ne prononce pas un mot. Il me laisse regarder par la vitre en me rongeant les ongles jusqu'au sang.

Elle va bien.

Même si elle a dû se jeter à l'eau, c'est une bonne nageuse. Et elle portait sûrement un gilet de sauvetage. George ne permettrait jamais qu'il lui arrive quoi que ce soit.

(La première affirmation est vraie, la seconde, je n'en suis pas absolument sûre, et en ce qui concerne la troisième… je crois bien que je suis en train de me mentir, car certaines choses échappent à tout contrôle, même à celui des personnes les plus déterminées.)

Les pins sont magnifiques à cette époque de l'année, mais ils ne forment qu'un fond flou de l'autre côté de la vitre tandis qu'on monte de plus en plus. On suit la route sinueuse, les virages serpentent dans la montagne au milieu des arbres. La rivière n'est qu'un filet bleu et blanc que l'on devine à travers les pins. J'essaye de me concentrer sur eux, sur n'importe quoi, mais quand Remi ralentit à l'embranchement, je n'y arrive plus.

— On peut aller chercher ma mère…, commence-t-il.

Je secoue la tête. La Fourche du Diable est à plusieurs kilomètres vers le sud. Le Wishbone est à une vingtaine de kilomètres vers le nord. On ne peut pas se permettre de perdre du temps. Si elle est blessée…

— On va direct au Wishbone.

— Ma mère va péter un câble, soupire-t-il, mais il prend la direction du nord.

Rien n'est facile dans la forêt. C'est la première règle qu'on m'a apprise à son sujet. La forêt est exigeante. Elle requiert des efforts. Et elle vous fera mériter ce que vous en tirerez.

Vous devez la respecter. Car elle peut donner. Et elle peut prendre.

(L'a-t-elle prise ?)

— Il y a un sac sur le siège arrière, dit Remi en l'indiquant d'un signe de tête. Avec du matos pour les urgences. On devrait l'emporter avec nous.

Je me détache pour l'attraper. C'est un lourd sac de toile bien fermé. La mère de Remi s'y connaît, c'est sûr, donc je m'y accroche comme à une bouée de sauvetage.

On suit la rivière en aval, puis la route tourne abruptement vers le haut et grimpe le long de lacets qui me nouent le ventre. Remi prend à droite à l'embranchement, et, quelques kilomètres plus loin, la route se transforme en gravier, puis ce n'est plus qu'un chemin de terre parsemé de nids-de-poule. Encore quelques kilomètres et on est obligés de s'arrêter à cause d'un portail forestier.

— Merde, dit Remi.

Je sors et teste le portail. Une chaîne le maintient fermé, et il est impossible de le contourner. Remi descend à son tour de voiture le sac sur l'épaule.

— Regardons ce qu'on a, dit-il en bon scout.

Et il a raison.

Il fait le point sur notre matériel : le sac contient un kit de premiers secours, des bouteilles d'eau, une couverture, des vêtements, des barres de céréales, deux sifflets, un couteau et une lampe-torche. Remi passe l'un des sifflets autour de son cou et me tend le second.

Je sors mon téléphone et lance le minuteur.

— On va marcher pendant trente minutes. On devrait parcourir au moins trois kilomètres. On les appelle tous les dix ou quinze pas, pour qu'ils aient le temps de nous répondre et qu'on puisse les entendre.

— OK. Allons-y.

On se met en mouvement d'un pas vif et déterminé.

— Penny !

— George !

(Je compte les pas. Un. Deux. Trois. *Pitié.* Quatre. Cinq. Six. *Elle ne peut pas être.* Sept. Huit. Neuf. *Si elle va bien…* Dix. Onze. Douze. *Je ferais n'importe quoi.*)

— Penny !

— George !

Je porte des claquettes sans lanière, et elles glissent sur l'épaisse couche d'épines de pin qui tapisse le chemin. Personne n'est passé par là depuis longtemps. Peut-être pas depuis la dernière saison des feux.

— Penny !

— George !

La sueur dégouline dans mon dos tandis qu'on continue à avancer.

— Penny !

— George !

Remi m'attrape le bras.

— Tate, regarde ! dit-il, le doigt tendu.

Il me faut quelques secondes pour voir ce qu'il a repéré : une tache orange vif à travers les arbres.

L'espoir est une chose terrible. Voilà ce que j'ai appris.

Je cours. Le dénivelé devient plus fort et les arbres s'éclaircissent quand on arrive enfin à un endroit où la vue est dégagée. De là, je peux voir la rivière, et je la vois elle, sur la berge en pente. Elle est assise. Elle est vivante. (Mon Dieu, elle est *vivante.*)

L'orange est celui de son gilet de sauvetage. Elle le porte encore. Dos à moi, elle semble regarder l'eau en contrebas.

— Penny !

Elle ne jette même pas un coup d'œil dans ma direction. Est-ce qu'elle m'entend ? J'appelle plus fort : « Penny ? » Toujours rien.

Je dois descendre.

Où est George ? Je scrute frénétiquement les alentours tandis que Remi arrive derrière moi.

— Remi, va chercher la voiture.

— Le portail…

— Trouve un moyen. Ou va chercher ta mère.

— Je ne peux pas partir… (Il s'arrête, la regarde, puis il me regarde, et déglutit.) OK. Je vais trouver un moyen.

— Dépêche-toi.

Il hoche la tête. Je l'entends s'éloigner et toute mon attention se focalise sur elle. Il faut que je descende la rejoindre. Je pourrais continuer à avancer et chercher un chemin plus facile, mais elle est juste là… et c'est comme si elle ne m'entendait pas.

Je m'assieds par terre, serre les dents. Puis je pousse, les pieds en avant, et je glisse sur la pente caillouteuse. Mon dos frotte douloureusement contre le gravier et les branchages au sol, et l'une de mes claquettes s'envole avant que j'atteigne le bas, mais je finis par arriver.

— Penny.

Je la rejoins à quatre pattes.

Elle est… dans un état lamentable. Ses mains. Oh mon Dieu. Ses *mains.*

— Penny ?

Il lui faut une seconde, mais maintenant que je suis accroupie devant elle, elle pose ses yeux sur moi.

— Tate.

Puis elle éclate de rire. Un rire haut perché, hystérique, qui me fout la trouille.

— Tu m'as trouvée. Bien sûr… Bien sûr.

— Tout le monde vous cherche. (Concentre-toi sur les faits.) Penny, je crois que tu es vraiment blessée. Tes mains…

— Elles vont bien, insiste-t-elle en en agitant une.

Je suis à peu près sûre de distinguer l'os à travers les plaies et les boursouflures, bordel ! Et sa voix… ce n'est pas *elle.*

— Penny, je dis lentement en regardant autour de nous.

Il n'y a aucune de ses affaires. Même pas une bouteille d'eau, une rame… ou quoi que ce soit. La rivière est au moins deux mètres plus bas. Comment est-elle arrivée jusqu'ici avec des mains dans cet état ?

— Où est ton père ?

— Il est mort, dit-elle de façon tellement factuelle que ça me fait un choc.

— Non…

— Il est *mort,* crache-t-elle en se transformant d'un coup en une créature féroce.

Et soudain, elle redevient Penny. Mais pas la Penny que je connais. Ses yeux n'ont jamais brûlé si… Je ne suis plus que cendres, la terre incrustée dans mes genoux.

— OK. Il est mort.

C'est comme si je lui avais tiré dessus ; elle a un mouvement de recul, et… petit à petit, elle s'affaisse dans ma confirmation.

— Merci, chuchote-t-elle.

Puis elle sanglote, engloutie par la douleur, tandis que je suis anéantie par l'horreur de la situation.

Je n'arrive pas à réfléchir à quoi faire en premier. Un sentiment qui ressemble à de la panique bouillonne sous ma peau. Il faut que je conserve mon calme. Je dois être un roc.

(Je dois être son roc... Elle n'en a jamais eu autant besoin.)

Penny est une épave.

Brisée, battue, avec des marques laissées par les branches qui lui ont fouetté le visage et les jambes. Deux des lanières de son gilet sont cassées, il ne reste que la boucle. Ses mains sont un amas de chairs à vif rouge et violacé. Certains de ses doigts sont tordus selon un angle qui n'a rien de naturel. D'ailleurs, est-ce qu'elle a encore tous ses doigts ? Mon cerveau trébuche sur cette horrible pensée alors que j'essaye de les compter. Son bras est dans une position étrange, comme si elle ne pouvait pas le tendre. Est-il cassé ? Il faut que je l'emmène à l'hôpital.

— Il a lâché. Dans l'eau. Il a lâché la corde. Je lui ai dit que je le tenais. *Je le tenais.* J'étais assez forte. *Je l'étais.* Tate, j'étais assez forte. Je le tenais. Je le jure. Je le tenais. Je le tenais. Je *le*...

— Je sais.

Ses cheveux cachent la moitié de son visage, et je commence à tendre la main pour les écarter, mais je prends soudain conscience que c'est une mauvaise idée, car elle a du sang séché sur le côté de la tête. Est-ce qu'elle s'est cognée ? Où est son casque ?

— Pourquoi a-t-il lâché ?

Mon Dieu, ses mains sont déchiquetées.

— Il ne voulait pas.

Je regarde par-dessus mon épaule. Est-ce qu'elle peut marcher ? Est-ce que je devrais la faire se lever ?

— Mais il l'a fait.

Sa main entre en contact avec son genou, à peine un frôlement qui lui arrache un cri de douleur.

Combien de temps a-t-elle passé comme ça ? La journée ? Plus ? Ses cheveux ne sont plus mouillés. Donc, assez longtemps pour qu'ils sèchent. Assez longtemps pour que le sang forme une croûte sur sa tête ainsi que d'autres sur ses jambes et ses bras. Assez longtemps pour que les hématomes violacés apparaissent sous sa peau.

Trop longtemps.

Mon cerveau part dans tous les sens. Elle a besoin de docteurs. D'antidouleurs. D'antibiotiques. Probablement d'être opérée. Où sont Remi et la voiture ? On doit la ramener en ville, puis hors de la montagne, là où il y a un hôpital, pas juste un centre médical.

— Pourquoi a-t-il lâché la corde ?

Elle répète la question en boucle. Son extraordinaire capacité de concentration – ce truc qui vous fait vous sentir réellement *vu* quand vous en êtes la cible – est soudain focalisée sur cette horrible question, et elle est bloquée dessus, incapable de s'arracher à son emprise.

Je tends la main, essayant d'être douce (je veux tellement l'être), et, au lieu de prendre son visage, je le relève. Elle se raidit, mais ne lutte pas. Son regard croise le mien. Puis les spasmes ralentissent, jusqu'à n'être plus que des tremblements. Son corps n'est qu'adrénaline, douleur, c'est tout ce qui fait qu'elle tient encore debout.

— Tate, dit-elle de nouveau, l'air perplexe. Tu es réelle.

(C'est comme si elle me conférait ce statut.)

— Oui, je réponds. Je suis venue pour toi.

Je m'humecte les lèvres. Simple. Il faut que je reste simple. Que je continue à la faire parler afin qu'elle soit concentrée sur autre chose que ce qui s'est passé.

— On devrait… On devrait rentrer à la maison. Ça serait bien, non ? Rentrer à la maison ?

— La maison, répète-t-elle d'une voix distante, puis son visage s'affaisse, il se froisse comme un mouchoir écrasé au fond d'une poche. La maison, dit-elle encore. Oh, non. *Maman.*

— Tu vas bien. Elle va être tellement soulagée.

Je sais que j'ai fait une erreur à la seconde où les mots sortent de ma bouche.

Penny éclate de rire. Ce n'est pas un rire hystérique comme tout à l'heure. Celui-là est horrible : à la fois lucide et chargé de chagrin.

— Elle va me détester, dit-elle avec la même certitude que quand elle a dit : « *Il est mort.* »

Et je ne peux m'empêcher de la croire, car George est le fer de l'aimant de Lottie.

Ou plutôt il *était*… Merde.

— Pourquoi a-t-il lâché la corde ? demande-t-elle encore, désespérée.

— Je ne sais pas, je lui dis, alors que je suis à peu près sûre de connaître la réponse.

Il a lâché la corde pour la sauver.

(J'aurais lâché aussi.)

15

TATE
24 juin

Sous la lumière du parking, Penny tord sa queue-de-cheval et l'eau éclabousse le sol.

Je suis trempée moi aussi, mon pantalon de pyjama et mon débardeur me collent à la peau de façon embarrassante, notamment parce que je ne porte pas de soutien-gorge. Des gouttes d'eau coulent de ma tresse sur mon ventre, et j'ai envie d'essorer mes cheveux comme elle est en train de le faire avec les siens.

— Est-ce que tu as apporté une serviette au moins ? je demande. Mon sac de natation n'est pas dans le camion, vu que ce n'est pas le mien.

— Je n'avais pas prévu de me retrouver dans l'eau.

— Tu as retourné le kayak !

— C'était spontané. Je profitais du moment. Un moment que tu as gâché en me fichant la trouille.

Je la fusille du regard, et elle pousse un profond soupir.

— J'ai des couvertures dans la voiture. Viens.

Elle déverrouille le break et fouille à l'arrière jusqu'à dénicher deux couvertures en polaire. Elle m'en tend une, et je me tourne, dos à elle, afin d'en envelopper mon corps comme si c'était un bouclier.

Je me tortille pour enlever mon pantalon et mon débardeur sous la couverture, puis je l'arrange comme une toge.

Je me baisse pour ramasser mes vêtements trempés et quand je me redresse – je n'ai pas l'intention de la regarder, juré – je l'aperçois du coin de l'œil, et ensuite je ne peux m'empêcher de la fixer.

Elle n'est pas déshabillée.

J'aurais détourné les yeux sinon. (Ce n'est pas ce que je veux, pas comme ça.)

Elle a elle aussi enroulé sa couverture autour d'elle, ses épaules sont nues, et elle est en train de tordre ses cheveux en chignon. Ces gestes sont sûrs et mes yeux les suivent comme mes mains voudraient le faire. Sa tête est penchée sur le côté. Ça ne devrait pas me prendre aux tripes, cette simple scène, d'autant que ce n'est pas comme si je ne l'avais jamais vue faire ça. (Mais ici sous la lumière du parking, après avoir eu si peur, avoir sauté, et avoir appris pour son projet, c'est différent.)

— Ça va ?

(Ce n'est pas différent, Tate, qu'est-ce que tu crois ? Certaines filles ont seulement le droit de rêver.)

— Oui, je réponds. Ça va. Merci pour la couverture.

— On ferait mieux d'y aller. Il est presque 2 heures.

— Oui. Je vais juste…

Je pointe du pouce derrière moi en direction du camion, puis je m'éloigne à reculons.

(Je ne peux pas détacher mon regard d'elle, et je me retourne seulement après qu'elle l'a fait – quelle foutue idiote je suis.)

Je m'installe derrière le volant, mais Penny est la première à partir. Heureusement, parce que je tiens le coup juste assez longtemps pour voir ses feux arrière disparaître.

Mes poumons n'ont pas rattrapé ma respiration depuis que j'ai sauté à l'eau, et, une fois que Penny est hors de vue, je craque.

Il n'y a pas de façon élégante, ou de bonne façon de le présenter. Je pète un câble : les jointures de mes doigts sont blanches à trop serrer le volant tandis que mes larmes se mêlent à l'eau du lac qui dégouline sur mon torse.

(J'ai vraiment cru que…

Je n'ai même pas hésité.

J'ai juste sauté.)

J'ai l'impression d'avoir la tête dans du coton. L'adrénaline peut avoir cet effet. (Et Penny a le chic pour faire monter mon adrénaline, n'est-ce pas ?)

Le mouvement à la périphérie de mon champ de vision est le seul avertissement que je reçois avant qu'elle tambourine sur la vitre du camion. Je ne sursaute pas, même si je n'avais pas entendu son véhicule revenir. Mais j'ai envie de me laisser couler à travers le plancher et m'enfoncer dans la terre pour lui échapper, vu que je ne peux pas lui cacher mon état.

Je baisse la vitre et hausse un sourcil comme si mes yeux n'étaient pas aussi rouges que mon nez.

— Tu ne me suivais pas. J'ai eu peur que le camion ait refusé de démarrer.

— Ça va.

Elle pose les mains sur la vitre – est-ce qu'elle s'imagine que je vais la remonter ? Ça m'a en effet traversé l'esprit.

Ses doigts – aux ongles peints avec un vernis cuivré agrémenté de petits triangles noirs – s'enroulent autour du rebord.

— On dirait bien que tu as eu aussi peur que moi, dit-elle.

L'inspiration tremblante que je prends alors est humiliante, mais j'ai désespérément besoin d'air.

— On dirait bien.

— Je suis désolée.

— Vraiment ?

Elle rougit comme si c'était une accusation. Ce n'était pourtant pas mon intention.

— Il faut dire que c'est un peu dur, Tate, que tu sois témoin de tous les désastres de ma vie.

— Je… C'est ce que tu penses de moi ?

Ma voix tremble, parce que cette confidence me bouleverse. Est-ce vraiment ce que je suis pour elle ? Une personne omniprésente dans tous ses pires souvenirs ?

Ses yeux s'écarquillent.

— Non. Non. C'est juste… (Ses doigts se crispent sur le rebord de la vitre, et elle se penche vers moi au lieu de s'écarter.) Nos vies, Tate, elles craignent toutes les deux, mais pas de la même façon, on est d'accord ?

Je hoche la tête.

— Mais toi, tu… tu as toujours l'air de tout gérer. Et moi, je n'y arrive pas. Mais genre pas du tout. Je cours dans tous les sens en essayant d'arranger les choses, mais plus de la moitié du temps ça m'explose à la figure, et chaque fois, tu es là. Et je voudrais juste… j'aimerais…

— Quoi ?

— J'aimerais arrêter de merder devant toi, OK ?

— Penny, je…

Ma bouche ne sait quoi dire, mais mon corps semble le savoir lui, car je tends la main vers elle et mes doigts se posent sur les siens toujours agrippés au rebord de la vitre, et le soupir qu'elle laisse échapper…

… est-ce électrique pour elle aussi ? Comme ce coup de jus dans ton estomac quand tu plonges pour la première fois – corps chaud, eau froide –, ce choc inévitable ?

Si je la regarde, c'est fini, alors je garde les yeux rivés sur nos mains. Les siennes et la mienne. Mes doigts posés sur les siens. On est toutes les deux frigorifiées après notre trempette dans le lac, mais ce n'est pas ce qui cause la chair de poule.

En tout cas, pas en ce qui me concerne.

— Ce n'est pas parce que j'ai l'air de tenir le coup que c'est forcément le cas.

Mais je la tiens, elle, là tout de suite, et elle me tient moi… littéralement, métaphoriquement… peut-être éternellement.

— Tu es meilleure avec tout ce bordel médical que moi, chuchote-t-elle.

Je la connais assez pour savoir à quel point cet aveu lui coûte.

— J'ai plus d'expérience que toi pour ce qui est de m'occuper d'une personne malade, dis-je. Mais tu es la seule d'entre nous qui ait subi des opérations chirurgicales et qui ait fait un long séjour à l'hôpital.

Ses sourcils frémissent, comme si elle voulait se renfrogner.

— Ce n'est pas pareil… Mes mains… c'est différent.

— C'est vrai, mais tu as quand même plus d'expérience en tant que patiente. Je parie que tu sais quelle gelée est la meilleure.

— La verte, bien sûr.

— Citron vert ? Beurk, je réplique, principalement parce que je sais que ça va la faire réagir, et j'ai raison.

Elle lève les yeux au ciel.

— Question gelée, tu n'y connais vraiment rien.

— J'aime la rouge.

— Elle a un goût de sirop pour la toux.

— Un délicieux sirop pour la toux.

— De toute évidence, ce sera à moi de choisir la gelée pour ma mère *et* pour la tienne, si le cas se présente.

— De toute évidence. (Je hoche la tête avec sérieux.) Il ne faudrait surtout pas qu'elles prennent de mauvaises décisions en matière de gelée.

— Je sais ce que tu es en train de faire, dit-elle, et je sens ses doigts plier sous les miens, pas comme si elle voulait se dégager, mais plutôt comme si elle voulait accentuer le contact (ou peut-être que je prends mes rêves pour la réalité).

— C'est-à-dire ?

— Tu essayes de me distraire ?

— C'est toi qui es revenue et qui m'as distraite. Je serais déjà presque rentrée sinon.

— J'ai cru que tu étais tombée en panne.

— Eh bien non. J'essaye juste de me remettre des dix ans que tu viens de me faire perdre sur mon espérance de vie.

— Tu as quoi, soixante-dix ans ? J'ai l'impression d'entendre Manou, déclare-t-elle.

— Marion n'a pas soixante-dix ans.

— Tate !

Je lève les yeux sur elle (grosse erreur), son expression me noue le ventre (énorme erreur), et l'un de mes doigts se pose sur la cicatrice de son annulaire (la pire des erreurs).

— C'est seulement dans une journée, dit-elle doucement.

— Je sais.

Vendredi. Tout va changer.

— C'est trop rapide. Enfin, ce n'est pas ce que je veux dire. Je sais que le plus tôt sera le mieux. C'est juste que…

— Tu veux ce qu'on n'a pas. Du temps.

— Ce n'est pas seulement… (Elle s'arrête. À la façon dont son sang palpite sous ma peau, je sens son rythme cardiaque s'accélérer.) En fait, je pensais que j'aurais plus de temps.

J'attends, parce que ses mains tremblent presque sous la mienne.

— Je pensais que j'aurais plus de temps pour faire en sorte qu'elle m'aime à nouveau.

Je garde le silence, et comme il s'éternise elle lève les yeux sur moi.

— Tu ne me dis pas que ma mère m'aime ? demande-t-elle, et c'est un challenge, un défi.

Je suis peut-être le témoin de ses pires moments, mais elle est le challenge de ma vie (le défi dans mon foutu cœur).

— Ça fait longtemps que ta mère craint quand il s'agit d'aimer qui que ce soit, y compris elle-même, je réplique.

— Elle va donner une partie de son foie à *la tienne.*

— C'est vrai ? Et à cause de ça, je ferais n'importe quoi pour ta mère jusqu'à la fin de mes jours. Mais ça ne veut pas dire…

— Quoi ?

— Ça n'efface pas ce qui s'est passé. Ce n'est pas une sorte de joker pour mauvaise mère. Et ça ne devrait pas l'être.

— Ce n'est pas une mauvaise mère.

— Elle l'a été. (Je ne vais pas tourner autour du pot. Car c'est ça être dans le camp de Penny.) Pas parce qu'elle s'est laissé terrasser par son chagrin. Mais parce que, quand elle a commencé à aller mieux et qu'elle s'est relevée, elle n'a pas dit qu'elle était désolée, et elle n'a rien fait pour se racheter. Elle a juste agi comme si de rien n'était. Mais ce n'était pas rien. Je le sais, et tu le sais aussi. C'est pour ça qu'elle évite de croiser mon regard parfois… parce que j'étais là quand maman s'est occupée d'elle. Et c'est pour ça qu'elle te fuit autant. En revanche, elle n'a pas besoin d'éviter maman. Maman est son amie à la vie à la mort. Elles sont tout ce qu'il leur reste, l'une à l'autre.

— Nous sommes tout ce qu'il leur reste, explose Penny.

— C'est vrai. Mais c'est différent entre elles, je rétorque. On est presque adultes. Bientôt, on va partir, vivre nos vies. Et entre elles, c'est…

— Pour toujours, termine-t-elle, avec dans la voix une pointe d'amertume.

— Deux vieilles femmes en train de tricoter sous le porche, je dis, parce que maman et Lottie aiment rire de ce cliché.

Mais cela ne lui arrache même pas un sourire. Elle retire ses doigts, et avec leur soudaine absence les miens deviennent froids.

— On devrait rentrer, dit-elle, et je remarque qu'elle a pris soin de ne pas dire « à la maison ».

Mais c'est ce que c'est à présent : notre maison. On va devoir apprendre sa nouvelle forme, tout comme on va devoir apprendre à partager un espace, ce que ni l'une ni l'autre n'a jamais eu à faire ; nous sommes toutes les deux si habituées à être des enfants uniques.

— Je te suis.

C'est tout ce que je réponds, car, si je continue à parler, je risque d'en dire trop.

(Parce que pendant les jours où la douleur de Lottie était à son maximum, j'étais là, contrairement à Penny. Et j'en suis heureuse, mais c'est comme s'il y avait dans mon cœur de profonds sillons creusés par ces mois avec Lottie, impulsive et imprévisible, anéantie par le chagrin, tandis que je comptais les cachets, vérifiais son pouls et faisais défiler dans ma tête les pires scénarios.)

Je suis de près la lumière rouge de ses feux pendant tout le trajet du retour. En silence, je franchis le portail et remonte l'allée derrière elle. Puis je la suis à l'intérieur de la maison plongée dans les ténèbres, mais je dois ralentir, car je n'y vois rien. Je ne me souviens pas si le portemanteau est à gauche ou à droite, et foncer dans cette monstruosité en fonte serait vraiment le clou de cette nuit chaotique.

J'avance avec prudence. Un pas. Deux. Ça y est, je vois le contour de l'escalier.

Une lumière s'allume soudain dans le salon.

— Salut, les filles, lance une voix.

Je me fige. Penny est si surprise qu'elle en lâche ses clés.

Et maman ?

Installée dans le canapé, elle se contente de nous adresser un sourire un poil moqueur.

16

Acte trois : Les funérailles
Penny
Quinze ans

Tout est flou pendant longtemps après mon arrivée à l'hôpital. Probablement parce que dès qu'elle me prend en charge la médecin me shoote avec une tonne d'antidouleurs et d'antibiotiques. Je comprendrais plus tard que c'était pour opérer mes mains et remettre mon épaule en place. J'ai aussi plusieurs côtes cassées, mais ils ne peuvent rien faire pour ça à part me bander le torse et me refiler des cachets. Sur le moment, j'essaye de m'y opposer, de m'opposer à eux, à tout le monde sauf à Tate… mais j'échoue.

Je suis dans le grand hôpital pendant des jours. Peut-être des semaines. Je perds la notion du temps après le troisième jour.

Le troisième jour, l'équipe de recherche le trouve. Le seul moment où ma grand-mère quitte mon chevet est pour aller identifier le corps.

Tant que je suis là-bas, je ne vois pas une fois maman.

— Elle est malade, ma chérie, dit Manou. Elle a besoin de se reposer.

Je connais la vérité : elle ne veut pas me voir.

Ça se confirme quand on me ramène à la maison… sauf que ce n'est pas chez moi, mais chez Manou.

Je dors dans la chambre d'enfant de mon père, et je voudrais le sentir dans les murs, dans les livres, et dans les cannes à pêche qu'il a laissées derrière lui, mais je ne sens rien.

Je ne suis pas seulement engourdie. Je ne suis pas là du tout.

Penny a quitté le bâtiment, l'État et probablement la planète. Je flotte. Je ne suis rien.

Et j'aime un peu trop ça.

Anna vient. Elle amène Tate, mais nous évitons de nous regarder tout le temps de leur visite.

Elle s'est agenouillée avec moi dans la terre. Elle a pris mon visage dans ses mains.

Elle m'a empêchée de partir à la dérive.

Je ne lui ai même pas dit merci.

Je n'ai rien dit.

Avant de partir, Anna m'embrasse sur le front. Elle hésite un peu, comme si elle ne savait pas trop où me toucher, où cela me fera le moins mal.

— C'était chouette de voir Tate, n'est-ce pas ? me demande Manou tandis que le bruit des pneus sur le gravier s'éloigne de plus en plus.

Je hausse les épaules. Je ne peux pas lui tourner le dos dans le lit, parce que je ne peux toujours pas me mettre sur le côté. Mais cela suffit pour qu'elle abandonne le sujet.

Maman décide de l'enterrer.

Quand Manou me l'annonce, je la dévisage sans rien dire, et elle détourne le regard. Ses joues sont rouges de honte.

Je le laisse déjà tomber une nouvelle fois.

— C'est le choix de ta mère, Penny.

Cette fois, peu importe si ça doit me faire mal, je roule sur le côté pour lui tourner le dos. La douleur est la seule chose qui m'empêche de hurler.

Le matin des funérailles, je vois enfin ma mère. Manou m'emmène chez nous pour prendre ma robe noire et elle est là, dans le salon, déjà habillée et impeccable. Elle n'a même pas une traînée de mascara. Figée sur ce canapé, elle regarde droit devant elle, et quand la porte se referme derrière ma grand-mère ses yeux se fixent sur nous si vite que ç'en est presque effrayant.

— Marion ? j'entends la voix d'Anna appeler depuis l'arrière de la maison. C'est toi ?

— Oui, c'est nous, répond Manou, un bras autour de mes épaules. Lottie, dit-elle doucement. Nous sommes là. Comme ça nous pouvons y aller toutes ensemble. Tu te souviens ?

Le hochement de tête de ma mère est juste un tout petit peu trop lent. Elle regarde mes bandages, et je dois lutter contre l'impulsion qui m'incite à les cacher, parce que ça fait mal de les bouger, d'y penser, ou même de rester immobile.

— Salut, mon chaton, dit-elle.

— Penny, et si tu allais t'habiller ? suggère Manou en voyant que je ne réponds pas.

Mais j'ai ma cible dans la ligne de mire. Je secoue la tête et je me mets en mouvement pour rejoindre le salon, jusqu'à ce que je sois devant elle. Jusqu'à ce que je la surplombe, mes bleus et mes bandages à quelques centimètres de ses yeux.

Il y a tant de choses que j'aimerais dire. Que je la déteste. Que je l'aime. Que j'ai besoin d'elle. Que *j'avais besoin* d'elle et que pendant tout ce temps elle était ici alors qu'elle *savait*, elle sait maintenant, et elle est juste…

Figée.

Je ne suis vraiment rien. Pour elle.

— Pourquoi tu le mets en terre ?

C'est les premiers mots que je prononce depuis des jours. Je les lui crache, parce que c'est à vomir. C'est absurde. C'est mal.

Ce n'est pas ce qu'il voulait.

— Penny, dit-elle d'une voix cassée. Mon chaton. S'il te plaît. Ne me fais pas ça. Pas aujourd'hui.

— Alors, ne le mets pas dans une boîte.

— Penny. (Elle secoue la tête.) J'ai besoin de mon médicament.

— Ma chérie, dit Manou derrière moi. Viens. Il faut aller t'habiller.

Mais Manou ne peut pas m'attraper la main ou le bras ni me guider par les épaules. J'utilise ça à mon avantage, et je ne bouge pas.

— Ce n'est pas ce qu'il voulait.

Ma mère continue à secouer la tête.

— Anna ? appelle-t-elle. J'ai besoin de mes pilules.

— Mon trésor, insiste Manou.

Mais je ne lâche pas le morceau. C'est la seule chose à laquelle je pense depuis que ma grand-mère m'a annoncé la nouvelle. Papa dans une boîte. Papa enfermé pour toujours. Papa qui aimait plus que tout être dehors dans la nature, dans les profondeurs sombres et fétides.

— Tu sais ce qu'il voulait, je poursuis. Il voulait être sur l'eau. Il voulait être sur la riv…

— Je t'interdis.

Elle s'anime soudain, comme un serpent que la surprise force à attaquer. Elle est à présent debout devant moi, et je suis presque aussi grande qu'elle, mais pas tout à fait.

— Tu crois que je vais l'offrir à cette foutue rivière, alors que c'est elle qui me l'a pris ? Tu es folle.

— Lottie !

Ce n'est pas Manou qui est intervenue. C'est Anna, sortie précipitamment de la chambre du fond, avec Tate.

— Tu l'as entendue ? demande ma mère.

Et sur un ton presque moqueur, elle continue :

— La rivière l'a tué, et elle veut que je l'y remette. Elle est folle !

Cette fois elle me le crie presque au visage.

Je veux me recroqueviller.

Mais je ne suis rien. Et je suppose que ça a ses avantages.

— Ça suffit, gronde Manou.

— Lottie, arrête, dit Anna. Penny, ma chérie, va avec Tate, d'accord ?

— Non, je réponds.

Ma mère baisse les yeux, mais je chasse son regard. Je bouge avec. Je refuse de la laisser me congédier.

— Si tu fais ça, je ne te le pardonnerai jamais.

Cette fois, elle me regarde.

Et elle me rit au nez.

— Ce n'est pas moi qui dois être pardonnée.

Et c'est ainsi que ma grand-mère en vient à gifler ma mère le jour des funérailles de mon père.

Je refuse d'y aller. Manou me supplie, ma mère n'essaye même pas, Anna tente de me convaincre, mais je ne peux pas.

Je reste dehors sous la véranda de derrière pendant qu'elles s'activent à l'intérieur. Manou m'appelle encore une fois. Voyant que je ne viens pas, elle soupire et j'entends le bruit de ses pas qui s'éloignent. Peu après, le ronronnement du moteur qui diminue m'indique qu'elles sont parties, et je me détends enfin…

… pour me crisper aussitôt à cause du chuintement de la porte-fenêtre derrière moi. Je me retourne lentement – je hais la lenteur de mes mouvements à présent –, Tate est là, dans sa robe noire, avec son éternelle tresse africaine.

— Ta mère est perturbée, dit Tate en venant s'asseoir à côté de moi. Je comprends pourquoi elle est comme ça. Mais ne l'écoute pas.

Je ne dis rien. Je ne sais pas quoi dire.

Est-ce qu'elle sera toujours la spectatrice de mes pires moments ? Suis-je à ses yeux aussi faible et brisée que j'en ai l'impression ?

Sait-elle au moins ce qu'elle a fait ce jour-là ?

J'ai besoin de la remercier. Mais si je le fais, je devrai admettre ce qui s'est passé.

J'aurais dérivé sur cette rivière. Peut-être que j'aurais été emportée pour de bon. C'était ce que je voulais… peut-être que je le veux encore. Mais avant que je puisse faire quoi que ce soit, elle est apparue, alors qu'elle ne pouvait pas être là.

Et j'ai pensé *Bien sûr*. Bien sûr, mon cerveau l'a invoquée. Je dois être en train de mourir pour rêver qu'elle est là.

Elle ne pouvait pas être réelle.

Mais elle m'a touchée, preuve qu'elle l'était. Elle était là.

Elle m'avait trouvée.

Et pour la première fois depuis qu'il avait lâché cette corde, j'ai eu envie de continuer de respirer. Juste un tout petit peu.

— Ma mère a raison.

Tate m'a vue dans mon pire moment, autant qu'elle connaisse aussi ma vérité.

— Ta mère a le crâne bourré de conneries, de chagrin et de valium, dit Tate sans ambages. Elle ne se souvient même plus de son deuxième prénom. Mais je me fous de ses excuses. Elle aurait dû être avec toi à l'hôpital.

Ça monte si rapidement dans ma poitrine que je n'ai pas le temps de m'y préparer ou d'essayer de le réprimer. C'est comme si elle avait fait un trou dans le barrage à l'intérieur de moi, et ce qui en jaillit...

— Oh, merde, Penny, dit-elle quand j'éclate en sanglots. Je suis désolée, je ne voulais pas... Je sais que ta mère traverse une passe difficile, elle aussi. Mais tu aurais pu mourir...

Je ne peux pas la prendre dans mes bras. J'ai trop peur de cogner mes mains blessées. Mais je pose avec précaution ma main gauche – celle qui n'a qu'une vis – sur son genou, puis la droite encore plus doucement, et Tate cesse complètement de parler. Elle laisse échapper une respiration surprise. Ses mains s'agitent sur sa cuisse, à seulement quelques centimètres des miennes enveloppées de bandages.

On reste comme ça un long moment. En contact, mais à travers tant d'épaisseurs que c'est presque comme si on ne se touchait pas du tout. Il lui suffirait de tendre à peine les doigts pour effleurer les miens.

— Merci, je lui dis enfin.

Ses yeux s'écarquillent.

— De quoi ?

Ses doigts s'étirent... est-ce délibéré ?

— De m'avoir trouvée. D'être restée. D'être dans mon camp.

Les doigts de Tate frôlent les miens. Le poids léger de sa main à travers les bandages me donne envie de me remettre à pleurer.

— Je te trouverai quand tu auras besoin de moi, dit-elle. Et je resterai si tu veux de moi. Mais, Penny, il ne devrait pas y avoir de camps dans cette histoire.

Les doigts de Tate glissent délicatement sur ma main. Elle s'humecte les lèvres. Ses yeux sont une bouée de sauvetage. Je ne peux en détourner les miens.

— Il y a toujours des camps.

Je dois détourner mon regard, parce que, si je ne le fais pas…

Le chagrin fait naître des idées folles. C'est ce qu'ils disent, non ? Ma mère a raison. Je suis folle.

J'ai tellement envie que quelqu'un me prenne dans ses bras.

Tate est celle qui baisse les yeux.

Tate est celle qui se penche…

… pour effleurer de ses lèvres mes mains bandées.

D'abord la droite. Puis la gauche.

Et Tate est celle qui me ramène sur terre quand elle dit :

— S'il faut choisir un camp dans cette histoire, alors je suis dans le tien.

TROISIÈME PARTIE

CHIRURGIE

(ou : La fois dans la piscine)

17

TATE
24 juin

Nous dévisageons maman, affalée dans le canapé, telle une reine triomphante. Oh, ce petit air satisfait ! Elle ne va jamais me laisser oublier ça.

— Est-ce que vous vous êtes bien amusées toutes les deux à faire le mur ? demande-t-elle.

Penny tire sur le nœud de sa couverture-toge et se passe une main sur la tête, comme si ça allait camoufler ses cheveux mouillés. Il est évident qu'on a été dans l'eau toutes les deux. Ce n'est pas le genre de chose qu'on peut cacher à une mère de nageuse, même une aussi cool que la mienne.

— On était juste…

Penny, ne sachant pas quel mensonge inventer, me lance un regard désespéré.

— Parties prendre un bain de minuit ? s'enquiert maman, en haussant les sourcils sans réellement chercher à dissimuler son amusement.

Et même dans la pénombre, je peux voir ses yeux briller.

Je suis heureuse que ma gêne adolescente la ravisse à ce point. Vraiment heureuse. Elle a besoin de tous les rires qu'elle peut prendre.

— Non ! dit Penny, l'air si horrifié que ça sonne presque faux.

— Penny voulait me montrer les chevreuils près de la crique, dis-je rapidement afin qu'elle ne s'enfonce pas davantage. Ils ne sortent que la nuit. J'ai glissé et je suis tombée. Elle a dû venir m'aider.

— Hmm… hmm, commente maman. Penny, ma chérie, tu devrais aller te coucher, qu'en dis-tu ?

— Est-ce que… ?

— Nous parlerons demain matin, dit gentiment maman.

Penny me regarde une dernière fois en articulant silencieusement *Trêve* avant de monter l'escalier en vitesse. Comme si j'allais oublier. Je ne vais pas la dénoncer, trêve ou pas trêve. D'autant que l'interdiction de rivière, Lottie l'a instaurée dans son propre intérêt, pas dans celui de Penny.

Je ne suis pas assez chanceuse pour suivre Penny à l'étage. Je ne fais pas ce genre de bêtise. Je suis une bonne fille. Je ne fais pas le mur… je n'en ai pas besoin. Parce que maman et moi avons une relation de confiance. Et je sais à quel point c'est précieux – et rare –, surtout quand je vois ce que le manque d'une telle relation a fait à Penny.

— Viens t'asseoir, dit maman en tapotant la montagne de coussins sur le canapé. As-tu besoin d'une serviette ?

— Ça va.

— Tu as quelque chose à me dire ?

— On est vraiment allées à la crique voir les chevreuils. Je ne voulais pas t'inquiéter.

L'espace d'un instant, elle a l'air déçue.

Puis elle prend son téléphone sur la table basse, ouvre une application, et me le tend. Je jette un coup d'œil à l'écran : c'est l'appli de sa carte de crédit, et je vois le dépôt que j'ai fait.

— J'ai reçu un e-mail m'informant d'un versement sur la carte, dit-elle. Au départ, j'ai pensé que c'était une erreur.

— C'est pas une erreur.

— C'est ce que je vois. Tate, ma puce, qu'as-tu fait ?

Je n'arrive pas à la regarder en face, à regarder le visage ouvert de la personne qui toute ma vie m'a dit : *Tu peux tout me dire.* J'ai cru, j'ai maudit, et j'ai aimé, cette promesse qu'elle m'a toujours faite. *Nous contre le reste du monde.*

Je l'ai trahie en agissant ainsi derrière son dos.

— Mon camion. Je l'ai vendu et j'ai utilisé l'argent pour renflouer la carte et payer d'autres factures.

— Pourquoi ?

— La carte avait presque atteint sa limite et je savais qu'on allait en avoir besoin pour une urgence, parce qu'il y a toujours une urgence. Et j'avais raison, non ? Il va falloir payer la location à Sacramento, et les médicaments antirejet...

— Tate, être capable de prédire la trajectoire irrégulière et déclinante qui est celle d'une personne atteinte de maladie chronique ne fait pas de toi l'incarnation de Cassandre. Ça fait juste de toi ma fille. Et ma fille ne devrait pas avoir à contrôler mes factures.

— Je n'ai pas...

— Tu as agi dans mon dos au lieu de venir me parler. Nous ne faisons pas ce genre de choses.

— Je voulais seulement te soulager d'un souci. Tu as déjà assez à gérer.

— Tu as construit ce camion avec Marion à partir d'une carcasse. Il était important pour toi.

— Je trouverai l'argent pour acheter une autre épave et je la retaperai avant la remise des diplômes, je rétorque. Mais c'était plus important. Je... c'était important pour moi.

— Pourquoi ?

— Parce que. Parce que...

Puis je me contente de secouer la tête, les yeux brûlants.

Il y a certaines choses qui, une fois dites, ne peuvent être effacées. Il y a certaines choses qu'une mère ne devrait pas entendre.

(Parce que je sentirai toujours au fond de ma gorge le poids d'avoir failli la perdre, parce que je m'inquiéterai toujours plus pour elle que pour moi-même, parce que je suis assez vorace pour malgré cela avoir envie de faire ce que je veux, mais que j'ai encore assez de sens moral pour comprendre que ça fait de moi quelqu'un d'égoïste. Parce que, de l'extérieur, certaines personnes pourraient penser que c'est elle le fardeau, alors qu'en réalité c'est moi.)

— OK, dit-elle en faisant des caresses en cercles sur mon dos mouillé pendant que j'essaye de ne pas trembler. Ce n'est rien. Nous allons juste... Faisons un marché. Si tu veux participer, tu m'en parles d'abord. Comme pour le job à la brasserie. Je ne peux pas être dans ton équipe si tu ne m'expliques pas tes plans. Et nous avons plus que jamais besoin d'être dans la même équipe.

— Je sais. Je suis désolée.

— C'est *mon* boulot de prendre soin de *toi*, me rappelle-t-elle. Et je sais que les rôles ont été inversés...

— ... Ça n'a pas d'importance.

— Tu as quand même perdu beaucoup.

— Tant que je ne te perds pas, toi.

— Oh, ma puce.

— Plus qu'une journée, maman.

Elle serre ma main et répète :

— Plus qu'une journée.

Nous savourons ces mots, le fait de savoir que, bientôt, que peut-être, nous allons franchir un tournant décisif.

Je me lève tôt, car je dois continuer à emballer nos affaires à l'appartement avant de partir demain pour Sacramento. Et j'ai besoin d'organiser le nettoyage pour espérer récupérer notre caution. Ronnie, notre propriétaire, a la réputation de saisir le moindre prétexte pour la garder.

Je me réveille donc à 5 h 30, et à 6 heures il fait jour, je suis en tenue et mon sac est prêt.

J'ai repéré les marches qui grincent le plus la nuit précédente, donc je parviens à descendre discrètement. Mais mes précautions sont vaines, car Penny m'attend, assise sur la dernière marche de l'étroit escalier.

— Qu'est-ce que tu fais debout si tôt ? je demande à voix basse.

— On doit continuer les cartons à l'appartement, non ?

— Je peux le faire…

— Et je peux aider. Mon service commence à midi, ce qui nous laisse cinq heures. Ensuite on pourra rentrer ensemble pour le dîner imposé par nos mères. Oh ! Et j'ai préparé des produits ménagers à laisser là-bas, conclut-elle en donnant un petit coup de pied dans une caisse.

— Je comptais aller nager d'abord, je réponds en détestant la culpabilité qui m'envahit à ces mots.

Elle hausse les épaules.

— Pas de souci. Je peux avancer pendant que tu t'entraîneras.

— Tu es sûre ?

— Oui. Mais mieux vaut filer avant qu'elles se réveillent, parce que ma mère voudra venir pour superviser, puis elle partira en vadrouille pendant deux heures sous prétexte d'aller chercher à manger pour tout le monde pendant que la tienne essayera de faire tout le boulot… et elles doivent toutes les deux se reposer avant notre départ demain.

— Marion est la seule personne sensée de cette maisonnée, je marmonne.

— Ça, c'est bien vrai, intervient Manou depuis la cuisine.

Notre soudain silence est accueilli par son rire.

— À plus, Manou ! lance Penny dans un pseudo-chuchotement avant de s'emparer de la caisse de produits ménagers.

Je balance mon sac de natation sur mon épaule, et on sort en vitesse. Penny jette un coup d'œil en arrière et me sourit comme si on partageait la même blague.

Je déverrouille le portail, et elle le franchit avec la voiture afin que je le referme avant de la rejoindre. Une fois dans le véhicule, je mets ma ceinture et commence à fouiller dans mon sac.

Elle contemple le bidon violet que j'en ai sorti et s'esclaffe :

— C'est énorme.

— C'est pratique.

— Pas étonnant que ta peau rayonne, si tu bois autant.

— Ma peau ne rayonne pas.

— Meghan m'a demandé plusieurs fois de me renseigner sur la façon dont tu prenais soin de ta peau… Alors, si, tu rayonnes.

— La seule chose que je mets sur ma peau, c'est de la crème solaire.

— Dites-moi que je rêve… Bien sûr que tu ne fais que ça. C'est trop injuste, quand tu penses que je finance à moi toute seule l'industrie des patchs anti-acné. Il n'y a rien de pire que l'acné hormonale.

— Maman dit qu'il faut boire du thé à la menthe verte pour ça, dis-je, tandis qu'on suit la route sinueuse qui mène à l'autoroute.

— Je suis prête à essayer n'importe quoi. Comme si les crampes tous les mois ne suffisaient pas.

Elle secoue la tête et demande :

— Ta mère était réellement en colère cette nuit ?

— Oui. Mais pas à cause de nous.

— À cause de quoi était-elle...

— Elle a découvert que j'avais vendu mon camion.

— Oh, merde.

— Mais ça va.

Elle se tourne vers moi, l'air sceptique.

— Vraiment ? (Elle s'engage sur la rampe d'accès de l'autoroute en direction de la ville.) Elle a laissé couler ? Tu étais tellement inquiète.

— Je crois que maman n'a pas l'énergie de me punir, dis-je.

— Je dirais bien que tu as de la chance, mais c'est assez pourri comme facteur de chance, dit-elle en changeant de voie pour dépasser un camion de transport de bois plein de pins.

Je ne sais pas pourquoi, mais ça me fait sourire.

— Ce n'est pas de la chance. On a un accord, toutes les deux.

— Quel genre d'accord ?

— On ne se prend pas la tête pour les broutilles. On se concentre sur la situation globale. J'ai pensé qu'on allait avoir une grosse dispute, c'est pour ça que j'étais inquiète. Mais désormais on a des choses plus importantes à gérer. J'ignorais qu'on allait avoir besoin de louer un appartement à Sacramento pendant un mois, pour leur convalescence.

Maintenant, je le sais, et du coup je suppose que tu as probablement raison : c'est une chance que je l'aie vendu.

— Non. Je me suis trompée. Ce n'est pas de la chance. C'est toi qui as cherché à faire au mieux, dit-elle. Comme toujours.

Je suis alors obligée de tourner la tête pour regarder par la vitre, et me concentrer sur les arbres floutés par la vitesse. Sinon, je risque de ne pas résister à l'envie de la toucher, pour voir si sa main se souvient de la mienne après la nuit dernière… parce que la mienne, oui.

18

Penny
24 juin

C'est bizarre d'être seule dans l'appartement de Tate. Je l'ai déposée à la piscine et j'y suis allée direct. Puis j'ai monté l'escalier de ciment des années soixante-dix avec ma caisse de nettoyage.

La poubelle n'a pas été vidée. Je décide donc de commencer par ça. Après avoir fermé le sac, je descends. La benne est de l'autre côté du parking, et, alors que je suis en train de le traverser, une porte s'ouvre au rez-de-chaussée au bout du bâtiment. Un homme se penche dans l'encadrement et me reluque d'une façon qui me donne la chair de poule. Je songe à remonter en vitesse ; dans certains cas l'évitement est la meilleure solution. Mais je lui lance un regard noir, en pensant que parfois ignorer les pervers est pire, parce que après ils font tout pour attirer votre attention. Casser leur élan en leur signifiant *Ne me cherche pas* peut éventuellement les faire détaler. Mais cette fois, ça ne marche pas. Il continue à me suivre du regard, et une sonnette d'alarme se déclenche dans ma tête. Merde. J'ai fait le mauvais choix. J'aurais dû garder les yeux baissés et me dépêcher.

Je jette la poubelle et remonte à l'appartement en essayant, probablement sans succès, de ne pas avoir l'air pressée. Il ne bouge pas d'un pouce.

C'est une bonne chose que Tate et Anna quittent cet endroit. Elles sont plus en sécurité dans notre maison.

Je prends bien garde à fermer la porte à clé avant d'entreprendre de former les cartons. Puis je lance mon app à bruit blanc et commence à scotcher au son du chant des criquets, du bruissement des arbres et du gazouillement des oiseaux. Quand Tate arrivera, elle voudra mettre de la musique. Mais pour l'instant, je peux profiter des sons apaisants de la forêt.

Alors que je monte les cartons, mes pensées dérivent, mon esprit flotte, porté par le courant. Cela fait moins de vingt-quatre heures qu'on vit ensemble, et Tate a déjà découvert mon grand secret.

Il n'y a pas moyen qu'Anna nous ait crues. Elle va suivre le code des mères et dire à la mienne qu'il s'est passé quelque chose. Elles sont comme ça.

Quand papa est mort, une part de moi était si heureuse que maman ait Anna. Et une autre était tout aussi furieuse. Parce que cela signifiait qu'elle n'avait pas du tout besoin de moi. C'était peut-être égoïste. Mais j'avais besoin de ma mère, et au lieu de ça, j'ai eu des promesses brisées et du déni… des regards vitreux, et des règles qui m'ont donné envie de fuir tout en me rapprochant de force de quelqu'un qui pendant des mois a évité autant que possible de poser les yeux sur moi.

Ne serait-il pas plus facile de cesser de faire semblant ? Ou bien est-ce que ce serait aussi dur que nous l'imaginons l'une et l'autre ?

N'est-ce pas pour ça que nous continuons cette mascarade ?

Je viens juste de terminer un placard quand j'entends la porte s'ouvrir.

— Tate ? j'appelle. J'avais bien fermé à clé, non ?

— Penny, c'est toi ? demande la voix d'Anna.

— Je suis dans la cuisine.

Anna passe la tête dans la pièce.

— Que fais-tu ici ?

— J'emballe des trucs. Tate m'a donné les clés. Elle est à la piscine jusqu'à 10 heures.

— Penny… (Elle sourit.) Je ne vous mérite vraiment pas, toutes les deux.

— Bien sûr que si. Tu devrais rentrer à la maison te reposer. Nous avons une longue route demain. Il y a du thé glacé au frigo et des chaises longues dans le cabanon. Avec tous les papillons qu'il y a en ce moment, tu devrais t'installer près du jardin de Manou, c'est super agréable.

— Je devrais aider…

— Tu dois te reposer. Je parie que c'est ce que ma mère est en train de faire.

Elle s'appuie contre le plan de travail et demande :

— Comment vas-tu, Penny ?

Je pense à l'accord de trêve. *Pas de stress pour les mères.*

— Super bien.

— Vraiment ? Je sais que c'est effrayant. Ce que ta mère fait pour moi…

— C'est super.

Elle sourit, son regard trop compréhensif.

Anna a cette clairvoyance bienveillante. Vous ne pouvez y échapper. Ça vous attire. Vous accueille. Vous donne envie d'accorder votre confiance. Mais je dois résister.

J'aime Anna. J'éprouve pour elle de la reconnaissance, car si c'est ma mère qui lui sauve la vie aujourd'hui, je suis à peu près certaine qu'elle a sauvé la sienne quand mon père est mort. Anna sait toujours quoi faire. Je l'aime pour ça – elle a su quoi faire avec l'alliance de papa, ainsi qu'avec le cœur et l'esprit de maman dans les mois qui ont suivi le drame – et je la déteste aussi un peu à cause de ça, parce qu'elle a toutes les réponses sur ma mère que celle-ci ne peut pas, ou ne veut pas, me donner.

— Ça reste effrayant, dit-elle. Tu as tant perdu ces dernières années.

— Je ne veux pas en parler.

Dis à ta mère que je l'aime.

— Je sais. Mais si jamais tu veux…

Je sens brusquement monter en moi un agacement que je ne devrais pas ressentir vis-à-vis d'elle, et je rétorque :

— Tu ne veux pas que j'en parle, Anna.

Son front se plisse.

Elle a perdu du poids au cours des derniers mois, et elle a de nouveau l'air malade, comme pendant la chimio. Je ne devrais pas lui répondre sur ce ton.

— Je veux que tu puisses me parler de tout ce qui s'est passé.

— Non, tu ne veux pas, je rétorque. Tu aimes ma mère.

— C'est vrai, dit Anna. Et je t'aime, toi.

— *Parce que* tu aimes ma mère.

— Oh, Penny, dit-elle.

Il y a une telle tristesse dans sa voix, et je ne sais pas si c'est parce qu'elle sait que c'est vrai, ou parce qu'elle sait que je suis le genre de fille incapable d'imaginer une autre vérité.

— Je gère ici, dis-je en attrapant un nouveau carton. Et Tate sera là dans une heure.

— D'accord, dit lentement Anna. Je vais juste emballer quelques affaires. Ensuite je dois aller voir Drew à la brasserie avant de rentrer à la maison.

— Ah oui, la pâte à bretzels.

— Il ne serait pas fichu de la réussir si sa vie en dépendait, commente Anna avec un claquement de langue désapprobateur. Je ne sais vraiment pas comment ils vont faire pendant que je ne serai pas là. Bon, je te laisse te débrouiller, si Tate arrive bientôt.

— C'est le cas.

— Juste une dernière chose.

— Oui ?

— À propos de la nuit dernière…

Mon ventre se noue et mes doigts se crispent autour de la bouteille que j'ai en main.

— Des rochers couverts d'algues et seulement une lampe-torche, j'admets que ce n'était pas très futé, dis-je en essayant d'adopter un ton léger et non suppliant.

Elle ne pourrait pas laisser tomber au lieu de suivre le code des mères ?

— OK. Je comprends que tu ne veuilles pas parler de ça non plus. Je me doute que ça doit être embarrassant vu la situation. Mais j'aimerais quand même demander quelque chose : est-ce que vous avez fait attention ? Toi et Tate, vous prenez vos précautions ?

Mon cerveau s'embrouille, car si la première question a du sens, la seconde, non, surtout posée sur ce ton. Son expression ne colle pas non plus ; elle est davantage amusée et résignée que contrariée parce que j'ai enfreint les règles imposées par ma mère. Je demeure perdue jusqu'à ce qu'elle ajoute :

— Quand vous êtes ensemble, je veux dire. Je sais que les cours d'éducation sexuelle n'abordent pas trop ce qui sort des rapports hétéros, mais ce n'est pas parce que vous ne risquez pas de tomber enceintes que vous n'avez pas besoin de vous protéger. Surtout si vous avez été sexuellement actives avant de vous mettre toutes les deux.

Le discours de sensibilisation sur les risques sexuels provoque un déclic. Elle ne parle pas de rafting. Elle parle de…

Anna nous a vues ensemble la nuit dernière, ébouriffées et, comment dire, déshabillées sous nos toges de fortune. Si on ajoute à ça la pitoyable excuse de Tate…

Oh, merde…

Anna croit que nous avons fait le mur pour…

Je rougis si fort que je suis à peu près sûre que tout mon corps est écarlate. Elle croit que nous sommes ensemble. *Ensemble* ensemble. Genre, qui *couchent ensemble*, ensemble.

Mon cerveau était déjà embrouillé avant, mais c'est encore pire maintenant. Qu'est-ce qui est le mieux : qu'Anna pense que je couche avec sa fille, ou qu'elle réalise qu'elle s'est trompée et que je fais du kayak sur le lac la nuit ? Pendant que j'essaye de prendre une décision, la nuit se rejoue dans ma tête, tel un film, comme si l'hypothèse d'Anna avait débloqué quelque chose que j'aurais refoulé. Mes doigts qui glissent dans l'eau sur l'épaule de Tate et qui entraînent la bretelle de son débardeur, sauf que cette fois, je ne les arrête pas. Comment ça serait de caresser les taches de rousseur de sa clavicule ? La main de Tate qui enveloppe la mienne posée sur la vitre du camion comme si elle pouvait me tenir tout entière dans sa paume. Comment ça serait de la laisser faire ?

De m'ouvrir à elle ?

— Je ne veux pas me mêler de ce qui ne me regarde pas, poursuit Anna. Je veux juste m'assurer que vous…

— Oui ! je réponds rapidement avant qu'elle me parle de digue buccale ou de choses dans le genre. Bien sûr que oui.

Elle sourit, soulagée.

— Bien. Tu m'en vois ravie. (Elle pose la main sur mon épaule.) Pas seulement pour ça. Je suis aussi ravie que vous ayez enfin clarifié la situation, les filles.

Puis elle s'en va, et je reste plantée là, parce que… *pardon ?* Comment ça, elle est ravie que nous ayons *enfin* clarifié la *situation* ?

Je viens de laisser la mère de Tate croire que…

Ce qui veut dire que ma mère va croire que…

Et je viens juste de me laisser aller à penser à… elle. Comme ça.

Comme cette nuit dans la remise à foin. Sa peau était si douce que parfois j'ai l'impression que j'étais *réellement* ivre, et que j'ai tout imaginé. Comme ce jour sous le porche… ses lèvres n'ont même pas touché ma peau, juste les bandages, mais j'ai quand même le sentiment de les connaître. Comme cette nuit dans le motel à Yreka.

Non. Je ne peux pas penser à Yreka.

Je refuse d'y penser.

19

P : !!!

P : Meghan ! Au secours !

M : Qu'est-ce qu'il y a ? Ta mère est au courant pour la nuit dernière ?

P : Anna nous a grillées quand on est rentrées.

M : Elle l'a dit à ta mère ?

P : Non.

P : Anna croit…

Penny est en train d'écrire...

Penny est en train d'écrire...

OK. Je sais pas pourquoi, mais Anna croit que Tate et moi on a fait le mur pour... heu, TU SAIS QUOI. — P

M — Attends. Quoi ?

M — Tu es en train de me dire que la mère de Tate pense que vous vous êtes envoyées en l'air, genre, dans les bois ?

Au bord de la crique. — P

C'est là que Tate lui a dit qu'on était. — P

M — Audacieux.

M — Mais aussi un peu froid, et crado.

M — Un ticket gagnant pour une mycose vaginale.

Meghan ! — P

M — Quoi ? C'est hyper drôle.

P : Non, ce n'est pas hyper drôle !

P : Pourquoi est-ce qu'elle est allée s'imaginer ça !

M : C'est vrai, ça. Pourquoi Anna irait imaginer que Tate et toi vous vous envoyez en l'air en secret ? Je me le demande.

M : Comment elle a réagi quand tu lui as dit qu'elle se trompait ?

P : Je n'ai pas vraiment démenti.

M : Tu n'as pas rectifié le tir ?

P : Anna l'aurait dit à ma mère ! Et ça aurait foutu en l'air tous nos plans.

P : En plus, avec Tate on s'est mises d'accord pour ne pas contrarier nos mères.

P : On part pour Sacramento demain !! Tout le monde a besoin d'éviter le stress !

CHIRURGIE

M : Et tu penses que ça contrarierait Anna d'apprendre que tu ne sors pas avec Tate.

P : Elle avait l'air bizarrement OK avec ça...

P : Je ne sais pas.

P : C'est juste que...

P : Qu'est-ce que je vais dire à Tate ?

M : Pas la moindre idée.

20

M : J'ai l'impression d'être dans une comédie romantique, Remington.

R : Qu'est-ce qu'il y a encore ?

M : Apparemment, on n'est pas les seuls à avoir remarqué qu'il y avait un truc entre Penny et Tate.

R : Ah ?

M : ANNA croit qu'elles sortent ensemble.

R : Mais ce n'est pas le cas.

M : Bien sûr que non. Pour ça il faudrait toutes les deux qu'elles admettent leurs SENTIMENTS.

Tate n'est pas très douée avec les sentiments. Elle a tendance à les refouler. R

C'est pas très sympa de ma part de dire ça. Surtout que je ne vaux pas mieux. R

M On est tous mauvais avec les émotions en général. Je pense que c'est inhérent à l'être humain.

M Y a qu'à voir.

M Penny fuit les siennes.

M Je me donne à fond dans mes hobbies.

M Parfois, c'est juste plus facile.

M Tu vois ce que je veux dire ?

Ouais. R

Je vois. R

M — Désolée… J'avais pas l'intention de partir dans une conversation aussi sérieuse. C'est juste que… J'aimerais que Penny soit heureuse. Elle le mérite. Et Tate aussi.

R — Je comprends.

M — OK. Changeons de sujet. Fini avec les trucs plombants. Si on discutait plutôt de la collecte.

R — ???

M — La collecte barbecue dont on a parlé.

R — Je n'avais pas compris que tu voulais vraiment te lancer là-dedans.

M — C'est-à-dire que je me suis pas mal renseignée sur la convalescence après une greffe d'organe. Et c'est du COSTAUD. Pour le receveur et pour le donneur.

M — Anna et Lottie ne sont pas près de retourner bosser.

M — Ça va coûter une blinde.

R : On pourrait faire un appel aux dons sur Internet ?

M : J'ai demandé à Penny. Elle m'a dit que leurs mères n'aimaient pas l'idée de rendre leur histoire publique.

R : OK.

R : Dans ce cas on ne pourra pas se contenter du barbecue du magasin.

M : La brasserie en a un.

R : Tu sais t'en servir ?

M : Tu pourrais m'apprendre ?

R : Bien sûr.

M : On pourra aussi vendre des chips et des boissons.

M : Et on peut demander au Blackberry de nous faire don de tartes.

M : Je vais faire une liste et passer des coups de fil.

R : Je demanderai à mon chef pour la viande et les barbecues.

21

24 juin

M : Comment ça va ?

Je fais les bagages pour demain. : P

M : C'est pas encore fait ?

J'essaye de retrouver toutes les affaires de ma mère. : P

Cette femme n'a jamais entendu parler des organisateurs de valise, j'te jure. : P

M : Alors… tu as parlé à Tate ?

M : Ou tu as préféré dire la vérité à Anna ?

Pas le temps pour ça, là. (P)

Meghan est en train d'écrire…
Meghan est en train d'écrire…

(M) OK.

Je sais que tu as envie de dire quelque chose. (P)

(M) Bien vu.

(M) Mais c'est pas le moment.

(M) T'as des tonnes de trucs à gérer.

(M) Mais c'est pas le moment.

(M) Je suis là, OK ?

Tu sais que je t'aime ? (P)

(M) T'as intérêt !

(M) Je t'M aussi

22

25 juin

R : Les barbecues sont à nous ! Et ils nous donnent de la viande.

M : C'est génial !

R : Tu sais à quelle heure elles partent demain ?

M : Tôt, je crois.

M : Je vais y aller le matin pour que Marion me montre comment arroser son jardin pendant leur absence.

M : Tu veux venir aider ? Tu pourras voir Tate.

Oui. — R

Ça me ferait plaisir. — R

Merci, Meghan. — R

23

25 juin

M : Ne te prends pas la tête à me répondre. Je sais que tu conduis.

M : J'envoie des bonnes ondes à tout le monde.

M : On vous adore, et si vous avez besoin de QUOI QUE CE SOIT, je peux être là en six heures. Voire cinq. Si je me dépêche vraiment.

M : Même si c'est juste parce que tu t'ennuies, que tu as besoin d'une pause, ou que tu as envie de mettre la pâtée à quelqu'un au scrabble. Je serai là.

M : Pas très vite, bien sûr.

M : Mais je viendrai.

M : Je t'aime ! Envoie-moi un message quand vous serez arrivées !

24

25 juin

R Coucou

R Vous êtes sûrement encore sur la route.

R Je sais que l'opération de demain est importante.

R Ma mère m'a dit de vous dire qu'elle priait pour vous toutes.

Tu sais que je ne crois pas à tout ça. T

R Je lui ai dit.

R Et qu'est-ce qu'elle a répondu ?

R : Elle a juste soupiré.

R : Je ne prie pas pour vous. Je sais que c'est pas ton truc. Mais je pense à vous toutes, OK ?

R : Ça va aller. Tout va bien se passer. Je le sais.

R : Si tu as besoin de moi, je peux être à Sacramento en quelques heures.

R : Mais je ne peux pas te promettre que Meghan ne s'incrustera pas.

T : On s'arrête à la station-service. Je dois y aller.

T : Merci, Remi.

25

Penny
25 juin

Les ennuis commencent à la minute où nous arrivons à l'accueil. Le motel est un bâtiment sur deux niveaux au bord de l'autoroute. Et le parking est déjà plein. C'est à quarante minutes de l'hôpital, ce qui n'est pas recommandé, mais je suis à peu près certaine que les recommandations ont été écrites par des chirurgiens qui n'ont jamais eu à s'inquiéter du prix des hôtels en centre-ville. Ou peut-être que si. Il doit bien y avoir des chirurgiens issus de milieux défavorisés.

Au début je n'écoute pas vraiment. Je m'assieds à côté de Tate et Anna après avoir aidé Tate à s'assurer qu'Anna pouvait étirer ses jambes sans être gênée par les bagages.

— Merci, les filles, dit-elle tandis que ma mère s'adresse à la réceptionniste.

— Bonjour, nous avons trois chambres pour cette nuit. Au nom de Tate.

— C'est bien ça. Nous avons trois chambres doubles pour vous, répond la réceptionniste.

— Comment ça va ? je demande à Anna.

— Je suis juste fatiguée, dit-elle.

— Dès qu'on aura récupéré nos chambres, tu pourras te reposer, dit Tate en jetant un coup d'œil à ma mère.

— Il devait y avoir une chambre double et deux avec des lits jumeaux, dit ma mère à la réceptionniste, avant de se tourner vers nous et d'articuler en silence : *Encore deux minutes.*

— Oh, non. (La réceptionniste pianote sur le clavier de son ordinateur.) Il a dû y avoir une erreur lors de la réservation. J'ai bien peur que nous n'ayons que des chambres doubles de libres ce soir. Je suis désolée.

— Oh, et bien on fera avec, dit ma mère. Ça ne vous tuera pas de partager un lit, hein, les filles ? nous demande-t-elle par-dessus son épaule avec un sourire.

Aucune de nous ne répond. Parce que, merde, quel genre de réponse on est censées donner ? J'essaye de ne pas regarder Anna en coin. Va-t-elle émettre une objection ?

Mais elle se contente de glousser.

— Est-ce que ça veut dire que je vais devoir dormir avec toi ? demande-t-elle à ma mère l'air pince-sans-rire.

— Et quel est le problème ?

— Tu prends toutes les couvertures ! Chaque fois qu'on dort ensemble, je dois me battre pour en avoir un peu.

— Vous voulez qu'on dorme dans le même lit ? dit Tate.

Elle semble horrifiée et je sens le rouge me monter aux joues.

— Je suppose que je pourrais dormir avec Marion…, commence ma mère.

— Hors de question, l'interrompt Manou. Je suis une vieille femme. Je ne partage pas mon lit.

— Je…

Tate me regarde, et détourne rapidement les yeux. Je suis écarlate. Je dois l'être. Mon visage me chauffe trop pour que ce ne soit pas le cas. Anna nous observe, visiblement intriguée.

Merde. Évidemment. Elle croit que nous sortons ensemble. Mon Dieu, elle pense que nous couchons ensemble. Dans son esprit, nous devrions être *ravies* de la situation. Mais Tate n'est pas ravie ; pourquoi le serait-elle quand… ?

Nous avons un historique désastreux, les chambres d'hôtel, Tate et moi. Surtout après Yreka.

Ma vie est un soap opera. Mais je suis la seule à le savoir.

— Ça ira, dis-je précipitamment.

Parce que, qu'est-ce que je pourrais dire d'autre ? Je n'ai pas le choix. Je vais juste… dormir dans l'un des fauteuils, sur le sol, ou… Je trouverai bien.

Pas de stress pour nos mères. Surtout maintenant, à seulement quelques heures de tout arranger pour Anna et Tate.

— Ça ira très bien, dit ma mère à la réceptionniste, puis elle prend les clés.

— Tenez les filles, dit-elle en nous tendant deux porte-clés en plastique. Allons nous installer, OK ? Anna et moi sommes tout au bout, chambre 201, et ta grand-mère a la 208.

Je prends ma clé et regarde le chiffre 215 inscrit dessus.

— Je vais défaire mon sac, se contente de dire Tate, et je suis sur le point de la suivre quand Manou passe son bras sous le mien.

— Tu veux bien m'aider avec mes bagages ?

Je l'accompagne à la voiture d'Anna et sors du coffre l'énorme Samsonite qui date de l'époque où ils ne mettaient pas de roulettes aux valises. Elle est lourde et je dois la porter à deux mains pour monter l'escalier et la trimballer jusqu'à sa chambre pour elle.

— Parfait, déclare Manou en se laissant tomber sur le lit, les mains derrière la tête. Assieds-toi.

Elle tapote le bout du lit avec son pied et j'obéis.

— Comment s'est passée la route ?

— Bien, je réponds.

— Tate et toi vous êtes battues pour la radio pendant tout le trajet ?

— On s'est réparti les heures et on a mis des morceaux qui étaient sur nos téléphones. Tu devrais vraiment me laisser télécharger tes musiques…

— J'ai mes disques, rétorque Manou. Et je n'aime pas avoir tous ces bidules sur mon téléphone.

— Ça s'appelle des applications. Et puis les disques, ça se raye.

— Les rayures donnent du caractère. Rien ne traverse la vie complètement indemne.

— C'est… OK, ce n'est pas faux.

— Comment vas-tu ?

Je lui adresse mon plus beau sourire.

— Super bien.

Elle change de position dans son lit et tourne la tête vers moi.

— Vraiment ?

— Bien sûr.

— Tu mens comme ton papa, dit-elle, puis elle attend.

Elle croit qu'elle peut m'inciter à parler en se contentant de se taire. Elle se trompe.

— Tu n'as pas remis les pieds à l'hôpital depuis…

— Ce n'est pas ça. Je ne suis pas un bébé.

— Ça n'est pas une question d'être un bébé ou non, dit Manou. Mais tu dois admettre que tu as traversé des moments extrêmement difficiles dans cet hôpital. Et moi aussi.

— Mais pas maman.

Silence. Un silence éloquent. Comme toujours avec Manou.

Il y a eu des moments pendant les mois qui ont suivi la mort de papa où je me suis demandé si ma mère allait revenir me chercher un jour… et je suis certaine que Manou s'est posé la même question. Manou a été à mes côtés à chaque pas, et à chaque minuscule progrès de ma convalescence. J'ai essayé de la remercier une fois, au début, quand tout était si douloureux non seulement dans mon corps, mais également dans mon cœur. Elle a ri et m'a murmuré tout bas, mais avec conviction, *Je ne t'abandonnerai jamais, ma puce.*

Parce qu'elle savait que j'avais été abandonnée, pas seulement par papa, mais aussi par ma mère.

— Ton père aurait été très fier de Lottie et de ce qu'elle s'apprête à faire, dit Manou.

Ça me surprend. J'ai passé tellement de temps à éviter de penser à lui – comme ma mère m'y a entraînée par son silence – qu'il ne m'est jamais venu à l'esprit de me demander quel aurait été son point de vue sur tout ça.

Parfois j'ai peur que ma mère soit en train de l'effacer, comme elle l'a fait dans son art, et que ça s'étende au reste de nos vies. J'ai peur que ce soit déjà en train de se produire. Que ne pas parler de lui nous conduise à l'oublier plus vite.

Est-ce que perdre quelqu'un est juste une boule de chagrin qui ne cesse de grossir ? Comme une boule de neige dans une pente, qui devient de plus en plus grosse et finit par vous écraser ? C'est censé aller de mieux en mieux, pas de pire en pire. Est-ce que c'est ça que maman essaye de m'épargner ?

Manou a-t-elle raison ? Aurait-il été fier ? Je cherche en moi la réponse, en imaginant son visage souriant.

Oui.

Il aurait été fier. Il l'aurait appelée, *ma femme, cette héroïne.* Il aurait été là avec maman et Anna à la place de Manou. Et Manou serait restée à Salt Creek, pour prendre soin de nous pendant que papa aurait veillé sur leur convalescence. Il aurait organisé des collectes de fonds et déplacé des montagnes pour que tout ça puisse se faire.

M'autoriser à imaginer l'espace d'une seconde cette autre vie me coupe le souffle. Une terrible conclusion l'a rayé de nos histoires et a mis fin à la sienne si brutalement... L'imaginer ici...

C'est nouveau. C'est une blessure. Quelque chose que je n'avais pas pensé à faire parce que... oh...

Il aurait tout rendu plus facile.

Bon sang, ça aurait été tellement plus facile.

— Penny, dit Manou.

Je renifle et secoue la tête en espérant réussir à contenir mes larmes.

— Je vais bien. C'est juste que le trajet a été long.

La semaine a été longue. Le mois aussi. Je pourrais d'ailleurs en dire autant de cette année.

De cette vie. Et je n'ai que dix-sept ans.

— Ta mère... Ce qu'elle fait est très courageux, dit Manou.

— Je sais.

— Mais il y a eu des moments où elle n'a pas été courageuse, poursuit Manou, les mains sur mes épaules en me dévisageant avec intensité. Je veux que tu saches que je le comprends. Que je le vois.

Je hoche la tête et articule avec difficulté :

— Merci.

— Pourquoi n'irais-tu pas prendre une douche et te reposer un peu ? Puis je vous emmènerai dîner, Tate et toi. Vu qu'il est interdit de manger avant une opération, elles vont rester dans leur chambre. Je crois avoir entendu parler d'un marathon de films.

— Oh, non, elles vont passer la nuit à regarder des comédies romantiques et à réciter tous les dialogues, dis-je sur un ton faussement horrifié. Oui, pitié, emmène-nous loin d'ici.

Manou éclate de rire.

— Tes désirs sont des ordres, mon trésor. Allez, file déballer tes affaires et expliquer le programme à Tate. Je viendrai vous chercher dans une heure, et nous choisirons le restaurant.

Je me lève et me penche pour l'embrasser sur le front.

— Je t'aime.

— Tu as intérêt, dit-elle en me caressant les cheveux. Je t'aime aussi, ma chérie. Tout va bien se passer.

Je descends à la voiture prendre ma valise. Puis je gravis l'escalier et remonte le couloir extérieur en direction de ma, non, notre chambre – à Tate et à moi – en essayant de ne pas traîner des pieds. Mais plus j'approche de la chambre 215, plus j'ai du mal à avancer. Plus j'ai du mal à ne pas me rappeler la fois où j'ai tambouriné à la porte de la chambre d'hôtel à Yreka. La 143. Sachant que Tate était de l'autre côté. Sachant que c'était – qu'elle était – le seul endroit sûr après ce que Laurel…

Je chasse ce souvenir de mon esprit. Il n'y a pas de place pour ça ici. Pas maintenant. Si possible, jamais.

J'inspire profondément, insère la clé dans la serrure et pousse la porte. Puis j'entre en tirant ma valise. Tate a déjà posé son sac de piscine sur le porte-valises. Il est ouvert, et les vêtements débordent sur un côté. Mon regard se fixe sur une bretelle de dentelle bleue qui doit appartenir à un soutien-gorge, et je…

Je ne crois pas pouvoir gérer ça.

La porte se referme derrière moi. Elle lève les yeux de son sac.

Et nous sommes seules toutes les deux dans la chambre d'hôtel.

26

TATE
25 juin

La meilleure façon de moins penser à la greffe de foie imminente de ta mère ? Te retrouver dans une chambre de motel avec un unique lit et la seule fille avec qui tu ne peux pas dormir.

Je passe les cinq premières minutes à essayer de ne pas paniquer. Et les dix suivantes à essayer de ranger mes affaires, mais en réalité, à paniquer. Puis elle débarque après avoir aidé Marion. J'aurais dû proposer mon aide. C'était égoïste de ma part de partir comme ça.

On est là, moi d'un côté du lit deux places, elle de l'autre… qui aurait imaginé qu'un lit pouvait sembler si grand et si petit à la fois ? Le silence s'étire, et ce n'est certainement pas moi qui vais le rompre la première.

C'est du déjà vu, et j'essaye de ne pas le ressentir et de ne pas le penser.

Parce qu'on a établi une règle. Elle est sur l'accord de trêve.

Interdiction de parler d'Yreka.

Ça veut dire que je ne dois pas non plus y penser, parce que si je le fais, je vais me perdre dans le tourbillon de ce souvenir, et je ne peux pas. Aucune distraction ne vaut un tel prix.

Je sens son regard sur moi, mais je me concentre sur mon rangement. Elle avance jusqu'au lit, et commence à faire la même chose avec sa valise violette. Après plusieurs allers-retours entre la salle de bains et la chambre, elle entreprend de suspendre ses vêtements.

Je n'ai apporté aucun vêtement qui nécessite d'être suspendu. Je finis donc avant elle et, ne sachant pas quoi faire, je me rends dans la salle de bains avec la dernière chose qui se trouvait dans mon sac : le grand sachet en plastique qui me sert de trousse de toilette et dans lequel il y a, entre autres, mon shampoing et ma crème solaire.

— Ma grand-mère veut nous emmener dîner dehors, dit Penny depuis l'autre pièce.

— OK.

Je ferme la porte et m'y appuie un moment en essayant de respirer. Les yeux rivés sur la baignoire, je me demande si, avec quelques serviettes, ce serait assez confortable pour y dormir.

Peut-être que je pourrais profiter du dîner pour convaincre Marion de me laisser dormir avec elle… mais alors même que la pensée me traverse l'esprit, je sais que ça ne se fera pas.

Je suis en enfer. Oh mon Dieu. C'est l'enfer. Penny est de l'autre côté de la porte, et c'est encore pire qu'être dans la chambre en face de la sienne comme à la maison, mais pas pire que de partager une vraie salle de bains, avec sa collection de bains moussants et ses bougies parfumées qui embaument l'air. C'est pour ça qu'elle sent toujours les fleurs, la vanille, et un peu d'épices, plutôt qu'un parfum spécifique. Il y a des détails que je ne peux pas oublier : elle utilise une lotion à l'eau de rose et range ses cotons démaquillants dans un récipient en verre qui date de la Grande Dépression.

Elle a déjà posé son kit de maquillage. C'est une trousse en peluche lavande en forme de nuage, et soudain, souligné par ce petit détail, le contraste entre nous deux me saute à la figure.

(Je suis un sachet en plastique avec une trace de dentifrice au fond à cause d'un tube mal rebouché, et Penny est un nuage en peluche fait pour être caressé et aimé.)

Je m'éclipserai quand elle dormira pour aller passer la nuit dans la voiture et je reviendrai avant son réveil. Elle fera comme si de rien n'était, comme elle l'a déjà fait.

(La lumière floue du matin à Yreka et une chaleur lourde en travers de mon ventre. Son bras enroulé autour de moi, mais comme j'étais à moitié endormie, je ne le savais pas... Je savais seulement que je me sentais à ma place.)

Il me faut cinq bonnes minutes pour trouver le courage de retourner dans la chambre. Elle a déjà rangé toutes ses affaires et son bullet journal est ouvert sur le petit bureau placé dans un coin de la pièce. Elle a même apporté une boîte en plastique bleu pleine de fournitures. Feutres-pinceaux, tampons, encreurs, autocollants.

— Tu prépares une timeline pour demain ? je demande.

Elle me lance aussitôt un regard noir.

— Je ne dis pas ça pour critiquer, dis-je hâtivement avant qu'elle s'énerve.

Ses épaules se relâchent.

— Désolée, dit-elle. Je suis...

Elle soupire.

— Moi aussi.

Il est tellement plus facile de traverser la pièce et de s'asseoir sur la chaise en face de la sienne, car l'autre possibilité est de m'asseoir sur le lit, et ça n'arrivera pas. Hors de question.

(Pas deux fois.)

— Manou sera là dans une vingtaine de minutes, dit Penny. Elle veut que nous choisissions un restaurant.

— Genre une récompense ?

— Comme si on avait à nouveau neuf ans, oui.

— C'est chou.

Elle balaye la page avec son feutre orange avant d'en sélectionner un noir dans la trousse cousue main que je reconnais comme étant l'œuvre de Lottie.

— Je sais.

— Elle est extraordinaire, ta grand-mère, je poursuis.

Je ne connais personne d'autre qui laisserait tout tomber pendant des mois comme ça. Je sais qu'elle les aime. Mais Lottie est un champ de mines émotionnel que seule maman peut traverser, et Marion s'y risque de son plein gré. Ça force l'admiration.

Et je sais qu'elle nous aime. Mais Penny est son sang, je ne suis qu'une pièce rapportée.

— J'aurais été perdue sans elle, dit Penny sur un ton tellement factuel que ça remue quelque chose en moi.

Comme un rocher qu'on soulève et sous lequel on trouve des larves, des vers, de l'herbe morte, de la terre tassée et une empreinte sur le sol, là où autrefois il y avait quelque chose.

— Je suis heureuse que tu l'aies dans ta vie.

Elle continue à dessiner sans même marquer de pause. La timeline est maintenant un dégradé qui va de l'orange au rose clair. Elle a fait une liste des différentes étapes : admission, arrivée de l'équipe de soignants et questions, passage au bloc, unité de soins intensifs pour les soins postopératoires, ainsi qu'une estimation de la durée de la convalescence de chacune de nos mères.

— Je suis contente que tu l'aies aussi.

Son téléphone vibre sur le bureau. Elle y jette un coup d'œil.

— Quand on parle du loup, comme dirait Manou.

Elle ferme son bullet journal et commence à ranger ses feutres.

Marion nous emmène manger thaïlandais. On passe tout le repas à dévorer du poulet satay et des nouilles croustillantes et à ne surtout pas parler de ce qui nous attend dans seulement douze heures. Je parviens à ne prendre des nouvelles de maman par textos que deux fois, car la seconde fois elle m'envoie une vidéo d'elle et Lottie en train de chanter « In Your Eyes » parce qu'elles regardent *Un monde pour nous*...

— Ces deux-là n'ont pas une once de talent musical, commente Marion en secouant la tête tandis que j'arrête la vidéo avant la fin.

— Nous non plus, dit Penny en nous désignant elle et moi.

Cela ne devrait pas me nouer le ventre (d'être un *nous* avec elle, même pour une seconde). Et pourtant c'est le cas.

— Tate a joué de la flûte à bec en primaire, dit Marion. Je me souviens de votre concert.

— Oh, je m'en souviens aussi. (Penny sourit.) Tu voulais jouer de la batterie, mais ils ont refusé...

— Ce n'est pas le cours duquel tu t'es fait virer parce que tu t'étais cachée dans le placard ?

— Tate, se fâche Marion, alors que les faits remontent quasiment à dix ans.

— Je ne voulais pas faire de la musique ! Je voulais faire des arts plastiques. Mais le temps que maman m'inscrive, il n'y avait plus de place.

— Ce n'est pas une excuse, dit Marion tandis qu'on nous apporte l'addition.

Elle nous reconduit à l'hôtel en prenant le contrôle total de l'autoradio et nous passe les Beatles pendant tout le trajet. Penny fait semblant d'être agacée alors que Marion lui chante « Yellow Submarine », mais je n'essaye même pas de cacher mon sourire.

— Je vais me coucher, dit Marion dans l'escalier.

Arrivée à l'étage, elle serre Penny dans ses bras, puis moi, et l'espace d'une seconde j'ai juste envie de rester là, en sécurité contre elle, parce qu'elle n'a jamais craqué malgré toutes les épreuves que la vie lui a infligées. C'est la seule personne dont je peux dire ça, et je veux connaître son secret… parce que là, j'ai envie de craquer. Tellement envie.

— Essayez de dormir, dit-elle comme si elle savait que ça va être impossible.

— Je vais voir comment va maman, dis-je.

(Tout pour éviter cette pièce et ce lit.)

Penny se contente de hausser les épaules et s'éloigne dans le couloir. Je me répète que c'est ce que je veux (il le faut) et je pars dans la direction opposée vers la chambre de nos mères. Le bourdonnement de la télévision me parvient à travers les murs fins comme du papier. Je frappe doucement.

Lottie est déjà en pyjama – un ensemble tie dye en soie bleu-gris, dont je sais qu'elle l'a fait elle-même, car maman en a reçu un identique en cadeau à l'occasion d'un Noël – et maman est au lit, sur le côté, dos à moi. Le vieil ordinateur portable de Lottie, qui a connu des jours meilleurs, est sur le lit, l'image est figée sur quelque chose qui ressemble à *La Revanche d'une blonde*, si je ne me trompe pas dans la filmographie de Reese Witherspoon.

Elle est réveillée ? j'articule en silence à l'intention de Lottie qui hoche la tête.

J'avance jusqu'au lit tandis que Lottie se réinstalle dedans.

— Coucou, maman, je murmure en dégageant délicatement les cheveux qui lui tombent sur le front.

Elle cligne des yeux, l'air à moitié endormie, et se tourne sur le dos en me souriant.

— Coucou, ma puce. Le dîner était bon ?

— Hmm hmm. Marion nous a emmenées manger thaïlandais. Je voulais juste te dire bonne nuit.

Sa main trouve la mienne. Elle la serre trois fois. *Je t'aime.*

— C'est le grand jour demain.

— Le plus grand, je dis. Je vais te laisser te reposer. Et puis je vais aller dormir aussi histoire de digérer le thaï.

— Nous devons être à l'hôpital de bonne heure demain, me rappelle-t-elle.

— Je sais.

Je l'embrasse sur le front, en essayant de ne pas m'attarder, de ne pas me demander si c'est l'une des dernières fois. Puis je fais le tour du lit.

— Bonne nuit Lottie.

Et – je pense que cela la surprend – je me penche pour lui effleurer la joue d'un baiser avant de lui murmurer à l'oreille :

— Merci.

Elle prend une inspiration tremblante et me serre doucement le bras avant que je me redresse. Ses yeux brillent de l'émotion que je suis toujours en train de chercher en elle, en me demandant pourquoi Penny n'y a pas droit.

— Bonne nuit, je répète encore une fois avec un sourire qui n'atteint pas mes yeux.

Je ferme la porte en sortant. Le couloir s'étire devant moi. Je regarde à droite, vers la chambre que je partage avec Penny. Puis je baisse les yeux sur la piscine en forme de haricot qui est loin de faire ne serait-ce que vingt-cinq mètres... mais ça reste mieux que rien.

(Et je ne peux pas partager un lit avec Penny. Pas si j'ai ne serait-ce qu'une once de choix.)

27

Penny
25 juin

Je regarde la timeline que j'ai créée dans mon bullet journal et qui va de l'orange au rose joyeux. Du danger à la sécurité.

Admission, arrivée de l'équipe et questions, passage au bloc, unité de soins intensifs pour les soins postopératoires. L'opération de maman commence avant celle d'Anna. Logique. On ne réfléchit pas à ce genre de choses – le comment de tout ça – avant d'y être obligé. Ma mère va être sous anesthésie pendant environ six heures, le temps qu'ils prélèvent la moitié de son foie. Et l'opération d'Anna sera encore plus longue et plus compliquée, avec une convalescence bien plus longue elle aussi.

Je n'ai toujours pas commencé la timeline de la convalescence. Je devrais. Je devrais m'y mettre tout de suite.

Mais alors que je regarde celle-ci, les lettres deviennent floues. Je cligne plusieurs fois des yeux pour essayer d'y voir plus clair… avec pour seul résultat de faire jaillir des larmes. Peut-être que me focaliser là-dessus n'est pas une bonne chose. Les opérations auront lieu demain quoi qu'il arrive. Peut-être que je devrais penser à autre chose.

Je vais jusqu'à ma valise et en sors le petit colis que Meghan a préparé pour moi. Il contient différents masques pour le visage et une minibouteille de pétillant pomme-raisin. Ma mère adore les masques, j'en prends donc un pour elle, et un pour Anna, plus le seau à glace et ma clé. Je passerai leur dire bonne nuit en revenant du distributeur de glaçons.

De nuit, les motels ont quelque chose d'inquiétant. C'est un peu comme un lieu intermédiaire. Mais je suppose que c'est le principe des zones de transit. Je remplis mon seau de glaçons, remonte l'escalier, et me dirige vers la chambre de ma mère. Mais avant que j'aie eu le temps de frapper à la porte, j'entends leurs voix flotter par la fenêtre ouverte.

— Tu monopolises encore toutes les couvertures, dit Anna.

— Je te jure que je ne le fais pas exprès.

J'hésite, peut-être que ce n'est pas une bonne idée de faire intrusion comme ça. Parce que c'est ce que je suis dans la vie de ma mère, n'est-ce pas… une intruse ?

— Tate est venue ? demande Anna. Je n'ai pas rêvé ?

— Elle est venue pendant que tu piquais un somme au milieu du film. Elle est probablement en train de nager, maintenant.

— La piscine est fermée.

— Parce que tu crois que ça va l'arrêter ? Cette fille est déterminée, dit ma mère, et l'admiration que j'entends dans sa voix me hérisse.

— Penny aussi, dit Anna.

— Penny ne veut même pas parler de ses études avec moi. Elle coupe court chaque fois que j'essaye d'aborder le sujet.

— Elle est probablement nerveuse.

— Ou elle est décidée à mettre sa menace à exécution.

— Quelle menace ?

Ma mère soupire.

— Tu te souviens comme elle était en colère quand j'ai revendu à Tom la part de George ? Quand je lui ai dit que j'étais obligée de le faire pour son avenir. Pour ses études. Et qu'elle a ri en répondant qu'il était hors de question qu'elle perde son temps à l'université. J'espère que c'était juste l'émotion, mais c'est Penny, dit-elle avec un rire sans joie, un son embourbé, piégé dans sa gorge, tout comme nous sommes piégées dans notre simulacre.

J'ai peur que ce soit tout ce qu'il nous reste l'une de l'autre. Que ce qui est réel soit désormais trop douloureux pour être accueilli.

— Tu ne cesses de me dire que c'est mon nouveau départ, dit Anna. Mais peut-être que ça peut aussi être le tien.

— Je l'espère, se contente de répondre ma mère, et sans la voir je ne peux pas dire si elle le pense… mais si je bouge, elles sauront que je suis là.

Je me retrouve donc une fois encore coincée avec mes questions.

— Peut-être que quelques semaines avec Tate à Salt Creek feront du bien à Penny, dit Anna. Ça peut sembler hypocrite, mais je ne crois pas que j'aurais accepté si facilement qu'elles dorment dans le même lit si l'une d'elles avait été un garçon.

Oh, non. Non. Non. Elle ne va pas…

Oh, mais si. Elle est vraiment en train de le faire.

— Hein ? De quoi parles-tu ? demande ma mère, tandis que je sens la peur m'envahir.

Anna *glousse.*

— Je ne t'ai pas dit que nos filles sortaient ensemble ? J'ai dû oublier.

— Quoi ? Ce n'est pas possible ! s'écrie ma mère avec une voix qui monte jusqu'au piaillement aigu.

— Oh, je t'assure que si. Je les ai grillées en train de rentrer à la maison à moitié nues. Avec des couvertures en guise de toge…

— Tu me fais marcher.

Comment arrêter ça ? Je ne peux pas. Pas maintenant. Qu'est-ce que je vais bien pouvoir faire ?

— Je réservais cette nouvelle pour un moment vraiment spécial, dit Anna. Je pense qu'elles essayent de garder ça secret pour l'instant, alors ne dis rien.

— Pourquoi se cacheraient-elles ? Elles nous ont toutes les deux fait leur coming out.

— Qui sait, dit Anna. Laisse-leur le temps de nous l'annoncer dans les formes.

— Depuis quand es-tu au courant ? demande ma mère d'une voix à la fois ravie et indignée.

— Seulement depuis hier.

— Anna ! Tu as attendu une journée entière ? C'est totalement injuste. Tu aurais dû me le dire quand tu l'as découvert ! Je croyais que Penny avait toujours le cœur brisé à cause de Laurel.

Je manque de faire tomber le seau de glace en entendant le prénom de mon ex, et je prends soudain conscience du froid qui s'insinue dans mes mains.

— *A priori*, ce n'est plus le cas, dit Anna.

— C'est fou, murmure ma mère avec excitation. On dirait un film !

— Tu te souviens quand on était enceintes, on plaisantait sur le fait que si on avait un enfant de chaque sexe ils pourraient se marier ? Il ne m'est pas venu à l'esprit que si on avait toutes les deux une fille, elles pourraient sortir ensemble.

— À moi non plus. Penny dirait que c'était très hétéronormatif de notre part.

Parce que ça l'est ! Je dois me mordre la lèvre pour ne pas le dire à voix haute.

Anna s'esclaffe.

— Il faut reconnaître que c'est vrai.

— J'arrive pas à y croire. C'est sûrement pour ça qu'elle faisait le mur.

Je m'appuie à la paroi du motel en essayant de respirer, mais pas trop fort pour ne pas être entendue. Elle est au courant de mes sorties nocturnes ? *Merde.* Ça va tout faire rater !

— Penny fait le mur ? demande Anna.

— Elle croit que je ne l'ai pas remarqué.

— Tu n'as pas essayé de la prendre sur le fait ?

— Pour qu'elle se renferme encore plus ? De toute façon, si c'était juste pour aller voir Tate…

— Mais Tate ne sortait pas en douce, dit fermement Anna.

Ma mère éclate de rire.

— Tu en es sûre ?

— Tate se lève à 5 heures tous les matins. Elle taquine Penny à propos de ses plannings et de ses bullet journals, mais ma fille est aussi accro à ses routines que la tienne.

— Oh, là là, ces journaux… Elle me tue avec ça, grogne ma mère. (Je sens monter un accès de colère qui se dissipe lorsque j'entends la suite.) Elle fait de ces collages… Ils sont magnifiques. Mais elle refuse que je les regarde. Il y a eu ce jardin de fleurs séchées, super gothique. J'aurais voulu avoir une heure pour l'examiner, mais j'ai eu à peine cinq secondes avant qu'elle ferme le cahier.

— Tu fais la même chose avec tes carnets de croquis, lui fait gentiment remarquer Anna.

Ma mère s'esclaffe.

— Je plaide coupable.

— Telle mère, telle fille.

— Elle est exactement comme George, et tu le sais.

Ça fait combien de temps que je ne l'avais pas entendue prononcer son nom ? Autrefois il faisait partie intégrante de ma vie. Maman qui appelait papa. Qui riait son nom quand il l'embrassait sur la joue. Qui le murmurait contre la sienne lorsqu'ils dansaient dans la cuisine. Et puis elle a complètement cessé de le faire. Comme si, à la minute où il s'était retrouvé gravé sur cette pierre tombale, le dire à voix haute aurait fait resurgir les erreurs qu'elle avait commises.

Dis à ta mère que je l'aime.

— C'est bien vrai, approuve Anna.

— Le conseiller qu'ils m'ont obligée à voir pour estimer si j'étais psychologiquement apte à te filer ce bon vieux p'tit bout…

— C'est comme ça que nous allons appeler le morceau de foie que tu vas me donner ?

— Je voulais l'appeler Eunice, puis je me suis souvenue de tes critiques sur mes choix de prénoms de bébé à l'époque.

— Ton goût pour les prénoms de vieille dame est un peu bizarre. Pénélope est un prénom magnifique. Mais *Gertrude* ? Avec un prénom pareil, elle était sûre de se faire chambrer.

— Gertie et Trudie sont des surnoms adorables ! Bref, cette conseillère m'a dit que je parlais de Penny comme si elle n'avait pas la moitié de moi en elle. Et je lui ai répondu que cette gamine était sortie de mon ventre en demandant *Où est papa ?* suivi de près par *Où est la rivière ?*

Anna laisse échapper un petit rire.

— C'était la fille de son père, c'est sûr. Mais elle tient beaucoup de toi aussi. Surtout quand tu étais plus jeune. Elle a ton côté lanceuse de cailloux.

Ma mère rigole à son tour.

— J'y pensais justement tout à l'heure, dit-elle.

Je fronce les sourcils, car je n'ai jamais entendu parler de cette histoire. Et puis sur qui aurait-elle lancé ces cailloux ?

— J'ai toujours sur l'intérieur de la cuisse la cicatrice que je me suis faite en grimpant dans ces vieux chênes pour les attendre.

Attendre qui ? Mais visiblement je n'aurai pas la réponse, car Anna poursuit :

— Tu m'as sauvée ce jour-là. Et tu me sauves encore aujourd'hui.

— Deux fois en presque trente ans, ce n'est pas si mal, si on considère le nombre de fois où tu m'as sauvée, dit maman d'une voix étranglée, avec une légèreté forcée et déterminée.

— Ce que tu nous donnes, à Tate et à moi, est énorme, dit Anna. Je ne l'oublierai jamais.

— Tu m'avais promis de ne pas devenir sentimentale, dit ma mère, mais je l'entends renifler. Tu sais que je t'aime.

— T'as intérêt, rétorque Anna. Parce qu'il se pourrait bien qu'on soit un jour les belles-mères de nos filles.

— Merde alors, ça serait dingue.

Maman éclate de rire, un rire fort et sincère, si rare quand je suis à proximité que je le savoure avant de repartir pour ma chambre, la condensation du seau de glaçons coulant sur mes doigts.

28

25 juin

P : Pourquoi ce genre de choses m'arrive à moi ?

M : Tout va bien ?

P : Anna a parlé à ma mère de son interprétation erronée de ma relation avec Tate qu'elle ne croit pas être erronée.

M : Merde. Que vas-tu faire ?

P : Je m'en occuperai demain. Ou après-demain. Ou peut-être jamais.

M : Tu vas le dire à Tate ?

P : Elle est en train de nager.

M ?

M Elle ne va pas y passer la nuit.
Tu peux le lui dire ce soir.

Non. Pas ce soir. Je dois gérer
le problème du lit. P

M Quel problème de lit ?

Il y a eu un problème à la
réservation. Ils nous ont donné
une chambre avec un seul lit. P

Meghan est en train d'écrire...
Meghan est en train d'écrire...

M OK. Tout ce qui me vient
c'est 😬.

Meghan ! P

M Je suis désolée, mais c'est drôle !

Dis-moi quoi faire ! P

M : Vous pourriez vous embrasser, comme ça l'interprétation d'Anna ne sera plus erronée ?

P : Tu es ridicule.

M : Tu n'as qu'à faire semblant de dormir quand elle reviendra.

P : Oh.

P : Pas mal.

P : Je peux faire ça.

P : OK. Je dois filer.

P : ♥

29

TATE
26 juin

— Tu as bien dormi ? me demande maman.

Je la regarde dans son lit d'hôpital.

— Je n'ai pas fermé l'œil de la nuit.

— Ce n'est pas Penny qui t'a tenue éveillée, au moins ? dit-elle en mélangeant ses cartes.

J'ai passé la nuit roulée en boule dans le fauteuil de la chambre d'hôtel, mais je ne vais pas dire ça à ma mère.

— Non, Penny dormait déjà quand je suis revenue de la piscine. J'étais juste nerveuse.

— Tu as de la chance qu'elle ne ronfle pas comme Lottie.

J'éclate de rire en regardant mes cartes. Jouer dans les moments d'attente est une tradition. On a étalé les cartes sur la tablette rabattue au-dessus de son lit.

Quand j'étais petite, on jouait à la bataille. À mesure que j'ai grandi, elle a étendu mon répertoire. Mais aujourd'hui, on a fait simple avec la crapette. On a déjà fait une partie complète avec les infirmières qui vont et viennent et Marion qui m'envoie des textos toutes les quinze minutes.

— Tu pourrais au moins me laisser gagner, me dit-elle quand je la bats pour la seconde fois.

— Tu aurais pu demander à jouer à un jeu auquel tu es meilleure.

— Si on avait fait une partie de poker, j'y aurais pensé pendant tout le trajet jusqu'au bloc.

Je jette un coup d'œil à l'horloge. Ça fait un moment qu'ils ont emmené Lottie. L'opération peut durer jusqu'à six heures. C'était sur la timeline du bullet journal de Penny. La greffe de maman pourrait monter jusqu'à douze.

Ils vont bientôt arriver pour la préparer. Je n'aurai plus alors qu'à rester assise à rien faire dans la salle d'attente en espérant pendant des heures et des heures.

— Tu as l'air triste. Viens ici.

Elle repousse la tablette, et agite son index comme une sorcière de conte de fées. Maman a un rire de sorcière du tonnerre. Chaque Halloween, elle fait un tabac au jardin hanté organisé par la brasserie dans le champ des Miller.

— Je vais bien, dis-je, mais s'il n'y avait pas les perfusions je me glisserais dans le lit avec elle.

— Tu sens le raisin, dit-elle.

— J'ai accidentellement utilisé le gel douche de Penny ce matin.

— Je suis heureuse qu'elle soit avec toi en ce moment, dit-elle, sans me lâcher.

J'ai trop peur de serrer sa main aussi fort qu'elle serre la mienne. (Elle saura alors à coup sûr à quel point j'ai la trouille.)

On est déjà passées par là. Pas *là* exactement. Mais on a déjà été dans cet entre-deux terrifiant, où on entrevoit la lumière au bout du tunnel, mais où elle peut également nous être enlevée.

— Ça va bientôt être l'heure, ma puce, dit-elle.

— Maman…

Elle a une règle. Je ne suis pas autorisée à être présente lors de son départ en salle d'opération. Elle-même a dû regarder sa mère être emmenée et ne jamais revenir. Ma grand-mère est morte d'un cancer des ovaires avant ma naissance, quand ma mère était adolescente.

(Merde, ça veut dire qu'elle avait à peu près mon âge ?)

Nous partageons cet étrange point commun, même si jusque-là je ne m'en étais jamais rendu compte. Elle a dû prendre soin de sa mère, car son père est parti quand ma grand-mère est tombée malade. Et j'essaye de prendre soin d'elle, parce que mon géniteur n'est même pas resté assez longtemps pour voir les petits traits roses s'afficher sur le test.

Les femmes de ma famille sont-elles condamnées à répéter l'histoire ? Est-ce que c'est ça être une fille ? Briser le cycle ou suivre le même chemin que ta mère – et celui de la mère de ta mère, et ce sur plusieurs générations ? J'ignore si je finirai par me mettre en couple avec quelqu'un qui m'abandonnera, mais je ne vais pas perdre ma mère à dix-sept ans, comme elle a perdu la sienne. (Une étincelle de réconfort au sein d'une peur trop intense pour être contrôlée.)

On est passées par là assez souvent pour avoir fait le point. Juste au cas où. Je sais tout ce qu'il y a à savoir : où sont les mots de passe et les papiers importants… ainsi que l'argent pour les urgences, dans une boîte de café au fond de son armoire, *Je t'aime Tate. Tu es la meilleure chose que j'aie faite dans ma vie, tu le sais ?*

Je ne sais pas si je pourrai endurer ça encore une fois. Et il faut croire qu'elle comprend, car elle dit :

— Est-ce que je t'ai raconté comment Lottie et moi sommes devenues amies ?

Je fronce les sourcils en jetant un coup d'œil à sa perfusion.

— Ils ont déjà commencé à te shooter ? Je sais comment vous vous êtes rencontrées.

— *Se rencontrer* n'est pas la même chose que devenir amies, dit-elle sur un ton mystérieux.

— Lottie compare toujours votre amitié à un coup de foudre.

— Lottie aime romancer les choses. La première année, nous ne nous entendions pas du tout. Je la trouvais coincée et agaçante.

— Tu n'avais pas complètement tort.

— Elle peut l'être, admet maman. Mais un jour, elle a fait quelque chose qui m'a surprise... qui m'a sauvée.

— Comment ?

Je n'ai *jamais* entendu cette histoire. Lottie raconte toujours qu'elles sont devenues amies le jour où maman l'a couverte alors qu'elle avait volé dans une station-service.

— Quand j'étais petite, ce coin était beaucoup plus violent, en particulier du côté de Blue Basin. Et il y avait un groupe de garçons qui régnait sur cette zone, ou plutôt qui semait la terreur. S'ils arrivaient à te coincer... (Elle secoue la tête.) Ils te tabassaient et fauchaient tes affaires, et il y a eu cette fille qui...

Elle laisse une nouvelle fois sa phrase en suspens et le silence s'éternise pendant que mon cerveau commence à remplir les blancs.

Un sentiment d'horreur me submerge.

— Est-ce que tu... ? Est-ce qu'ils ont... ?

Elle n'est pas en train de sous-entendre ce que je crois ?

Maman soutient mon regard.

— Il y a eu des rumeurs à propos d'une fille victime d'une agression. Elle a déménagé subitement. Nous en avons tous entendu parler. Nous échangions les rumeurs, comme nous échangions les astuces de maquillage et les meilleurs moments pour traverser le pont Vollmer afin d'éviter ces garçons.

— Maman, c'est atroce. Pourquoi ne pas en avoir parlé à quelqu'un ? Pourquoi tu ne les as pas dénoncés ?

— En partie parce que je n'ai pas été élevée comme je t'ai élevée toi. Il ne m'est pas venu à l'esprit d'en parler. Et si je l'avais fait, on m'aurait sûrement rétorqué quelque chose comme : *Ce sont des garçons, il faut bien que jeunesse se passe.*

Sa bouche se tord de dégoût, tout comme la mienne. L'espace d'une seconde, nous sommes jumelles et les quelques différences de nos traits disparaissent dans cet effet miroir inconscient.

— Et puis pour ce qui est de les dénoncer… à qui ? Trois des garçons étaient de la famille des adjoints du shérif. Et la fille a déménagé sans porter plainte. (Elle hausse les épaules.) On ne peut pas en vouloir à quelqu'un de ne pas avoir envie de passer par un système qui n'est pas conçu pour l'aider. Elle a fait ce qu'elle a pu à l'époque pour mettre en garde les autres filles.

— Est-ce que ces garçons s'en sont pris à toi ?

Elle confirme d'un hochement de tête.

— L'un d'eux ne cessait pas de faire claquer mon soutien-gorge en classe. Je me suis fait coller pour l'avoir repoussé. (Elle lève les yeux au ciel.) Bon sang, ce que je détestais mon professeur d'histoire. Quand je suis sortie des cours, ils m'attendaient.

Elle ne dit rien pendant un moment, les yeux rivés sur le tube de la perfusion. Elle a des veines difficiles, ils l'ont donc placée sur la main plutôt qu'à l'intérieur du poignet.

— Tu n'es pas obligée de me raconter.

— Je veux que tu saches, dit-elle. Je veux que tu comprennes, parce que je la vois, ma puce… la question dans ta tête. Pourquoi Lottie et moi sommes Lottie-et-moi.

Elle replace une mèche de cheveux derrière son oreille. Ils vont les couvrir avec une charlotte bleue pour la greffe, mais pour l'instant, ils sont juste tressés.

— Ils m'ont acculée. Ils ont pris mon vélo et mon sac. J'ai pensé qu'ils allaient en rester là. Mais une fois qu'ils ont eu mes affaires, quelque chose a changé… Leurs rires, la façon dont certains me regardaient… tout est devenu tranchant et lourd, comme si l'air allait me couper aussi violemment qu'ils allaient me blesser. J'étais terrifiée. Je crois que je n'avais jamais eu si peur de toute ma vie. Le plus costaud m'a attrapé le bras.

Sait-elle qu'elle se frotte le bras en question ? Ça semble involontaire.

— Je m'apprêtais à me défendre. Mais avant que j'aie pu… (Le sourire qui illumine son visage forme un tel contraste avec l'horreur de son récit qu'il m'accroche comme un hameçon dans la joue.) Des cailloux se sont mis à tomber du ciel sur eux. Comme lancés par un dieu vengeur, déterminé à les punir. L'une des pierres a frappé en pleine tête le chef de la bande – celui qui faisait claquer mon soutien-gorge –, et c'est lui qui s'est écroulé, pas moi. *Bam !* (Elle claque des doigts.) Assommé sur le coup. Elle ne l'a pas loupé. (Son sourire s'élargit.) Les garçons se sont dispersés, dit-elle en faisant la moue. J'ai regardé autour de moi, chancelante, sans savoir qui venait de me sauver… Et qui j'ai vu en train de descendre de l'arbre : Lottie vêtue d'un T-shirt « Baby Doll » et d'un pantalon de jogging, avec un sac à dos rempli de cailloux.

J'ai du mal à l'imaginer, et en même temps je peux. Parce que Penny est la fille de Lottie, et Penny est la fille dans les bois avec une hache. Cette espèce de témérité chargée d'adrénaline ? Penny ne la tient pas uniquement de son père.

Mais aussi de Lottie. Ça se manifeste de façon différente. Impulsive… avec parfois des conséquences terribles.

Mais pas aujourd'hui. Et pas ce jour-là.

— Elle t'a sauvée.

— Lottie et la fille qui a déménagé étaient amies, dit maman. Et quand elle est partie…

— Lottie s'est retrouvée seule avec la vérité, je complète.

— Et elle s'est assurée que les autres filles sachent qu'elles devaient se méfier des garçons, poursuit maman.

— Elle a répandu la rumeur ?

Maman hoche la tête.

— Elle s'est mise à arpenter les bois. Elle était douée pour grimper aux arbres à cet âge-là… et c'était la star de l'équipe de softball.

— Elle a eu du cran, dis-je avec une mauvaise grâce qui ne me plaît pas.

— Elle a pris des risques pour moi, dit maman. Tout comme elle le fait aujourd'hui.

— J'apprécie ce qu'elle a fait à l'époque, et ce qu'elle fait maintenant. Maman, tu n'imagines pas à quel point je lui suis reconnaissante. Mais…

Je m'interromps. J'aime Lottie. Je l'aime vraiment. Mais j'éprouve pour elle des sentiments contradictoires, et parfois ça me pèse. C'est comme d'avoir à fouiller le sable pour trouver une perle perdue.

— Mais tu dois le voir aussi, maman.

— Voir quoi ?

— Qu'elle n'a pas pris de risques pour Penny.

Ma mère détourne le regard et baisse la tête, comme si c'était douloureux ne serait-ce qu'à entendre. Pourtant c'est la vérité. J'étais *là*. Et si on ne peut pas parler de la vérité, même douloureuse, on fait quoi ?

— J'aime Lottie. Et je suis reconnaissante pour tout ce qu'elle fait. Mais…

Je m'arrête, incapable de finir ma phrase.

Elle me prend la main et la serre. Une fois. Deux fois. Trois fois. *Je t'aime*. Un message secret par le toucher.

— Mais tu aimes aussi quelqu'un d'autre, termine maman.

Je ne retire pas ma main de la sienne – je dois faire attention, car c'est celle avec la perfusion – mais j'en ai envie. Mon cœur tambourine, le traître, et le rouge me monte aux joues.

— C'est ton droit, tu sais, poursuit-elle doucement. D'être dans le camp de Penny.

Mon ventre se noue. Et quand mon regard croise le sien, je n'essaye pas de retenir mes larmes.

— Maman, dis-je, et c'est un écho vieux de plusieurs années, de ce jour sous le porche avec Penny au lieu d'être aux funérailles. Il ne devrait pas y avoir de camps.

— Oh, ma puce, répond-elle, et ce n'est pas de la tristesse dans sa voix, elle me dévisage comme si je venais de la frapper avec un éclair. Bon sang. (Elle secoue la tête.) Tu as raison. Tu as… Tu as entièrement raison.

Et la conversation est terminée, parce que trois infirmières entrent dans la chambre.

— C'est le grand jour, Anna, dit l'une d'elles. Je suis Jessica. Comment allez-vous ?

Maman se redresse dans son lit et réajuste sa chemise d'hôpital.

— Bien… nerveuse… C'est… c'est un grand jour, répond-elle d'une voix tremblante.

— C'est votre fille ? demande l'infirmière.

— Je vous présente Tate, dit maman tandis qu'une de ses collègues vérifie sa perfusion.

— Salut, dis-je avec un petit signe de la main.

— OK, ma puce, dit maman.

— Non.

— Il est temps que tu partes, insiste-t-elle. La prochaine fois que tu me verras, je serai une toute nouvelle moi.

— Le monde n'a qu'à bien se tenir.

Avec beaucoup de précautions à cause des tubes de la perfusion, elle prend mon visage entre ses deux mains.

— Tu sais ce que j'aime chez toi ?

— Mon esprit vif.

— Ça d'abord, bien sûr, répond-elle du tac au tac. J'aime aussi la façon dont tu te bats pour les autres. Tu te manifestes et tu dis *C'est mal.* Je veux que tu continues à faire ça, ma puce… à toujours dire la vérité.

Ses mains serrent un peu trop fort mon visage.

— Compte sur moi.

Je sais que si on persiste sur cette voie, on va toutes les deux se mettre à pleurer. Je ne veux pas qu'elle soit en larmes quand elle arrivera devant les docteurs.

— Je serai ici à t'attendre, je murmure en l'embrassant sur le front, car si je la prends dans mes bras on risque de s'emmêler.

Mon autre main est toujours dans la sienne.

— Tu sais que je ne serai pas contre un résumé de *notre émission préférée* à mon réveil, dit maman.

— J'essayerai de m'en souvenir. (Je n'ai pas envie de la lâcher, mais il le faut.) Je t'aime.

— Je t'aime aussi ma puce. Je serai réveillée et j'aurai un foie en état de marche en un rien de temps.

— Ne leur mettons pas trop la pression quand même, dis-je.

Cela la fait rire, et je suis contente de partir alors qu'elle sourit. Que ce soit mon souvenir d'elle, de ce moment porteur d'espoir avant la longue ascension.

Jessica m'indique la salle d'attente des familles, et alors que j'avance dans le couloir, les bruits fluctuent tandis que mon cœur bat, lent et régulier, presque moqueur. Un rappel que je suis forte et en bonne santé, et que je l'ai toujours été. Ce n'est pas comme un rêve, de parcourir ce couloir. Plutôt comme un tableau : plus on se rapproche, plus on voit que tout n'est que texture et taches de couleurs.

La salle d'attente est petite, mais agréable. La porte émet un clic en s'ouvrant et, lorsque j'entre dans la pièce, la tête de Penny se relève si brusquement que je suis surprise qu'elle ne se la cogne pas dans le mur derrière elle.

Nos regards se croisent. Elle est pâle sous ses taches de rousseur. Elle a défait sa queue-de-cheval et des mèches folles encadrent à présent son visage. Elle s'est mordillé la lèvre inférieure, d'où je me tiens, je vois les traces rouges que ça a laissées.

On reste ainsi, les yeux dans les yeux. Je ne peux pas détourner le regard. Soudain, elle est la seule personne qui me comprend. On est les deux seules personnes à avoir la même chose à perdre pour les mêmes raisons.

Et tout ce qu'on peut faire, c'est attendre en espérant.

Et en s'inquiétant.

Parce que certaines filles ont seulement le droit de rêver.

Et parce que, au final, toutes les filles finissent par perdre leur mère, ou par être perdues par elle.

30

TATE
26 juin

Je comprends parfaitement ce que c'est que d'attendre, tu sais.

Ces trente secondes quand tu agrippes le bloc de départ, le corps tendu et replié, prêt à se lancer.

Ces heures après que maman s'est effondrée au travail et que Marion est venue me chercher en essayant d'éviter à tout prix le mot *cancer*, parce que même à huit ans, je savais que le cancer était l'une des pires maladies.

Ces jours après le diagnostic. Un brouillard confus pendant lequel George a pris en charge les trajets pour l'école, où Lottie emmenait maman à ses rendez-vous médicaux et où je dormais dans la chambre de Penny en essayant de ne pas pleurer la nuit.

Ces mois après l'ablation des ovaires dans l'espoir de prendre la maladie de vitesse.

Ces semaines de chimio, l'année de mes neuf ans, quand elle s'affaiblissait et que j'étais assez grande pour comprendre à quel point c'était pénible pour elle, mais aussi que c'était la seule chose qui empêchait le cancer de s'aggraver.

Ces années – plus de deux – pendant lesquelles tout le monde a attendu d'entendre le mot *rémission.*

On a lentement construit de fragiles fondations, pour les voir s'effondrer avec une nouvelle maladie.

J'ai attendu qu'elle aille mieux.

(J'ai attendu qu'elle meure, si je veux être honnête avec moi-même, mais c'est dur. Une enfant de neuf ans effrayée est plus honnête qu'une adolescente de dix-sept ans terrifiée. À certains moments, j'aimerais avoir encore neuf ans, mais je sais que je ne serais pas ici si je n'étais pas devenue moi à la place. Parfois il faut se montrer à la hauteur de la situation, surtout quand la situation est une question de vie ou de mort.)

J'ai attendu tant de choses. Certaines sont presque à ma portée ; d'autres non. (Ces draps rugueux dans la chaleur d'Yreka, la main de Penny qui se tourne et ses doigts qui se referment sur les miens, épaule contre épaule, nos corps collés, mais pas entremêlés.)

J'aimerais dire que je suis bonne à ça, mais je fais seulement semblant. *Quel enfant stoïque,* a dit un jour Lottie à ma mère, et j'ai su alors que j'avais réussi à tromper tout le monde à propos de la tempête qui fait rage à l'intérieur de moi.

On attend. Marion essaye de nous faire manger, mais on refuse toutes les deux. Chaque fois que des gens passent devant les fenêtres de la salle d'attente, Penny lève la tête et les suit des yeux comme s'ils se tenaient entre elle et sa survie.

Je sors le paquet de cartes que j'ai apporté en m'efforçant de ne pas regarder l'horloge tandis que je fais sept piles parfaitement alignées. Je me perds dans leur ordonnancement : chiffres décroissant dans une alternance de couleurs.

On attend. Je reste concentrée sur les cartes : noire, rouge, noire, rouge.

Penny se mâchouille les lèvres, puis les ongles, sa manucure noir et or gâchée. Elle fixe l'horloge comme si ça pouvait la faire aller plus vite.

— Penny, prends ça et va au moins chercher de la nourriture au distributeur, dit Marion en lui tendant un billet de cinq dollars.

Penny lui jette à peine un coup d'œil – juste assez pour être polie, parce qu'on ne peut pas être grossier avec Marion.

— Ça va, Manou, dit-elle distraitement en reportant son attention sur l'heure.

Rouge. Noire. Rouge. Noire. Le léger claquement des cartes est ponctué par le tic-tac de l'horloge.

— Aïe.

Je me suis coupé le pouce sur une des cartes.

Penny tourne la tête vers moi tandis que je suce la plaie en faisant de mon mieux pour ignorer la douleur.

— Tiens, dit-elle en fouillant dans son sac pour en sortir une vieille boîte de bonbons à la menthe.

— J'ai si mauvaise haleine ? je demande.

Mais je l'ouvre et découvre qu'elle l'a transformée en kit de premiers secours miniature avec des pansements, de la pommade désinfectante et de l'aspirine.

— Une vraie scout, je dis, rien que pour voir son regard s'enflammer.

— Tu es juste jalouse parce que j'ai vendu plus de gâteaux que toi.

— Et tu es encore furieuse qu'il n'y ait pas eu un badge « survie en forêt avec une hache ».

— Je te ferais savoir que j'ai envoyé un courrier à ce...

Elle s'interrompt brusquement, la colère et le sang quittent son visage. Une chirurgienne se dirige vers la salle d'attente, sa tête encore couverte d'un bonnet.

— Oh, mon Dieu, c'est sa chirurgienne, murmure-t-elle.

Ma main trouve la sienne et elle la serre si fort que ça me ferait mal si j'avais des sensations.

(Mais je n'en ai jamais eu quand il s'agit d'elle.)

Encore moins avec les vingt pas qui nous séparent de la chirurgienne. Une éternité. Un espace béant qui semble vouloir nous avaler.

Dix pas.

Cinq.

Trois.

Deux.

Elle ouvre la porte, qui se referme ensuite derrière elle.

31

26 juin

P : Maman est sortie du bloc, elle est en réanimation !

M : YEAH!!!

M : 🎉🎉🎉🎉🎉🎉

P : La vache, j'ai cru que j'allais vomir quand la chirurgienne est entrée dans la salle.

P : Genre, arroser ses chaussures.

P : Heureusement, je ne l'ai pas fait.

P : Elle a dit que tout s'était très bien passé.

Et aussi que ma mère avait un « très beau » foie. — P

Même si je ne sais pas trop ce que ça veut dire. — P

M — Quel soulagement.

M — Comment va Anna ?

Pas de nouvelles pour l'instant. — P

Il faut que je retourne auprès de Tate. Le réseau est pourri dans la salle d'attente, et j'ai dû sortir pour être sûre que mes messages partent. — P

M — Ça va continuer à bien se passer ! Plus que quelques heures !

32

Penny
27 juin

Plus les heures s'étirent, plus ça devient intenable. C'est comme si nous étions toutes les trois écrasées par le poids du temps, prisonnières de cette salle d'attente.

J'ai l'impression d'avoir du sable dans les yeux à cause du manque de sommeil. J'aurais dû penser à prendre un flacon de Visine, mais je ne l'ai pas fait, et la boutique au rez-de-chaussée est fermée depuis des heures. Il est plus de minuit.

Il s'est écoulé trop de temps. L'opération d'Anna a commencé à midi. Cette intervention est censée durer *jusqu'à* douze heures. Pas *plus de* douze heures.

Ils sont passés nous voir il y a trois heures. Ou était-ce quatre ? Ils ont dit que tout se déroulait bien.

Est-ce que quelque chose a mal tourné après ça ? C'est la question que nous nous posons toutes, forcément. Mais Tate continue à enchaîner les réussites, et je reste assise là en silence, à la regarder jouer, parce que ça semble être ce qu'elle veut. Tout sauf se parler.

Qu'est-ce que je dirais ?

Que ferons-nous si Anna... ?

Ne pense pas à ça. Bon sang, ne pense pas à ça dans cette pièce, dans ce bâtiment, alors qu'elle est juste à quelques murs de là, peut-être en train de lutter pour sa vie.

Mais Anna est une battante. Une guerrière. Elle n'est pas seulement inspirante par sa façon de se battre contre la maladie, Anna est inspirante parce qu'elle est le genre de femme que l'on veut devenir en grandissant.

Le genre de mère qu'on espère être, si vous n'en avez pas eu une comme elle et que vous vouliez briser le cycle.

— Ça va aller, dit soudain Manou.

Mais Tate ne cesse pas de mettre les cartes en ordre. Roi de pique. Reine de cœur. Valet de trêfle. Dix de carreau. Neuf de trêfle.

Le calme de l'hôpital au milieu de la nuit – contrebalancé de temps à autre par des bips et des communications via l'interphone – m'oppresse de toute part jusqu'à l'étourdissement. J'essaye de me concentrer sur le bruit apaisant de Tate en train de mélanger ses cartes pour une nouvelle partie.

— Gillian, dit Manou.

Entendre le prénom de Tate me fait me redresser aussi vite qu'elle. Tate lâche les cartes et se met debout avant même de relever la tête.

Ils viennent de passer la double porte. Ils sont deux. Une femme et un homme qui retire son bonnet en marchant vers nous.

— Je suis là, dit Manou en prenant la main de Tate.

Mais c'est moi qu'elle regarde.

Je sais ce que c'est que de perdre ses attaches. Et je sais ce que c'est que d'être ramenée au sol par des mains bienveillantes. Je n'ai jamais été bienveillante. Mais je suis là. Prête à aider. Je serai son attache si le pire s'est produit.

Ils entrent dans la pièce, et quand la chirurgienne sourit à Tate, le nœud dans ma gorge commence à se relâcher.

— Docteur Rhodes ? croasse Tate.

— La greffe s'est merveilleusement bien déroulée, dit-elle sans se départir de son sourire. Anna est en réanimation, en train de se remettre. Vous pourrez probablement la voir cet après-midi si tout continue à se passer comme prévu.

— Elle va guérir ? (Sa voix ne tremble pas. Elle devient monocorde. Plate comme si elle avait dû tuer quelque chose en elle pour stabiliser le ton.) Elle va bien ?

— Elle va très bien. Nous avons eu de la chance. Cette maladie peut être difficile à diagnostiquer, et il n'y a pas beaucoup de donneurs vivants. Réussir à faire une greffe avant que la cirrhose s'aggrave ou se transforme en cancer est un grand pas vers une guérison à long terme.

Tate la regarde en silence. La médecin se penche en avant et dit d'une voix plus douce :

— Tu peux respirer, Tate.

Tate hoche la tête, mais n'en fait rien. Au lieu de ça, elle s'avance et prend la femme dans ses bras. Un câlin bref et féroce, de la part d'une fille qui n'a pas pour habitude d'en faire.

— Merci, murmure-t-elle.

Puis, tout aussi soudainement, elle s'écarte des médecins, sort de la salle sans un mot et disparaît au bout du couloir.

— Bah, ça alors, dit Marion.

— Elle ne va pas essayer de trouver sa mère, n'est-ce pas ? demande le docteur Rhodes. Anna n'est pas encore en état de recevoir de la visite.

— Non, non. Elle… (Manou soupire.) Elle n'aime pas les démonstrations d'émotions en public.

— Je comprends. (Docteur Rhodes sourit avec bienveillance.) Il y a certaines choses dont nous devons discuter avec vous.

— Bien sûr, répond Manou. Penny, peux-tu aller voir Tate ?

— Oui, dis-je comme si je n'étais pas déjà à mi-chemin de la porte.

Je peux essayer d'aller dans la direction prise par Tate en espérant la rattraper, mais au lieu de ça, je parie sur le fait que je la connais. Elle a été enfermée toute la journée, comme un homard en train de bouillir lentement dans une marmite. Maintenant, elle est libre.

Elle va vouloir aller dehors.

Je prends l'ascenseur et descends au rez-de-chaussée où je m'attends à la trouver près de la fontaine.

Mais elle n'est pas là.

Mon téléphone vibre dans ma poche. Je le sors et lis son message :

Je retourne à l'hôtel. Peux-tu prévenir Marion pour moi ?

Je lâche un juron. Il faut que je récupère les clés de Manou.

33

La fois dans la piscine
Penny
27 juin

Bien qu'il soit presque 2 heures du matin quand j'arrive à l'hôtel, elle est dans la piscine. Elle a probablement soudoyé le réceptionniste.

L'eau brille dans la nuit. Tout n'est que bruit et pollution lumineuse. Rien à voir avec la maison, où vous pouvez vous tenir dans la prairie et voir des étoiles que vous n'apercevrez jamais ici. Je ne vais pas pouvoir dormir avant d'être de retour chez nous où il y a peut-être vingt camions qui passent sur la route, les jours les plus actifs. Je franchis le portillon de la piscine. Elle ne me voit pas. J'enlève mes tongs et m'assieds sur le bord du bassin, les pieds dans l'eau. Elle est à une vingtaine de centimètres de moi, en plein mouvement, quand elle se rend compte qu'elle n'est pas seule.

Elle n'a pas pris la peine de mettre un bonnet de bain, juste des lunettes par-dessus sa double tresse, et son maillot de course bleu foncé qui lui entaille les épaules. Elle ne porte jamais de maillot avec des motifs. Les autres filles de l'équipe le font, mais Tate ne met que du noir, du bleu sombre, parfois du bordeaux quand elle se sent d'humeur aventureuse.

Essaye-t-elle de se cacher ? Parce qu'on la remarque toujours. Elle est plus jolie, elle est plus grande, et elle est plus rapide que toutes les autres, et quand elle vous regarde de ses yeux bleu-gris si sérieux, le monde ne s'estompe pas, il devient plus net. Comme si vous ne saviez pas qu'il était là avant elle.

— Va-t'en, Penny.

— Si tu as le droit d'utiliser la piscine, moi aussi, lui dis-je, parce qu'il est hors de question que je la laisse seule après la façon dont elle est partie de l'hôpital.

Tate ne fuit pas. Elle est forte et déterminée. Ce qui est à la fois admirable et agaçant.

Elle agite l'eau d'avant en arrière avec ses mains.

Elle tremble. Je les vois maintenant, les vibrations dans l'eau, et ses épaules qui frémissent dans la lumière de la piscine.

— Ça va, Tate ? je demande lentement.

Elle hoche la tête d'un mouvement brusque, mais alors que je parle, elle enroule ses bras autour d'elle comme si elle avait besoin d'un bouclier. Pour se protéger de moi. La douleur que je ressens n'est pas nouvelle, ce qui est nouveau c'est que ce soit elle qui la cause. Parfois, elle fait des choses qui me rongent, mais ça me fait rarement mal. Pas comme ça.

— Ta mère va bien, dis-je juste pour le lui rappeler, et elle hoche de nouveau la tête. Tout le monde va bien. Tout s'est passé comme prévu.

Elle continue à agiter la tête. Au départ, je ne comprends pas. C'est une espèce de murmure qui devient lentement plus clair : « *Merde. Merde. Merde.* » En boucle.

Je ne sais pas quoi faire. Je ne suis probablement pas la mieux placée pour ça. Mais c'est moi qui suis là. Et elle était là quand j'avais besoin d'elle.

Alors, je fais la seule chose qui me vient à l'esprit. Je me laisse glisser dans la piscine. Ma robe, fragile corolle qui colle quand elle est mouillée, flotte, et je la rabaisse. Mes pieds effleurent le fond, jusqu'à ce que ce ne soit plus le cas, jusqu'à ce que je sois obligée de faire du surplace ou m'accrocher à elle.

Mes mains remontent sur ses épaules, et elle s'arrête. Elle cesse de trembler. Elle cesse de jurer. Elle cesse de bouger.

Il n'y a plus qu'elle et moi. Plus de regards qui se détournent. Plus de mensonges prudents.

Juste la vérité.

J'attends, le souffle coupé.

— Penny, j'ai cru qu'elle était morte. Ils ont mis si longtemps. J'étais sûre qu'elle était morte.

Nous y voilà.

Son corps frémit si fort que je sens le mien faire de même.

— Je sais que je n'arrêtais pas de dire que ça irait. Juste des pensées positives. Mais j'ai cru… Oh, putain, quand ils ont mis si longtemps à venir, j'ai cru qu'elle était morte. Je n'arrêtais pas de penser : *Ça y est.* Tout mon être y était préparé. Et quand ils sont arrivés, tout sourire, comme s'ils ne nous avaient pas fait attendre, comme si je n'avais pas passé chaque minute de plus en plus convaincue…

Elle s'écarte, à croire qu'elle ne peut pas rester immobile, et mes doigts commencent à glisser sur ses bras, mais elle relève ses mains et les pose dessus. Elle recule en m'entraînant avec elle, nos jambes s'emmêlent, nos hanches se cognent, jusqu'à ce que ses épaules touchent la bordure en ciment de la piscine.

Nous sommes si proches que je sens la chaleur de son corps… Elle est toujours brûlante, comme si la vitesse de son corps irradiait d'elle.

Mon menton entre et sort de l'eau qui ondule autour de nous.

L'eau dégouline sur son visage… à moins que ce soient des larmes, et je ne peux supporter cette idée.

— On s'en est toutes sorties, je lui dis.

Elle secoue la tête, et quand elle pince les lèvres, je sais qu'elle est en train de pleurer.

— Ce n'est que le début.

Elle a raison. C'est une étape parmi beaucoup d'autres. Mais c'est une étape que beaucoup de gens ne franchissent pas, et Anna l'a fait. Je veux que Tate s'en réjouisse, mais je comprends également pourquoi c'est si difficile pour elle.

Je tends la main pour essuyer les larmes sur sa pommette et les chasser de son visage. L'humidité s'accumule sur mes doigts, le long d'une de mes cicatrices.

Une douleur trop longtemps contenue tout contre une douleur depuis longtemps estompée.

Est-ce que c'est réfléchi ? Ce qu'elle fait ensuite ? Parce que avant que je puisse la retirer pour de bon, sa main recouvre la mienne. Je connais la forme de sa joue contre ma paume, comme je connais la cicatrice qui court sur ma peau. Toutes les deux me hantent de façon différente.

Nous nous frôlons dans l'eau, mes orteils contre ses chevilles, si près que quand son bras s'enroule autour de ma taille et m'ancre à elle, me rapprochant encore plus, ce n'est pas une surprise.

C'est inéluctable.

Ma peau se souvient de la sienne – de ce jour dans la remise, et de cette nuit sur le parking du lac, du motel à Yreka, dans la lumière du petit matin, ma joue contre son épaule – et mes nerfs soupirent quelque chose comme *Enfin*, chaque parcelle de mon corps avide de ce contact. Mes yeux se ferment. Il n'y a presque plus d'espace entre nous. Je le sens. Je *la* sens.

C'est un tel soulagement. Comme si j'avais finalement trouvé ma place.

— Hé ! Qu'est-ce que vous faites là toutes les deux ?!

La voix de l'homme me fait sursauter si fort que je me mords la langue en reculant brusquement. Du sang jaillit dans ma bouche.

Le faisceau de la lampe nous éclaire, et je plisse les yeux sous la lumière soudaine tandis que Tate s'éloigne. Je cligne des yeux, en essayant de chasser les taches qui dansent devant, pendant qu'elle sort du bassin pour parler au gardien.

— On doit partir, dit-elle en revenant au bord avec sa serviette pour moi. Je lui ai montré notre clé, mais on doit quitter la piscine.

Je nage jusqu'à l'échelle et sors en m'efforçant de lisser ma robe… sans succès.

Tate enroule la serviette autour de mes épaules et baisse les yeux, comme si elle ne m'avait pas attirée à elle façon roman à l'eau de rose, et j'ai la tête qui tourne. Comment fait-elle pour se comporter comme si de rien n'était ? Nous étions sur le point de…

J'étais sur le point de…

Je suis encore…

Oh, pitié, je vais mourir si tout ça n'est que le fruit de mon imagination. Ce n'est pas le cas… n'est-ce pas ?

Ça ne peut pas l'être.

Ça ne l'a jamais été.

— On est debout depuis vingt-deux heures, dit Tate. Et on doit se lever dans quelques heures.

Et je la suis. Je ne sais pas quoi faire d'autre. L'instant d'après, nous sommes dans cette chambre, où il y a ce lit, et je dégouline sur la moquette, alors je dis :

— Je vais prendre une douche.

Puis je vais dans la salle de bains et je pète un plomb.

QUATRIÈME PARTIE

SEULE

(ou : La fois à Damnation Peak)

34

TATE
27 juin

Il est 3 heures du matin, et il y a une nana dans mon lit. Il est 3 heures du matin, et *la* nana est dans mon lit. Pas exactement mon lit. Et ce n'est pas du tout ma nana. Mais l'espoir ?

L'espoir est une garce cruelle.

Maman va s'en sortir. J'y crois maintenant. Je le sais.

Je connais l'espoir. Je connais la peur. En revanche, j'ignore totalement quoi faire avec le soulagement.

Si je n'étais pas allée dans cette piscine et si je n'avais pas commencé à nager, j'aurais coulé tout au fond pour crier.

Mais elle est arrivée.

Je n'ai pas pu dormir dans le fauteuil comme la nuit dernière. Pas si tard.

Elle ne dort pas. Je sais comment Penny dort – complètement relâchée – étalée sur le matelas comme s'il lui appartenait. Et là, elle est roulée en boule comme un cloporte.

Des petits moutons s'ébattent sur son ensemble de nuit bleu. Même d'ici, à l'autre bout du lit, je peux deviner à quel point le tissu doit être doux. Presque duveteux.

Nous avons mis le plus d'espace possible entre nous, et ça ne sert à rien.

(Si ce gardien ne nous avait pas interrompues…)

Mes mains agrippent les draps. Je ne sens que l'odeur acide et sucrée de sa lotion au pamplemousse. Mes cheveux sont en train d'imprégner l'oreiller d'eau, car je n'ai pas pris la peine de les sécher avec une serviette ni même de défaire mes tresses. J'ai juste sauté dans mon pyjama pendant qu'elle était sous la douche et j'ai fait semblant d'être endormie quand elle est sortie.

Maintenant, on fait toutes les deux semblant. L'épuisement et l'adrénaline tourbillonnent à l'intérieur de moi. Je suis si fatiguée. Je suis debout depuis… combien d'heures déjà ?

Je ferme les yeux de toutes mes forces. *Dors,* je m'ordonne. *Dors.*

Penny s'agite légèrement de l'autre côté du lit. Il y a trop de place. Il n'y en a pas assez.

Elle est à tout jamais ma contradiction. Ma perte.

(Son corps a épousé le mien dans la piscine, comme s'il n'y avait rien de plus naturel.)

— Tate ? Tu dors ?

Je continue à respirer de façon lente et régulière, même quand elle se redresse un peu pour vérifier.

Dors. Contente-toi de dormir.

Elle se laisse retomber sur son oreiller, et je continue à respirer de façon lente et régulière, jusqu'à ce que mon imitation de sommeil devienne réalité.

Je ne peux pas bouger. La vibration de mon téléphone sur la table de nuit me réveille. Je sens quelque chose de chaud qui fait pression sur tout le côté de mon corps, et je cligne des yeux dans le rai de lumière qui filtre à travers les rideaux. Un souffle léger me caresse la peau, et quand je tourne la tête…

Penny est là. À quelques centimètres. En train de respirer contre mon cou.

Durant la nuit, elle s'est déployée en étoile de mer sur le lit. L'espace que nous avions pris soin de maintenir entre nous n'est plus. Son bras est en travers de mon ventre, et sa jambe s'est glissée entre les miennes. Je peux sentir à quel point sa peau est douce contre la mienne qui picote.

J'essaye de me libérer, mais elle grimace, et je… je me fige.

Elle est chaude là où je suis froide, et je suis rêche là où elle est douce. Me dégager semble impossible. Futile.

(Comme dans la piscine, quand elle s'est laissée aller contre moi, et que la seule chose qui m'est venue à l'esprit a été *Enfin.*)

Mon téléphone vibre de nouveau. Cette fois, ce n'est pas mon réveil. C'est un texto. Je dois l'attraper. Si c'est maman…

Elle grogne tandis que je me décale sous elle pour saisir l'appareil. Sa joue se cogne contre mon torse, et si j'avais un peu plus de poitrine son visage en serait dangereusement proche. J'essaye tant bien que mal de ne pas penser à ça en lisant le message de Marion : « Tout va très bien ! Plus de nouvelles plus tard. »

Maintenant que j'ai cessé de bouger, Penny s'est réinstallée au creux de mon cou, et ses lèvres frémissent avec chaque souffle.

Elle n'aurait pas pu avoir le sommeil léger ? Si je dois la réveiller…

Putain. Je vais devoir la réveiller.

À trois, Tate. Un. Deux.

Putain. Je déteste ma vie.

Trois.

— Penny. (Je tire sur son bras en libérant mes jambes de sous les siennes.) Allez, Penny. Réveille-toi.

Je secoue doucement son épaule. Elle se réveille en s'agitant, et me regarde en battant des paupières.

Mon visage est encore tout près du sien. Si je me penche un peu…

(On aurait toutes les deux l'haleine du matin, ça serait affreux et merveilleux, et puis ce n'est qu'un tout petit mouvement, un choix monumental… mais certaines filles ont seulement le droit de rêver.)

Elle s'écarte de moi comme un élastique qu'on relâche.

— Bonjour ! couine-t-elle depuis l'autre côté du lit.

Elle ressemble à une biche prise dans les phares d'une voiture, ce qui n'est pas vraiment flatteur pour mon ego.

On a déjà vécu ça, après tout. Une fois, c'est une erreur, deux, c'est une coïncidence. Je n'ai pas besoin d'une troisième fois pour comprendre que c'est un schéma.

Je connais le schéma. Je ne le connais que trop bien.

— Ta grand-mère m'a envoyé un message, je lui dis. Tout va bien.

Elle hoche la tête, en serrant le drap contre sa poitrine.

— Tate, est-ce que j'ai…

— Je vais me laver, dis-je sans la laisser terminer. Tu voudras aller prendre le petit déjeuner inclus après ?

Je n'attends même pas qu'elle acquiesce pour me lever et filer sous la douche.

Encore plus impressionnant : je ne crie pas dans les serviettes. (Même si j'en meurs d'envie.)

35

27 juin

Penny a invité Tate et Marion dans le groupe de discussion
ÉQUIPE SACRAMENTO → MAISON
Tate a rejoint le groupe.
Marion a rejoint le groupe.

P : Salut, Manou !

M : Penny, je n'aime pas échanger par messages.

P : Je sais, Manou ! Mais ça sera plus simple comme ça.

T : Tu n'auras qu'à taper les messages une seule fois, plutôt que de nous en envoyer un à chacune.

Nous nous préparons à rendre la chambre. Tu les as vues ?

P

M

Pas encore. La docteure Rhodes a dit bientôt.

OK. Je vais partager les informations que j'ai récoltées hier :

P

Les sept à dix prochains jours
(Convalescence à l'hôpital)

Les infirmières du service des greffes
JESSICA : Infirmière en chef. C'est elle qu'il faut aller voir s'il y a besoin de quelque chose d'important.
YOLANDA : C'est elle qui a le plus d'ancienneté. Les docteurs ont peur d'elle. Les infirmières lui obéissent. Elle vous alertera aussi quand ils remplissent le distributeur de sucreries.
LILAH : Nouvellement embauchée. Derniers recours si vous avez besoin de trouver quelque chose, ou que ce soit fait rapidement.
DIANE : La plus gentille personne que vous rencontrerez jamais. M'a été décrite comme une arme secrète.

P

T

Est-ce que je veux savoir comment tu as obtenu ces informations ?

J'ai discuté avec Grâce du service pédiatrique. Je l'ai connue pendant mon hospitalisation ici. (P)

(T) Tu avais quelqu'un d'infiltré depuis le début ?

Je suis juste passée lui dire bonjour et lui apporter un café quand ils ont emmené ma mère. Cette femme m'a probablement évité la septicémie. C'était le moins que je puisse faire. (P)

(T) C'est elle qui t'a convertie à l'abominable gélatine au citron vert ?

Mon palais délicat m'a convertie à la gélatine au citron vert. (P)

(M) Tout le monde sait que le meilleur parfum de gélatine est citron.

(T) Et Marion arrive avec un tout nouveau concurrent dans le champ gauche.

P : Tu te prends pour une commentatrice sportive, maintenant ? Citron, Manou, t'es sérieuse ?

M : Comment crois-tu que je donne à mon cake au citron un goût si citronné ?

P : QUOI ?!

P : Tu m'as dit que le secret était du zeste de citron frais !

M : Le zeste est le secret du glaçage.

M : Mais le gâteau, c'est un mélange de cake au citron tout fait, des œufs supplémentaires, et une tonne d'eau de gélatine au citron.

P : !!!!

M : Mmh, du cake au citron. On devrait en faire un en rentrant.

M : La recette est dans la petite boîte en bois du placard du haut de ma caravane.

P : Vous voyez, c'est pour ça qu'il faut créer des groupes de discussion. Il est ainsi plus facile de percer à jour les trahisons familiales.

M : 🍋. Paix à ton âme, Cake au citron.

P : Nous allons rendre la chambre, Manou. À dans une heure.

36

TATE
27 juin

Je m'arrête sur le seuil de la chambre de maman ne sachant pas si elle dort encore, mais elle tourne la tête vers moi et sourit. Un sourire assez large pour que je comprenne que les antidouleurs qu'on lui a filés sont particulièrement forts.

— Salut, ma puce, dit-elle en me voyant.

Elle est branchée à un tas de tubes et de machines, mais elle est réveillée, même si elle est groggy comme on peut l'être quand on est complètement stone.

— Salut, je dis d'une voix rauque.

— Tu vas me raconter ce qui s'est passé dans mon émission ?

— J'ai oublié.

C'est tout ce que j'arrive à dire avant de me précipiter vers son lit. Évidemment, je ne peux pas la prendre dans mes bras, mais j'agrippe la barre de sécurité en plastique du lit et me penche sur elle en la dévorant du regard.

Elle a meilleure mine. Ce n'est pas mon imagination, n'est-ce pas ? Peut-être que si. Mais je trouve qu'elle a l'air d'aller mieux. Elle a l'air parfaite.

La pièce ressemble à la boutique d'un fleuriste… Une autre chose à laquelle j'aurais dû penser, mais que j'ai oubliée. J'aurais dû en apporter. Heureusement, tout le monde à la brasserie a assuré. Graham et les cuisiniers ont envoyé des fleurs, et les serveurs ont livré des petits gâteaux pour les infirmières. Les parents de Meghan lui ont fait parvenir un bonsaï, les parents de Remi, des tulipes, et bizarrement, le gérant du magasin dans lequel travaille Remi a offert un jambon. Un jambon italien coûteux que maman ne pourra probablement pas manger étant donné son régime alimentaire postopératoire. Je ne savais même pas que maman connaissait le patron de Remi, mais peut-être qu'ils font parfois des commandes groupées. Les frais de livraison en montagne ne sont pas donnés.

À peine suis-je installée qu'elle s'assoupit, et une infirmière entre dans la pièce – Jessica, l'infirmière en chef de la liste de Penny – pour vérifier les machines et la poche d'urine.

— Elle va très bien, me dit Jessica à voix basse.

Je hoche la tête.

— Merci pour tout.

Elle m'adresse un rapide sourire avant de poursuivre sa ronde.

Je fais des réussites. Il y a quelque chose d'apaisant à ce moment, le frottement des cartes, le bip des machines, la respiration tranquille de maman (elle respire, elle va vivre, elle y est arrivée elle y est arrivée elle y est arrivée).

Maintenant que je l'ai vue, je suis si heureuse que ça en est déstabilisant, car je ne sais pas comment réagir à cet état. C'est une émotion tellement forte. Je ne sais pas comment la récupérer en morceaux assez petits pour les glisser sous ma peau afin de les y garder.

— Tu as mon téléphone, ma puce ? murmure maman.

Je lève les yeux de mes cartes.

— Coucou, tu veux de l'eau, des glaçons, ou quelque chose d'autre ?

Elle secoue la tête.

— Mon téléphone... Je veux savoir comment ça s'est passé en cuisine hier soir. Drew a promis de m'envoyer un message.

— Maman. (Je plante les poings sur mes hanches en prenant un air sévère.) Drew ne va pas t'envoyer un message à propos du travail la nuit où tu as eu ta greffe du foie. Il a juste dit ça pour te tranquilliser parce que tu veux toujours tout contrôler.

— C'est méchant ! dit-elle, avec malgré tout un sourire benêt. Et s'ils ont fait brûler ma cuisine ? Louisa a tendance à faire n'importe quoi avec la friteuse.

— Je te promets que l'équipe de cuisine n'a pas mis le feu à la brasserie. Ils étaient tous bien trop occupés à nous envoyer des messages pour savoir comment tu allais. Pareil pour à peu près toutes les personnes qui y travaillent ou qui y vont régulièrement. Comme l'atteste le jardin qui nous entoure.

— J'adore le tout petit arbre, dit maman. Est-ce que Lottie a eu un petit arbre ? Je ne veux pas partager le mien.

— Je ne sais pas. J'irai vérifier.

— Bien, dit-elle en fermant de nouveau les yeux. Je n'ai pas oublié, tu sais, murmure-t-elle.

— Oublié quoi, maman ?

— Les camps, répond-elle. Nous en reparlerons quand je rentrerai, OK ?

Elle lutte pour rouvrir les yeux, comme si elle avait besoin de me regarder en le disant, parce que ça en fait une promesse, et que ma mère tient ses promesses.

— OK.

C'est tout ce que je dis, car je suis un concentré de scepticisme, tel un pot de thé abandonné pendant trop longtemps et qui serait devenu amer. Je ne peux imaginer ce que c'est pour Penny qui vit ça de l'intérieur, quand c'est ce que je ressens en étant à l'extérieur.

Maman s'assoupit de nouveau et je me blottis dans l'inconfortable fauteuil afin de profiter au maximum des heures qu'il me reste.

37

Penny
27 juin

Elle est complètement dans le pâté. Ma mère. Elle passe quasiment les quatre heures durant lesquelles je suis autorisée à la voir à dormir. Et quand elle est réveillée, elle a dû mal à se concentrer. Elle ne cesse de réclamer Anna.

— Anna se remet de l'opération, je lui rappelle.

Son visage se plisse sous l'effet de la confusion et redevient lisse quand la mémoire lui revient.

Manou est allée au motel prendre une douche et se changer. C'est la dernière occasion qu'elle aura avant que Tate et moi rentrions à la maison et qu'elle assure la double garde en veillant sur maman et Anna. Aussi, quand Diane, l'infirmière, entre dans la chambre à l'occasion de sa ronde, je lui demande :

— C'est normal qu'elle soit comme ça ?

— C'était une grosse opération, répond Diane. Sa douleur va diminuer dans la semaine qui vient, et quand elle sortira de l'hôpital, ça sera beaucoup plus facile à gérer. Je ne m'inquiéterais pas trop à ta place.

Mais c'est difficile quand je vois maman souffrir. Ma mère n'est pas du genre stoïque. Tout se lit sur son visage, même quand elle dort.

— Tout va bien, maman, je chuchote quand elle gémit en essayant de bouger dans le lit.

— Ça fait mal, dit-elle.

— Je sais. Mais tu es super courageuse.

— Je n'ai pas fait grand-chose à part rester allongée, dit-elle, et c'est une blague qu'elle ferait à Anna, pas à moi.

— Eh bien, continue à rester allongée, dis-je. Bientôt ça ne fera plus aussi mal.

— Hmm. Jamais aimé la morphine. Ça gratte. (Elle tourne la tête sur son oreiller – ou pour être exacte, elle la laisse tomber sur le côté – pour me regarder.) Tu vas bien ?

J'ai soudain la bouche sèche, parce que je ne sais pas quand elle m'a posé cette question pour la dernière fois.

— Ça va, je dis, parce que même si je lui disais la vérité, elle ne s'en souviendrait pas.

— Tu ressembles tellement à ton père.

Et, putain, c'est un poignard qui sort de nulle part.

Tout à coup, à mon tour je n'aime plus la morphine, même si je remerciais l'univers de son existence il y a quelques années.

— J'aimerais qu'il soit là. (Ses yeux se ferment et se rouvrent dans une lutte contre les médicaments qui lui ont été administrés.) C'était tellement plus facile quand il était là.

— Oui, je dis à voix basse, parce que c'est la vérité et qu'elle ne s'en souviendra pas. Ça l'était.

L'horloge indique la fin de la visite.

La laisser est si simple que ça me fait peur.

Telle mère, telle fille, je suppose.

38

Penny
27 juin

— Je compte sur vous pour être prudentes sur la route, dit Manou en fermant la portière arrière de ma voiture sur le parking de l'hôpital. Appelez-moi dès que vous serez arrivées, quelle que soit l'heure, compris ?

— Compris, je réponds.

Elle me serre dans ses bras et en profite pour m'embrasser sur la tête. Puis elle attrape Tate avec son autre bras pour nous serrer toutes les deux. J'ai du mal à réprimer des frissons en sentant la chaleur de la peau de Tate pressée contre la mienne.

— Je suis si fière de vous, dit farouchement Manou. Les prochaines semaines vont être dures, les prochains mois aussi. Mais je sais que vous êtes toutes les deux prêtes maintenant.

— Je t'aime.

Ce n'est pas moi qui le dis la première, c'est Tate. Les mots sont étouffés dans l'épaule de Manou et je les entends à peine, mais c'est comme si je connaissais leur forme dans l'air quand elle les prononce.

— Je vous aime aussi, dit Manou. Toutes les deux.

— Merci, murmure Tate. D'être toujours là. Pour moi. Pour maman.

— Et je le serai toujours, promet Manou.

Elle nous regarde nous attacher dans le break avec une sorte d'inquiétude sévère que seule une grand-mère peut avoir.

— Soyez prudentes, nous ordonne-t-elle de nouveau.

— Bye, Manou.

Elle repart vers l'hôpital et je me tourne vers Tate.

— On va directement à l'appartement pour faire les cartons ?

Tate grogne.

— On a quoi, trois jours pour les faire ?

— Plutôt deux et demi, car je dois travailler le matin.

Ce n'est que le début.

— Allons-y, dit-elle.

Il est presque 17 heures quand nous arrivons en ville. Nous avons fait le plein de bagels et de pains aux raisins au buffet du petit déjeuner du motel, ce qui fait que nous n'avons même pas besoin de nous arrêter pour manger. Nous attaquons direct les cartons.

— Tu as une liste, je parie ? demande-t-elle en ouvrant l'appartement.

— Peut-être.

— J'ai toujours l'intention de mettre mes vêtements dans des sacs-poubelle, dit-elle après que j'ai sorti mon bullet journal.

Et quand je lève les yeux au ciel, elle affiche un petit air satisfait.

— Tu n'as qu'à t'occuper de ta chambre. Je vais terminer la cuisine.

— OK, dit-elle, puis elle disparaît dans sa chambre en attrapant un paquet de sacs-poubelle alors même que les cartons sont juste là.

Je vais dans la cuisine et ouvre mon bullet à la page qui contient la check-list du déménagement.

Pour des raisons évidentes, Anna a un tas d'ustensiles, et je ne veux pas prendre le risque d'oublier ou de casser quoi que ce soit. Ma mère ne cuisine pas, aussi la plupart du matériel que nous avons à la maison appartient-il à Manou. Il faudra que ma grand-mère et Anna décident ensemble de ce qui va dans le garage ou non, parce qu'il est hors de question que je me mêle de quelle poêle en fonte va où. Les cuisinières sont affreusement protectrices quand il s'agit de ces choses-là. Une histoire d'assaisonnement ou quelque chose dans le genre.

Je consulte mon téléphone, mais il n'y a pas de message. Je ne m'attendais pas vraiment à en avoir – ma mère était complètement stone – mais je m'interroge…

Est-ce qu'elle veut réellement un nouveau départ ? Ou est-ce qu'elle était juste en pleine crise de sentimentalisme quand je l'ai entendue parler avec Anna ?

De la musique résonne à travers la porte fermée de la chambre de Tate, quelque chose avec un rythme rapide et des mots que je n'arrive pas à comprendre. Je me racle la gorge, attrape mes écouteurs et lance mon application qui diffuse des sons de pluie.

Ça ne noie pas entièrement la musique, mais je m'aperçois que ça ne me dérange pas tant que ça.

Quand le téléphone se met à vibrer, annonçant un message de Meghan, j'ai vidé tous les placards.

M : Déjà rentrée ?

Ouaip. En train de faire les cartons chez Tate. : P

M : Super ! J'arrive.

— Eh, Tate ? j'appelle en remontant le couloir pour frapper à sa porte.

— Oui ?

J'ouvre. Il y a un sac-poubelle fermé et un sac de piscine remplis de vêtements posés à côté du petit placard sans porte.

— Meghan est en chemin. Elle vient de m'envoyer un message.

— Ah ? Remi aussi. Ils doivent être ensemble.

Je fronce les sourcils.

— Depuis quand ils traînent ensemble ?

Tate hausse les épaules.

— Sais pas. C'est récent, je suppose. Il m'en a parlé vite fait.

— Meghan ne m'a rien dit.

— Tu peux m'aider à mettre ça dans le sac ? dit-elle en désignant ses draps.

J'attrape le sac et le secoue avant de le tenir ouvert pour elle.

— Qu'a dit Remi précisément ? je lui demande.

— Il a parlé de cours de barbecue.

— Quoi ?

— S'ils traînent ensemble ou je ne sais quoi, on ne devrait pas s'en mêler.

— Attends, tu crois qu'ils pourraient faire *je ne sais quoi* ?

— Sais pas. Tu comptes te comporter comme ça devant eux ?

— J'essaye juste de comprendre la situation ! (Je réfléchis à Remi et Meghan ensemble.) Ils seraient mignons tous les deux. Il n'est pas secrètement maléfique au moins ?

— Tu crois que je fréquenterais un connard ? Ou qu'un abruti misogyne me supporterait, moi ? demande Tate.

Je tente de ne pas rire, mais elle hausse un sourcil et c'est plus fort que moi.

— Je voulais juste m'en assurer ! J'aurais volontiers lapidé à mort l'ancien mec de Meghan, dans le plus pur style médiéval.

— Toi et ta mère, marmonne-t-elle.

— Qu'est-ce que ça veut dire ?

— Il semblerait que ta mère avait pour habitude de traîner dans les bois près de la rivière et de caillasser les violeurs en puissance.

— *Pardon ?*

J'ai l'impression que ma mâchoire se disloque en tombant, tant je suis surprise.

— Maman était d'humeur loquace avant son opération, explique Tate.

— Impossible. Elle devait délirer à cause des médocs.

Tate secoue la tête.

— Je trouve ça super cohérent, moi.

— Comment ça ?

— Les traumatismes peuvent briser les liens entre les gens ou en créer.

À ces mots, il y a comme une ombre qui me traverse le cœur. Comment fait-elle pour chaque fois réussir ce coup-là ? Juste… me prendre aux tripes, avec une telle simplicité, une telle facilité ?

Comment une personne peut-elle vous tenir intégralement dans le creux de sa main et ne pas le savoir ?

— Oui, je dis. C'est vrai.

Mon téléphone vibre de nouveau. Ils sont là.

— J'ai de quoi manger ! dit Meghan en brandissant un sac de toile.

— Et à boire, ajoute Remi derrière elle.

Meghan se faufile à l'intérieur. Sa jupe à motif cachemire a un cordon terminé par une clochette qui tinte à chacun de ses pas.

— J'ai de la viande, de la garniture pour faire des sandwichs, des chips – Tate, je ne savais pas quel genre tu aimais, et visiblement Remi souffre d'amnésie culinaire concernant sa propre meilleure amie…

— Hé ! s'écrie-t-il, mais il lui lance un sourire et pose les boissons sur le plan de travail de la cuisine.

— … du coup, j'ai pris différentes sortes, termine Meghan sans s'émouvoir. On a aussi apporté des cartons en plus, et la remorque, comme ça on pourra déménager quelques meubles. Comment ça va, vous deux ?

— Bien, je m'empresse de répondre, car Tate la regarde sans ciller en essayant visiblement de digérer ce flot d'informations.

Meghan a tendance à entrer dans les détails, et en plus de ça, elle parle vite.

— Et vos mères ?

— Elles se remettent de l'opération. Manou m'a envoyé une photo pendant qu'on était sur la route. (Je la lui montre.) *A priori* ma mère se plaint déjà de ne pas pouvoir être dans la même chambre qu'Anna.

— Ça a l'air super, dit Tate à Meghan en regardant la nourriture que cette dernière a disposée avec soin sur le plan de travail. C'est toi qui as fait tout ça ?

— Je lui apprends, dit Remi.

— Ça a l'air chouette, dis-je avec précaution.

J'essaye de lancer un regard *Qu'est-ce que c'est que cette histoire* à Meghan, mais elle l'évite.

— Mangez, nous encourage-t-elle. Ça va vous faire du bien après la nourriture de l'hôpital.

— Tu as vraiment fait tout ça ? je demande après avoir dévoré la moitié de mon sandwich.

— J'ai même ajouté ma petite touche personnelle avant la cuisson. Remi a émis des doutes, mais j'avais raison, n'est-ce pas ?

— C'est vrai, dit-il.

— Il y a une raison derrière les cours que m'a donnés Remi, me dit Meghan.

Tate lève les yeux de son sandwich, sourcils froncés. J'ai envie d'articuler en silence *Je te l'avais dit !* mais je m'abstiens.

Meghan pousse Remi du pied, et il lui retourne le geste si doucement que je sais : ils ne font pas que traîner ensemble. Même si c'est ce qu'ils s'imaginent.

— Nous avons quelque chose à vous dire, dit Meghan.

Elle est assise affreusement près de Remi.

— Oh ? dis-je en essayant de ne pas prendre un ton ironique.

— Meghan et moi avons travaillé sur quelque chose ensemble, ajoute Remi.

— Voilà ! dit Meghan en sortant un flyer des profondeurs de sa jupe à volants pour le placer sur la table entre nous.

BARBECUE COLLECTE
SANDWICHS ! TOMBOLA ! PRIX !
GAGNEZ VOTRE PROPRE OURS BRUN !

— Toute la nourriture et les prix viennent de donations, explique Remi. Et on va utiliser les barbecues du magasin et de la brasserie.

— D'où les cours de barbecue, ajoute Meghan.

— Meghan est très douée, dit Remi avec un sourire attendri.

— On s'est inspirés de l'idée de Lottie pour l'organisation de la collecte, dit Meghan. On espère récolter assez d'argent pour couvrir *a minima* la location de Sacramento.

Les yeux rivés sur le flyer, les mots me manquent.

— C'est... (Je pose la main sur mon cœur qui bat si vite que mes oreilles bourdonnent.) Vous deux... vous avez organisé tout ça ? Comment ? Quand ?

— Ces derniers jours, dit Meghan, comme si c'était facile et parfaitement normal.

— Voilà ce qu'il se passe quand tu donnes mon téléphone à des gens, dit Remi à Tate qui éclate de rire et lui balance un coup de pied.

Remi s'esclaffe à son tour et lui rend son coup.

— Meghan...

C'est tout ce que j'arrive à articuler, car ma gorge est trop nouée.

— Je n'arrive pas à croire...

— Tu mérites bien plus, dit Meghan sur un ton sérieux. Mais ça...

— Ça, on peut le faire, termine Remi en voyant ses yeux se mettre à briller.

— Je… (Les larmes coulent sur mes joues, et je me lève pour la serrer dans mes bras.) Merci, je lui murmure à l'oreille.

Je m'écarte.

— OK, dis-je en reniflant et en essayant de me reprendre. Je veux tout savoir sur la logistique. Tu as fait un tableau ?

— Bien sûr que oui, dit Meghan en dégainant son téléphone.

Remi émet un grognement.

— Allons sur le canapé, propose-t-il à Tate qui ne se fait pas prier pour le suivre.

39

TATE
27 juin

Il est presque 22 heures quand on finit de décharger la première cargaison de meubles et de cartons dans la montagne, et quand Meghan et Remi reprennent la route pour rentrer chez eux.

Penny s'écroule sur le canapé rose. Il y a deux canapés, maintenant. Celui de Lottie et celui de maman, placés l'un en face de l'autre comme s'ils étaient sur le point de s'affronter. Le canapé rose de Lottie qui date des années trente et qu'elle a retapissé elle-même, contre le canapé beige de maman déniché dans une ressourcerie.

— Il faut qu'on s'occupe de tout ça, dit Penny en désignant d'un geste de la main la cuisine où est empilé un labyrinthe de cartons. Qu'on réorganise les meubles, et qu'on mette certaines choses au garage.

— Il y a de la place dans le garage ? je demande. Je croyais qu'il était entièrement occupé par l'atelier de Lottie.

— Moitié atelier, moitié garage. Papa a construit un mur pour séparer les deux.

Elle cligne des yeux, comme si elle se surprenait elle-même en parlant de lui.

J'y vois une occasion et je la saisis, car c'est étrange d'être ici et de se rendre compte à quel point Lottie a effacé George du rez-de-chaussée. Ce petit coin à l'étage est le seul rappel de son existence dans cette maison où il a grandi, et c'est juste…

Est-ce que Lottie pense que si elle évite son souvenir, il ne la hantera pas pour ce qu'elle a fait ? Parce que s'il y a des fantômes et une justice, il trouvera un moyen.

— Est-ce que je peux te demander quelque chose ?

Elle hoche la tête, mais avec une expression si méfiante que je renonce presque à poser ma question.

— Ta mère ne parle jamais de lui avec toi ?

Penny ne détourne pas le regard, au contraire, elle soutient le mien et ça tourne au défi, jusqu'à ce que je ne puisse pas non plus baisser les yeux, les joues en feu à cause de la façon dont elle me scrute, et peut-être aussi à cause de mon audace.

— Est-ce qu'elle parlait de lui quand elle vivait avec vous ? demande Penny.

Mon cœur manque un battement, parce que la réponse est « oui », mais probablement pas comme elle se l'imagine.

— Alors ?

— Certains jours, elle parlait de beaucoup de choses. Et d'autres, elle ne parlait pas du tout.

Tout comme il y a des mots dits que l'on ne peut pas reprendre, il y a des mots entendus que l'on ne peut pas oublier. (Lottie suppliant ma mère de lui donner les pilules, de la laisser partir…)

Je n'oublierai jamais.

— Elle ne parle de rien avec moi, dit Penny. Encore moins de lui.

— Tu peux parler de lui avec moi, je propose.

Son visage s'adoucit.

— C'est… Merci.

— Il m'a aussi beaucoup appris, je dis avec un haussement d'épaules, parce que c'est vrai.

C'est lui qui nous emmenait camper quand on était petites. Grâce à lui, je sais comment faire un feu et utiliser une tronçonneuse. C'était un bon père… un homme bien.

Peut-être que meilleur est quelqu'un, plus le vide que laisse cette personne est grand. George a laissé un cratère.

Elle esquisse un sourire et se racle la gorge.

— C'est sûr, il se trame quelque chose avec Remi et Meghan, déclare-t-elle.

— Ils nous ont dit ce qu'ils tramaient, je rétorque en comprenant qu'elle souhaite cesser de parler de son père. Ils organisent une collecte.

— Je ne peux pas à croire qu'ils aient fait ça.

— Je peux.

Elle me lance un regard interrogateur.

— Remi et Meghan sont des gens bien, façon roulés à la cannelle, j'explique. Et ces « roulés à la cannelle » aiment répandre ce bien autour d'eux.

Elle se redresse.

— Et nous on est quoi ?

— Des personnes qui, dès que les choses deviennent compliquées, prennent un boulot supplémentaire ou vendent leurs possessions, parce que, à part nous, qui pourrait prendre soin de nos familles ?

— Mais ce n'est pas la réalité, proteste-t-elle.

— C'est pourtant comme ça qu'on réagit.

Cela la fait taire, car elle sait que c'est la vérité. On a réagi comme si c'était seulement à nous et à Marion d'aplanir les difficultés pour nos mères, pas comme si on avait un village. Et Remi et Meghan nous ont prouvé qu'on en avait un depuis le début.

— Et ça dit quoi de nous, à ton avis ? dit-elle soudain.

Il me faut un certain temps pour formuler la réponse, même si j'en ai une.

— Ça dit de nous que nous sommes meurtries.

Elle n'ajoute rien après ça. Même quand je me lève et demande :

— À demain matin ?

Elle hoche la tête, et je monte l'escalier grinçant pour rejoindre une chambre qui est la mienne en ne l'étant pas. Quand j'entends quelques minutes plus tard le clic de la porte en face de la mienne, la proximité, les possibilités, ces quelques pas qui suffiraient pour traverser le couloir, sont presque pires qu'être dans le même lit qu'elle.

Lorsque l'alarme de mon réveil sonne à 4 heures du matin, mon corps tout entier proteste. Mais au lieu d'appuyer sur « Répéter » je m'extirpe du lit. Je passe aux toilettes, puis je fais vingt minutes de yoga. Alors que j'ai fini et que je suis en train de boire à ma bouteille, les bips persistants du réveil de Penny me parviennent depuis l'autre côté du couloir.

Je me douche toujours à la piscine, aussi je m'habille et tresse mes cheveux. Après ça, je ne peux plus ignorer les bips.

— Penny ? Tu es réveillée ?

Silence de mort, ponctué de bips.

J'ouvre la porte et entre dans sa chambre. Sur son calendrier, les semaines pendant lesquelles les mères seront absentes sont surlignées en orange, et derrière son lit, le collage en perpétuelle évolution qui avait commencé par un jardin de fleurs est devenu un enchevêtrement de forêts mélancoliques.

— Penny ?

Comme elle ne bouge pas, je m'avance à pas de loup dans la pièce en faisant attention à ne pas me prendre les pieds dans le tapis de chiffons étalé sur le parquet de bois qui recouvre des années de peinture écaillée. Je m'assieds sur le bord du lit, pose la main sur son épaule, et la secoue doucement.

— Il faut te réveiller, Pen.

— Hmph.

Elle remue légèrement sous ma main, puis roule de mon côté en clignant des yeux. Le sourire qu'elle m'adresse, endormi, satisfait, et tellement détendu – ça fait des mois que je n'avais pas vu un sourire pareil – fait tressauter mon corps, comme si je venais de rater une marche.

— Tu es là, dit-elle tandis que ses yeux se referment et qu'elle s'enfonce de nouveau dans son oreiller.

— C'est l'heure de se lever.

— Hmm. (Elle grimace.) Non. Reviens au lit.

— Quo… ?

Elle m'attrape le bras, ses doigts enroulés autour de mon biceps, et elle tire. Je suis si surprise que je suis le mouvement, et ne résiste qu'à la toute dernière seconde.

Elle ouvre alors les yeux en grand.

— Tate ?!

Penny me lâche le bras et jaillit du fouillis de couette et d'oreillers comme un jouet à ressort.

— Désolée ! couine-t-elle. J'ai cru…

Puis elle ferme la bouche comme pour empêcher les mots d'en sortir.

Je la regarde, et mon cœur a ce mouvement de torsion qu'il ne fait qu'en sa présence.

— Oh là là, il est tôôôôt, gémit Penny en enfouissant la tête dans ses mains.

— Désolée, dis-je. Je dois partir faire mon footing.

Elle se renfrogne.

— Sur la route ?

Je hoche la tête.

Elle grogne en poussant sur ses bras pour se redresser.

— Je viens avec toi.

— Tu n'es pas obligée…

— Tate, il y a des ours. En plus, si un camion de transport de bois t'envoie dans un fossé où personne ne pourra te trouver, ta mère me tuera. Sais-tu où Manou range le spray anti-ours, et où se trouvent les angles morts sur la route ?

Je déteste quand elle a de bons arguments.

— OK, tu peux venir.

— Donne-moi juste cinq minutes.

J'essaye de faire comme si je ne l'avais pas entendue marmonner « Merde » en quittant la pièce.

(Mais c'est difficile.)

40

TATE
28 juin

Texto de maman. Je charge la vidéo sur laquelle elle me fait signe depuis son lit d'hôpital.

« Ça va bien ! » est tout ce qu'il y a d'écrit, mais je rejoue la vidéo quatre fois sur le parking alors même que je suis en retard. Une fois hors de la voiture, je me dépêche dans l'espoir d'avoir encore un couloir de nage.

Quand je vois les trois filles de l'équipe de natation au bord de la piscine, il est trop tard pour reculer. Elles m'ont vue. *Elle* m'a vue. Je le sais, parce que Laurel plisse les yeux, comme elle le fait toujours lorsqu'elle doit supporter ma présence.

On ne s'est jamais entendues, l'ex de Penny et moi. Même avant qu'elle soit l'ex de Penny.

C'est l'une des raisons pour lesquelles je nage le matin. Elles ne nagent jamais le matin.

Je continue donc à avancer, et laisse tomber mon sac-filet devant le couloir le plus éloigné d'elles afin de le réserver. Mais Evie ne capte pas le message. Ce qui n'a rien d'étonnant venant d'elle. Si Evie était un animal, elle serait le plus gentil golden retriever du monde – et je le dis comme un compliment. Cette fille est juste adorable. Et c'est la seule à s'être montrée aimable avec moi depuis l'année dernière. Mais là, tout de suite, je n'ai pas envie de gérer ça. Je n'ai pas envie de penser au passé quand mon présent est soudain devenu tout ce que j'espérais.

Elle va s'en sortir. Maman est à Sacramento avec un foie qui fonctionne.

— Salut, Tate !

Evie vient vers moi en sautillant, ses cheveux blond-blanc mouillés encadrant son visage, son bonnet à la main.

— Salut, Evie. Theresa. Laurel.

— Comment va ta mère ? s'enquiert Evie.

— Elle va très bien, merci. Elle doit bientôt sortir de l'hôpital.

Evie m'adresse un sourire qui n'a rien de forcé.

— C'est super !

— Nous sommes vraiment contentes pour toi, Tate, dit Theresa.

— Merci. J'apprécie. Tout comme ma mère. Bon. Je devrais…

Je balance mon pouce en direction des vestiaires.

— Bien sûr, dit Evie. Laisse-moi juste… (Elle fait un pas en avant.) Je peux ?

Elle tend les bras.

Oh, non, je crois qu'elle veut me faire un *câlin.*

— Euh… OK.

Elle me serre doucement contre elle, comme si j'étais en porcelaine.

— Je suis vraiment contente pour ta famille, murmure-t-elle. Vous avez tellement souffert.

Je ne peux pas me détendre dans son étreinte. Ses mots rendent ma respiration un peu plus laborieuse. L'ai-je si mal caché ?

— Merci, Evie, je dis quand elle s'écarte. À la prochaine.

— Envoie-moi un texto, on pourra faire un truc ensemble.

— Ça marche, dis-je tout en sachant que je n'en ferai rien.

Il y a parfois des choses sur lesquelles on ne peut pas revenir.

Et parfois on ne veut pas.

Après cette désagréable surprise, j'apprécie de me réfugier dans le vestiaire désert. Je n'avais pas réfléchi à la façon dont j'allais gérer cette partie de ma vie – la part qui comporte la natation – avec Penny qui m'emmène et vient me chercher. Heureusement, c'est moi qui l'ai déposée ce matin et pas l'inverse.

Je retire mes vêtements et je suis en train d'enfiler mon maillot lorsque le bruit métallique de la porte résonne à travers la rangée de casiers.

— Salut ?

Je jette un coup d'œil par-dessus mon épaule, et quand je vois de qui il s'agit, je reporte mon attention sur mes affaires. Je sors ma serviette et l'enroule autour de ma taille, puis sans un mot, je prends la direction du bassin.

— Tu pues, dit Laurel alors que je passe à côté d'elle.

Je déteste le fait que ce soit probablement vrai après mon footing. Et je déteste le fait que ça me fasse m'arrêter. Tout comme je déteste que ça m'agace.

(Mais d'un autre côté, je déteste Laurel, donc ça se tient.)

Je ne dis rien ; je me contente de la regarder et d'attendre.

Laurel se dandine d'un pied sur l'autre. Elle n'a jamais pu rester immobile. C'est une sprinteuse, bonne au début d'un relais, mais elle se donne trop et ne garde pas assez d'énergie pour la fin. Dans ce domaine on est à l'opposé l'une de l'autre. Démarrer fort, terminer fort, sans baisse de régime au milieu, c'est l'objectif que je m'efforce d'atteindre. C'est pour ça que je la bats, et elle déteste ça. Presque autant qu'elle me déteste moi.

C'est notre seul point commun.

(Enfin, mis à part Penny.)

C'est comme si avoir pensé à elle avait conjuré son nom, parce que Laurel demande :

— Comment va Penny ?

À la voir, on croirait presque qu'elle a dû se briser la mâchoire pour poser cette question.

J'ai envie de partir sans rien dire, de la laisser avec ses interrogations, mais si je ne m'occupe pas de Laurel maintenant, Penny pourrait en souffrir. Et je ne veux pas que ça se reproduise. Laurel et moi sommes dans la même équipe. Ce qui signifie qu'il va être plus difficile pour Penny de l'éviter.

— Toi et moi, on va passer un accord.

— Ah, vraiment ? demande Laurel. Est-ce que quelqu'un t'a nommée Reine de la Piscine ?

— On vit ensemble. Penny et moi.

La tournure de ma phrase lui fait monter le rouge aux joues.

— Vous vivez avec vos mères.

— Pour l'instant, c'est juste elle et moi, je réplique, puis je laisse planer l'information, ainsi que toutes les suppositions et les implications qui empourprent son visage de colère.

— Ce qui signifie que si tu essayes de passer, il n'y aura pas que des barbelés pour t'empêcher d'entrer.

Elle lâche un souffle qui se veut un rire.

— Il faut toujours que tu joues les drama queen.

— Et toi tu ne sais pas quand laisser une fille tranquille. Penny a été très claire sur le fait qu'elle ne voulait plus te parler après votre rupture.

— Je le sais, s'énerve Laurel d'une voix si forte qu'elle résonne entre le goutte-à-goutte des douches qui fuient. Tu dois être tellement contente, marmonne-t-elle.

— Tu n'imagines même pas à quel point. (Le sourire qui s'épanouit sur mes lèvres est sincère et vrai, parce que c'est la pure vérité.) La mère de « Tate, cette fille triste et stoïque », n'est plus si malade désormais.

Elle tressaille quand je lui renvoie ses propres mots à la figure.

— Tu verras Penny en dehors du lycée quand elle viendra me chercher à l'entraînement, ce genre de choses. Et tu vas la laisser tranquille.

— Et si elle ne me laisse pas tranquille ? demande Laurel.

— Penny peut faire ce qu'elle veut. (Je hausse les épaules.) Toi, tu lui fous la paix à moins qu'elle vienne te parler. Mais après ce que tu as fait, si j'étais toi, je ne parierais pas trop là-dessus.

— Tu ne sais rien de Penny et moi.

Je hausse à nouveau les épaules parce que je sais que ça la met hors d'elle.

— Si tu le dis.

— On ne passera aucun accord. Tu ne peux pas m'empêcher de lui parler.

— Non, c'est vrai. Mais elle peut. Et je peux l'aider. On verra bien ce que ça donnera.

Je m'éloigne, et la voix de Laurel résonne quand elle me lance :

— Elle ne t'aimera jamais, Tate.

Je me retourne pour lui faire face, tout en continuant à marcher, mais en arrière. Je hausse les épaules encore une fois sans marquer la moindre hésitation, et je rétorque :

— Ce n'est pas pour ça que je le fais.

Quand je lui tourne de nouveau le dos, elle n'a plus rien.

(Et moi non plus.)

41

TATE
29 juin

— C'est le dernier jour avant qu'on rende les clés, dit Penny alors que je frotte les éclaboussures de graisse dans le four.

— Je sais, dis-je pour la troisième fois. Tu n'as pas besoin de me le répéter en boucle.

Perchée sur l'évier, elle nettoie avec une microfibre chaque lamelle des antiques stores vénitiens suspendus dans chacune des pièces. C'est une tâche ingrate, et elle ne s'est pas plainte une seule fois, mais je peux dire que ça commence à lui taper sur le système, parce qu'elle me rappelle que l'heure tourne à peu près toutes les vingt minutes. C'est comme si elle avait un réveil dans la tête.

— Désolée, dit-elle. C'est juste… (Elle souffle longuement, marque une pause de quelques secondes, et inspire de nouveau lentement.) J'ai juste envie d'en avoir fini avec ça.

— On va y arriver. Pense à autre chose.

— À quoi ? demande-t-elle sur un ton désespéré.

— Maman m'a dit qu'ils allaient peut-être autoriser Lottie à sortir demain.

— Avec un peu de chance, Anna sortira aussi.

— Elle devra sûrement rester quelques jours de plus.

— Oh, punaise… ça veut dire que Manou et ma mère vont être seules toutes les deux sous le même toit ? (Penny écarquille les yeux.) Je suis bien contente de ne pas être là-bas pour ce match en cage.

— C'est vraiment si terrible que ça entre elles ? je demande.

— Tu as vu comment ça s'est passé quand j'ai parlé des factures, dit Penny.

Je hoche la tête.

— C'est comme ça.

— Elles s'entendaient bien avant.

— Avant, j'avais un père, Manou avait un fils, et ma mère avait un mari, dit-elle en se concentrant sur la poussière pour ne pas avoir à me regarder.

— OK.

Je n'insiste pas, car je ne supporte pas la façon dont ses épaules s'affaissent et le fait qu'elle ne peut même pas soutenir mon regard quand elle parle de ce trou dans sa famille. C'est comme si Lottie s'était imaginé qu'en effaçant George, il se reboucherait plus vite.

— Changement de sujet. Parle-moi du club de rafting.

— Mon projet avec Meghan ?

J'acquiesce en passant l'éponge sur la mousse du produit nettoyant pour enlever la graisse.

— Eh bien, Meghan a eu l'idée d'un circuit d'une semaine de camping le long de la rivière. Il y a deux versions, une sauvage, et l'autre plus sophistiquée.

— Sophistiquée ? Comment peux-tu rendre ce genre de circuit plus sophistiqué ?

— Plus de caravanes, moins de tentes, explique-t-elle tandis que je finis le four et m'attaque à l'évier. Mais pour cela il faudra qu'on trouve quatre minicaravanes et qu'on les rénove afin que ça colle avec nos besoins.

— Vous savez comment faire ça ?

— Meghan adore ce genre de truc, et je peux apprendre. Et une fois qu'on aura parlé de notre projet à son père, il voudra aider. Il a tout un atelier de bricolage, ce qui signifie qu'on n'aura pas à investir dans du matériel coûteux.

— Vous avez pensé à tout.

Pas étonnant, venant d'elle.

(Oh là là, Lottie va être furax.)

— Il va falloir passer des accords avec des propriétaires privés afin de camper sur certaines berges, mais à mon avis c'est jouable. Papa avait pas mal de relations avec lesquelles je pense pouvoir travailler. Et puis, il y a le grand circuit.

— Qu'est-ce que c'est que ça ?

— J'ai beaucoup de choses à régler pour que ce soit gérable, mais à terme, j'aimerais organiser des séjours pour descendre toute la rivière, de son point de départ jusqu'à la mer.

— Tu veux descendre toute la rivière en raft ?

— En kayak, plus précisément, mais oui.

— C'est possible au moins ? Il y a des barrages et tout.

— Oui, il faudra les contourner à pied, mais c'est faisable.

— Ça prendrait combien de temps ?

— Trois semaines environ pour rejoindre San Francisco.

— C'est… Waouh.

Elle pousse sur ses mains pour descendre du plan de travail et s'attaque à la tâche suivante sur sa liste.

— Tu penses que c'est une mauvaise idée ?

— Non. C'est cool. Juste... hard-core.

— Mais je veux que ce soit plus que ça. Que ce ne soit pas qu'un défi physique. Je veux que ça tourne aussi autour de la rivière en elle-même. Ce qu'elle signifie en fonction des gens.

(Oh oui, Lottie va péter un câble.)

Elle lève les yeux sur moi comme si elle avait besoin de mon approbation, et c'est bizarre de sentir qu'elle a besoin de quelque chose venant de moi.

— Ça serait bien plus qu'un circuit, une véritable expérience de vie. C'est génial, je lui dis, et elle me sourit avec soulagement.

Connaissant Penny, elle va se donner à fond dans ce projet. Le temps que Lottie l'apprenne, tout sera arrangé, et les choses seront bien trop avancées pour qu'elle puisse y mettre un terme.

— C'est chouette d'avoir un autre avis, dit-elle. Meghan est tellement optimiste. Parfois, j'ai besoin de quelqu'un avec qui je peux partager mes inquiétudes.

— Tu peux partager tes inquiétudes avec moi. Mais on devrait sortir les poubelles, je dis en désignant le tas de sacs que nous avons entreposé près de la porte.

— Bonne idée. Ça me fera du bien de me dégourdir les jambes.

Nous prenons les sacs et descendons l'escalier de ciment. Elle trébuche sur la dernière marche et manque de tout lâcher. Quand elle se redresse, je me tourne pour voir ce qui a attiré son attention.

Ronnie, appuyé contre le chambranle de sa porte, a les yeux rivés sur nous.

— Qui c'est ? demande Penny.

— Le proprio.

— Il m'a matée chaque fois que j'emportais quelque chose à la benne, dit Penny.

Un frisson me parcourt l'échine.

— Il t'a fait du rentre-dedans ?

— Il n'a fait que mater. De façon flippante. Mais il ne m'a rien dit.

— Il n'y a plus qu'à espérer qu'il en restera là.

— Il est si terrible que ça ? demande Penny à voix basse alors que je remonte l'escalier derrière elle en essayant de ne pas baisser les yeux pour le regarder continuer à nous reluquer en buvant son café.

Je la suis à l'intérieur de l'appartement et ferme la porte.

— Il est vraiment répugnant. C'est aussi l'un de ces connards qui fera tout ce qu'il peut pour garder la caution. Il y a quelques années, il y avait une fille super gentille qui habitait à côté, et son logement était nickel quand elle est partie, mais il a affirmé qu'il avait dû nettoyer la moquette à la vapeur parce qu'elle « sentait le moisi » et il a gardé la moitié de sa caution.

— Quel pourri, dit Penny.

— Tout à fait. Et on a besoin de récupérer la caution, alors...

— Ne t'en fais pas. Je vais me tenir, dit-elle. Il ne nous reste plus que la salle de bains et les sols à faire.

Mon téléphone vibre sur le plan de travail. Je le prends et découvre un texto de maman.

Je sais que tu commences demain à la brasserie. Pourrais-tu filmer Drew quand il fera la pâte à bretzels, s'il te plaît ? J'ai besoin de comprendre ce qu'il fait de travers.

— Regarde ça, dis-je à Penny en lui montrant le message.

Penny s'esclaffe :

— Elle bloque encore là-dessus ?

— Apparemment, il n'a pris que deux de ses six appels journaliers, car, comme n'importe quelle personne sensée, il veut qu'elle se repose.

— Il va le payer quand elle retournera en cuisine.

Je souris, mais c'est un sourire un peu crispé sur les bords.

— Il va se passer une éternité avant qu'elle retourne bosser, je dis. La convalescence…

— Va être beaucoup plus longue que celle de ma mère, termine Penny. Je sais.

— Tu m'as rendu service en parlant à Graham, je lui dis. On va avoir besoin de cet argent. Avec un peu de chance, il pourra me garder après la reprise des cours. Ou je pourrai trouver un autre boulot.

— Nous avons beaucoup de dépenses en hiver. (Penny secoue la tête.) Ma mère… Elle ne fait pas attention à ce genre de choses. C'était mon père qui s'occupait des finances, et maintenant…

— Même en travaillant toutes les deux, et en donnant beaucoup plus de cours de soutien pendant l'année scolaire. La moindre panne ou facture imprévue…

— Quand elle reviendra, je demanderai à ma prof si je peux donner des cours de natation. Je pourrai probablement les caser entre l'entraînement, le lycée et la brasserie.

— On trouvera bien, dit Penny.

— Et c'est qui l'optimiste, maintenant ?

Elle éclate de rire.

— Je suis contente que ta mère sorte de l'hôpital, je lui dis.

— Je sais, répond Penny. Elles seront toutes les deux bientôt de retour. OK. Pas vraiment bientôt, mais…

— Dans pas si longtemps.

— Dans pas si longtemps, elle approuve en hochant la tête.

Puis elle m'adresse un petit sourire, et on se remet à la tâche.

Cela nous prend presque toute la journée de jeudi, mais quand nous avons fini, l'appartement est immaculé. Penny fait un dernier tour pendant que je trimballe les sacs-poubelle restants dans l'escalier de la mort, et que je les jette dans les bennes à l'autre bout du parking. Comme il y a déjà des mouches et des relents d'œuf pourri qui s'en dégagent, j'essaye de faire vite.

Et c'est bien sûr à ce moment-là que Ronnie sort de chez lui et se dirige vers moi d'un pas nonchalant.

— Qu'est-ce que tu fous ?

Même le son de sa voix fait se dresser les poils sur ma nuque.

— Je nettoie, Ronnie, c'est tout, je réponds à celui qui sera bientôt notre ancien propriétaire. J'irai rendre les clés à l'accueil.

— J'ai vu une autre fille balancer des tonnes de déchets dans la benne. J'ai failli téléphoner au shérif pour signaler un dépôt illégal, mais je l'ai vue entrer dans l'appartement.

— C'est juste mon amie qui est venue me donner un coup de main. Il n'y a rien d'illégal là-dedans.

— Heureusement que je l'ai compris avant d'appeler qui que ce soit, hein ?

— Heureusement, dis-je en serrant les dents.

On est arrivées ici quand j'avais onze ans, et on y a vécu six ans. Ce n'était pas un palace – Ronnie s'en assurait en ne réparant à contrecœur que ce qui était absolument nécessaire et urgent – mais c'était notre foyer. C'était aussi fragile, comme tout dans la vie quand vous n'avez jamais assez d'argent. Payer le loyer en retard avec Ronnie était un enfer. Avec les frais médicaux, c'était toujours une chose ou l'autre, parfois tout en même temps.

— Ta mère va manquer ici, dit-il avec ce sourire répugnant qui en dit trop. Je devrais aller à la brasserie pour la voir.

Tu as besoin de la caution, Tate. Ne relève pas.

(Mais j'en ai tellement, tellement envie.)

— Elle va être en arrêt maladie pendant un long moment. Nous aimons beaucoup notre nouveau logement, je réplique en luttant pour garder un ton neutre dans l'espoir qu'il partira.

J'ai derrière moi des années d'interaction avec lui à ressentir exactement ça, mais je suppose que c'est trop demander, car il ne bouge pas.

— Ta mère a plus de classe que toi, dit-il, et c'est un avertissement, le genre dont j'aurais normalement tenu compte. Tu devrais prendre exemple sur elle. Ou il y aura des conséquences.

— Je ne fais rien de plus que nettoyer l'appartement, je réplique en m'efforçant de rester de marbre, probablement sans grand succès, parce que, putain, je déteste ce type.

Je n'arrive pas à penser à autre chose qu'au sourire forcé de ma mère et au fait qu'elle essayait de faire en sorte de déposer le chèque du loyer lorsqu'il était absent. À la façon dont elle secouait la tête sèchement quand je proposais de le faire moi-même, et dont elle s'assurait que j'avais toujours sur moi mon porte-clés lacrymo.

— Vous prenez beaucoup de place dans la benne. Ce n'est pas juste pour mes autres locataires. Ceux qui restent, eux.

Je le dévisage, incrédule. Il y a au max huit sacs-poubelle venant de notre appartement dans la benne.

— Un peu de classe ferait une grosse différence, me dit-il.

Puis il se passe la langue sur les lèvres.

Je suis une cocotte-minute sous pression, parce que les mots qui sortent de ma bouche sont :

« *Allez. Vous. Faire. Foutre.* »

Au lieu de reculer, je fais un pas en avant.

— Pendant des années, vous avez ouvertement maté le cul de ma mère chaque fois que vous la croisiez, et à un moment vous vous êtes mis à reluquer le mien. Vous aurez que dalle de ma part, espèce de sale pervers.

— Toi...

Il fait un pas vers moi, et je me raidis, m'attendant à ce qu'il me colle un coup de poing, m'attrape, ou un truc dans le genre.

— Hey, qu'est-ce qui se passe ?

La voix de Penny.

Penny est là. Debout juste derrière lui. Je ressens une vague de soulagement tandis que Ronnie s'écarte d'un bond, les poings serrés, en faisant naviguer son regard entre nous deux.

Penny plisse les yeux et penche la tête sur le côté. Sa queue-de-cheval se balance tel un mauvais présage, tandis qu'elle me détaille, et je sais qu'elle sait. (Elle sait de quelle façon mes nerfs ont hurlé, l'instinct primaire qu'on a toutes se frayant à coups de griffes un chemin vers la surface : *Cours, juste au cas où il serait vraiment mauvais, et pas juste un peu.*)

Ronnie ne semble pas se rendre compte de l'orage qui se prépare. Il s'accroche à son seul argument restant :

— Vous êtes en train de remplir ma benne, toutes les deux.

— Tate est locataire jusqu'à minuit, dit Penny. Jusque-là, elle a l'usage des installations communes.

— Pas si vous remplissez la benne avec vos poubelles de déménagement. Je devrais vous facturer des frais.

— Vous ne pouvez pas faire ça, dit Penny.

— Je peux faire ce que je veux, lui dit Ronnie. Cet endroit m'appartient.

Combien de fois ai-je entendu cette réplique ? Trop pour avoir gardé le compte. Ronnie est vraiment ce genre de salaud. Et il a du pouvoir parce que ses appartements sont les moins chers, et tu peux supporter beaucoup quand tu ne peux pas te permettre de payer plus.

— Je vais aussi devoir inspecter à fond votre appartement pour vérifier qu'il n'y a pas eu de dégâts, dit-il.

— Oh ! Alors, vous allez *adorer* ça ! s'exclame Penny d'une voix joyeuse en dégainant son téléphone. J'ai filmé tout le nettoyage. Vous voulez le voir en temps réel ou en accéléré ? J'ai les deux formats, étant donné que j'ai prévu de les télécharger dès que je serais rentrée. J'ai une chaîne YouTube de nettoyage. Vous la connaissez peut-être, elle s'appelle : « Avec Penny, c'est du propre ». Ça claque comme nom, vous ne trouvez pas ?

Elle appuie sur « Play », et l'écran affiche Penny en train de frotter les murs dans la chambre de maman.

Ronnie lui lance un regard noir.

— J'ai également pris plein de photos avant-après, poursuit-elle. Nous avons tout filmé, n'est-ce pas, Tate ?

Elle se tourne vers moi, s'attendant à ce que je joue le jeu.

— Tes abonnés réclament à cor et à cri de nouvelles vidéos de nettoyage.

— C'est bien vrai, approuve Penny. Ils n'en ont jamais assez.

Il devient rouge tomate de colère.

— Sortez vos poubelles de ma benne, ou je les sors moi-même et je les rebalance dans l'appartement.

Je blêmis et le sourire de Penny disparaît.

Une lueur vicieuse illumine son regard.

— Très bien, dit-elle.

Elle passe devant lui et se dirige vers la benne à ordures. D'un geste théâtral, elle soulève le couvercle, puis elle tend son bras vers moi.

— Tate ? demande-t-elle sur un ton impérieux. Un coup de main ?

Sans savoir si elle est sérieuse, je m'approche d'elle, les mains prêtes pour une courte échelle. Elle se hisse dans la benne et commence à sortir nos sacs-poubelle, qu'elle laisse tomber un par un sur le ciment. Quand elle a terminé, elle empeste, et elle est la chose la plus parfaite qu'il m'ait jamais été donné de voir.

Elle s'extirpe de la benne et attrape les sacs, deux dans chaque poing, puis marche jusqu'à son break pour les balancer à l'intérieur. Je me précipite pour l'imiter avec les sacs restants, et en quelques minutes le véhicule est plein et Ronnie est passé de rouge tomate à violacé de rage.

— Problème réglé, grogne Penny.

— Comme je l'ai dit tout à l'heure : je déposerai les clés à l'accueil, dis-je à Ronnie.

— Et si vous trouvez d'autres « problèmes », dit Penny en mimant les guillemets. Je les réglerai aussi. Donc, arrêtez-vous là, appréciez la super locataire qu'était Anna, et souhaitez-lui de se rétablir au plus vite, parce que c'est ce que ferait n'importe quel être humain digne de ce nom.

— Penny, je dis sur un ton faussement sérieux. Tu sais bien qu'il ne peut pas être humain ; c'est un proprio.

Penny pince les lèvres pour réprimer son rire.

— Espèces de petites..., crache-t-il.

Je l'interromps.

— L'appartement est nickel. Nous avons des photos de tout. Alors vous allez rendre à ma mère l'intégralité de sa caution. Sans quoi je vous attaquerai *avec classe* en justice.

— J'adore la technologie, dit Penny en se tournant vers moi avec un grand sourire. Nous ferions mieux d'y aller. Nous avons un trajet à la déchetterie à faire, maintenant. Bye, Ronnie !

Sa queue-de-cheval rebondit tandis qu'elle quitte les lieux. Après avoir fermé l'appartement, je la rejoins, et m'installe côté passager dans sa voiture pleine de sacs-poubelle en respirant par la bouche pendant que j'ouvre la fenêtre.

— OK, dit Penny en attachant sa ceinture de sécurité. Regarde dans ma boîte à gants ; il y a un sachet rempli de monnaie. Il devrait y avoir assez pour mettre tout ça à la décharge, car si nous rapportons ces sacs à la maison, les ours vont se jeter dessus.

Je la dévisage sans ciller, en respirant toujours par la bouche, le cœur au bord des lèvres.

Non pas à cause de l'odeur de poubelle.

Mais à cause de *ça*.

Certaines filles ont seulement le droit de rêver.

Et Pénélope Conner ne sera jamais pour moi qu'un rêve.

(Pourtant, je la veux tellement.)

42

Penny
29 juin

— Il a tiré une de ces tronches, dit Tate en secouant la tête. Je n'arrive pas à croire que tu aies fait ça.

— Je n'arrive pas à croire que vous ayez été obligée de vivre sous la coupe de cette ordure pendant si longtemps, je fulmine.

— Parfois, tu prends ce que tu peux, dit Tate avec un haussement d'épaules.

— C'est des conneries.

— Je suis désolée qu'on ait dû utiliser toute ta monnaie, me dit-elle. Je te rembourserai.

— Non, Tate. Pas la peine.

— C'était *mes* poubelles, qui contenaient les déchets de *mon* appartement.

— Ferme-la, s'il te plaît. OK ?

Elle fait ce presque sourire si particulier.

— D'accord.

Tate s'étire sur le capot de ma voiture pendant que je me change à l'arrière avant de la rejoindre.

Le comté s'étend en contrebas, Salt Creek et Blue Basin séparés par la rivière. D'ici on a une vue imprenable, et quand elle a proposé de venir là après la déchetterie, j'ai accepté.

Je lisse mon pantalon, celui qu'elle m'a prêté. Le tissu est brillant et imperméable, et son bruissement contre ma peau, inhabituel. Je nage dans ses affaires de natation, le sweat à capuche qu'elle m'a filé est au moins une taille trop grande sur elle, ce qui signifie qu'il y a trois tailles de trop pour moi.

— Quoi ? je demande tandis qu'elle me regarde rouler les manches.

— Rien, dit-elle, mais les coins de sa bouche se relèvent alors qu'elle baisse les yeux sur la ville.

— C'est pas ma faute si je suis petite.

Elle éclate de rire et ça la soulève un peu du capot tandis que je monte à côté d'elle.

— Je n'ai rien dit ! proteste-t-elle.

Je marmonne :

— Vous, les grands. Vous vous sentez tellement supérieurs.

— Je ne voulais pas que tu sois obligée de continuer à porter ta robe sale, se défend-elle.

— Et j'apprécie. C'était dégueu. Mais je vais la laver ; ça ira.

Je consulte mon téléphone. Il n'y a que les nouvelles envoyées par Manou, aucun message de ma mère.

J'ai reçu un texto de sa part, une fois. Le matin après mon départ, elle m'a envoyé un smiley pouce vers le haut.

Mais rien depuis. Chaque fois que Manou m'appelle, ma mère dort. Je ne crois pas qu'elle le fasse exprès, mais je ne peux pas m'empêcher de le penser.

Ça recommence. Ma mère s'éloigne de nouveau, sauf qu'il n'y a déjà plus de *nous.* Ça devrait donc me faire moins mal, mais ce n'est pas le cas.

C'est presque plus douloureux.

— On peut tout voir d'ici, dit Tate.

— Oui.

— Je ne suis pas venue ici depuis…

Elle s'arrête, même si nous savons toutes les deux comment terminer cette phrase.

Je ne suis pas venue ici depuis la dernière fois que nous y étions ensemble.

Moi non plus. Mais si je dis ça…

Je ne peux pas dire ça. Si ?

— Penny, dans quoi je m'embarque là ?

Surprise, je la regarde, la gorge nouée parce que je pense comprendre, jusqu'à ce qu'elle ajoute :

— Quand ta mère est retournée vivre avec toi, j'ai cru que c'était parce que ça allait mieux.

— *Elle* va mieux, je réponds. Elle est aussi heureuse qu'elle peut l'être, je crois. Surtout maintenant que ta mère va s'en sortir.

— La maison… C'est comme si vous l'aviez divisée. L'étage est à toi et le rez-de-chaussée, à elle.

— C'est exactement ce que nous avons fait. (Sa bouche se ferme brusquement et ses sourcils bruns se rapprochent comme si j'étais folle ou je ne sais quoi.) Ne me regarde pas de cette façon. Ce n'est pas comme si elle m'avait exilée dans une tour ou un truc dans le genre. Nous n'avons rien planifié. C'est juste que… Elle nous évite Manou et moi, OK ? Quand elle n'est pas au travail, elle passe le maximum de temps possible dans son atelier. Sa chambre est en bas, et elle n'a aucune raison de venir me voir.

— Est-ce qu'il lui arrive de monter ?

— La dernière fois qu'elle l'a fait, elle a essayé de retirer les photos. Je me suis coupée en voulant en récupérer une. Le sang est la seule chose qui l'ait arrêtée. Mais c'était… c'était tout au début. Elle va mieux maintenant.

— Et toi ? dit-elle. Tu vas mieux ? Tu es heureuse ?

Je ne peux pas lui répondre. Ce n'est pas comme si, en disant la vérité, ça deviendrait réel. Ça a toujours été réel.

C'est pour ça que je la fuis.

Comme je garde les yeux rivés sur la ville au lieu de la regarder elle, Tate finit par demander :

— Est-ce qu'au moins tu peux parler de tout ça en thérapie ?

— Elle m'a fait arrêter.

— Quoi ?

— Ma mère m'a fait arrêter la thérapie.

Je lève les yeux sur elle, car elle me fixe avec une telle intensité que je ne peux pas faire autrement.

— Quand ?

— La nuit où tu m'as trouvée ici, je marmonne. On s'était disputées. C'est pour ça que j'étais si énervée.

— Je croyais que vous vous étiez pris la tête parce qu'elle avait vendu l'entreprise de rafting.

— C'était une conséquence de la dispute au sujet de la thérapie.

Elle me regarde comme si j'étais une constellation dont elle essayerait de discerner les contours.

— De quoi parles-tu ?

Je m'assieds en tailleur sur le capot afin de pouvoir poser les coudes sur mes genoux. J'ai besoin d'une sorte de soutien si je dois lui raconter.

— J'ai merdé. Je lui ai demandé de venir à l'une de mes séances. Et dès que Jane, ma thérapeute, a commencé à parler de m'envoyer chez un psychiatre, de médication, et de la possibilité d'un diagnostic autre que le SSPT de l'accident, ma mère est partie en cacahuètes. Et quand Jane a suggéré que je reprenne le rafting…

— Oh, merde, dit Tate.

— Oui. Elle a explosé. Elle m'a sortie de là *manu militari* et m'a dit que je ne remettrais jamais les pieds dans ce cabinet. Et quand nous sommes rentrées à la maison…

Je m'arrête.

Sa main recouvre la mienne, et je sens son pouce caresser la cicatrice sur le mien.

— Tu n'es pas obligée de me le dire.

Je retourne ma main dans la sienne, et nous sommes à présent paume contre paume.

C'est ce que ma mère veut. Que je me taise. Que j'enfouisse les choses en espérant qu'elles ne remonteront jamais.

C'est en train de me tuer.

— Non, je réponds. Tu étais là après. Je veux que tu comprennes l'avant.

43

La fois à Damnation Peak
Penny
Un an plus tôt

Après notre départ du cabinet de Jane, maman ne prononce pas un mot durant tout le trajet du retour. Mais quand nous arrivons, contrairement à ce que je croyais, au lieu de foncer dans son atelier elle entre dans la maison.

Je la regarde disparaître à l'intérieur et reste dans la voiture aussi longtemps que je l'ose. Mais au bout d'environ cinq minutes, je dois sortir. Si je tarde trop, elle risque de revenir me chercher et d'être encore plus en colère parce que je ne l'aurai pas suivie.

Il y a de la lumière dans la caravane de Manou. Je pourrais y aller, je pourrais me cacher.

J'en ai tellement envie.

Dis à ta mère que je l'aime.

Je ne vais pas chez Manou.

Quand j'arrive, ma mère est au téléphone dans le salon.

— Ça me convient, dit-elle alors que j'entre discrètement dans l'espoir de monter l'escalier sans me faire remarquer.

Elle claque des doigts à mon intention et je me fige. Pas d'échappatoire. Je rejoins le salon à contrecœur et reste à la limite du tapis pendant qu'elle dit :

— Super. Merci, Tom. On se voit lundi pour régler les derniers détails.

Ma mère pose son portable et croise les bras.

— Assieds-toi, dit-elle.

Je ne bouge pas.

— Pénélope, *assieds-toi.*

Je prends mon temps. Je me moque de faire monter sa colère.

— Pourquoi parlais-tu avec Tom ?

— Je vérifiais quelque chose, dit-elle. Je voulais m'assurer qu'il ne t'avait pas laissée utiliser l'équipement de rafting.

— Il ne l'a pas fait.

— Es-tu allée sur l'eau ? demande-t-elle d'une voix dure.

— Non.

Elle se lève et se met à tourner en rond devant moi. Par deux fois, elle commence une phrase et s'interrompt. Elle *se tord les mains.* Je ne savais même pas que les gens faisaient ça en dehors de films, mais visiblement c'est le cas. C'est comme si elle ne pouvait pas arrêter de bouger par petites explosions d'énergie qui me mettent mal à l'aise.

— Est-ce que tu me mens ? *Tourne, tourne, tourne.* Tu jures que tu n'es pas allée sur la rivière ? Cette thérapeute… *Tord, tord, tord.*

Mes yeux naviguent de ses mains à son visage, et je ne sais pas pourquoi, mais tout en moi me hurle de fuir.

— Jane essayait de t'expliquer les mécanismes d'adaptation, et tu as explosé au lieu de l'écouter, dis-je en m'efforçant de parler d'une voix aussi calme que possible.

Tourne, tourne, tourne.

— Cette femme veut te donner des médicaments dont tu n'as pas besoin. *Tord, tord, tord.* Elle essaye de te diagnostiquer. Avec des choses que tu n'as pas. C'est de la démence. Et en plus elle t'encourage à risquer ta vie ! Je vais la dénoncer.

— Tu ne vas pas la dénoncer parce qu'elle fait son boulot ? je demande, incrédule. Maman, c'est de la folie, ce que tu racontes...

— Je ne suis pas folle !

Son visage change complètement, une transformation à la Jekyll et Hyde qui me fait reculer dans mon fauteuil.

— Je n'ai pas dit que tu l'étais. J'ai dit que ce que tu racontais...

— Hors de question que je fasse ça, déclare-t-elle. *Tourne, tourne, tourne.* Tu vas m'écouter. Tu vas *bien.* Nous allons toutes les deux bien.

— Maman...

Parce que je ne vais pas bien, et elle non plus. Comment pourrait-il en être autrement ?

— Je m'en suis assurée, dit-elle en hochant la tête.

Elle continue à hocher la tête, tandis que son regard se durcit, et elle répète.

— Je m'en suis assurée.

— De quoi tu parles ?

— Je m'assure que tu auras un avenir, me dit ma mère, puis elle sourit, un sourire vide qui me donne la chair de poule. Ça résout tout. Tu devras suivre les règles, maintenant.

— Qu'est-ce que tu as fait ?

— Je vends la société à Tom, dit-elle avec nonchalance, comme si elle n'était pas en train d'assassiner tous mes rêves.

Tout ce pour quoi papa avait travaillé.

J'ai envie de crier. Mais si je le fais, je suis certaine qu'elle s'y mettra aussi, et si nous craquons toutes les deux, je pense que ce sera terminé.

Il n'y aura plus de retour en arrière possible. Plus de réparation.

Ça m'effraye assez pour que je respire malgré la panique.

— Tu ne peux pas vendre la société, je proteste. Papa a toujours voulu que je la dirige avec lui. Elle était censée me revenir.

Contre toute attente, rester calme ne fait qu'aggraver les choses. Elle continue à faire les cent pas.

— Elle n'est pas à toi, grogne-t-elle. Elle est à moi, je peux en faire ce que je veux. Et je vais la vendre. Je vais tout vendre. Je la réduirais en cendres si je ne pouvais pas en tirer de l'argent.

— Maman…

— Je ne te laisserai pas poursuivre cette folie, dit-elle. C'est toi qui ne mesures pas ce que tu dis. Tu ne vas pas devenir une espèce de zombie sous cachetons. Tu ne retourneras pas sur la rivière. Tu vas avoir une *vie.* Une vie sans danger. Pas une course à l'adrénaline qui finira par te mutiler encore plus que tu ne l'es déjà.

Dès que les mots ont quitté sa bouche, ses yeux s'écarquillent, comme si elle prenait conscience de ce qu'elle vient de dire.

— Putain. Maman, je dis. Vas-y, balance ce que tu ressens vraiment.

— Penny, je…

Elle se fige. Piégée.

— Je ne suis pas *mutilée.* (Ma voix est ferme, mais ma gorge me brûle.) Dire une chose pareille est merdique et validiste.

— Penny, je suis désolée. Mais tu dois m'écouter. Je fais tout ça dans ton intérêt. Tu auras besoin d'argent pour tes études…

— Je n'ai pas l'intention de faire des études, je rétorque. Tu peux invoquer tous les prétextes que tu veux pour détruire tout ce que papa a laissé derrière lui. Mais tu ne le fais pas pour moi.

— Tu ne mourras *pas* ! dit-elle en me pointant du doigt. Hors de question. Et Anna non plus. Plus personne ne mourra.

Les larmes me montent aux yeux, et la douleur aiguë qui me transperce n'est que regret. J'aurais dû aller chez Manou. J'aurais dû me cacher.

— Plus personne ne mourra, répète-t-elle. (*Tord, tord, tord.*) Plus personne ne mourra. (*Tourne, tourne, tourne.*)

Je me lève lentement tandis qu'elle répète en boucle :

— (*Tourne, tourne, tourne.*) Plus personne ne mourra. (*Tord, tord, tord.*) Plus personne ne mourra.

Quelque chose de terrifiant est en train de me nouer le ventre. Je n'ai même pas de nom pour cette abominable inquiétude qui enfle en moi.

Je tends la main pour lui attraper le bras, et elle la dégage d'une tape sèche.

— Lottie ? Qui est en train de crier ?

Maman se tourne brusquement vers Manou qui se tient abasourdie sur le pas de la porte. Je cours vers elle. Son bras s'enroule automatiquement autour de moi tandis que ma mère se défoule sur elle.

— Toi ! hurle-t-elle. C'est toi qui l'as emmenée chez cette thérapeute la première fois.

— Lottie, de quoi…

— Tu veux qu'elle meure ?

— De quoi parles-tu ? demande Manou. Penny, pourquoi n'irais-tu pas dans ta chambre ?

— Ne dis pas à ma fille ce qu'elle doit faire !

— Lottie, as-tu pris tes médicaments ? s'enquiert ma grand-mère.

— Je ne les prends plus. Je n'en ai pas besoin. As-tu entendu les âneries dont cette thérapeute lui a bourré le crâne ?

Manou resserre son étreinte sur moi.

— Penny, va dans ta chambre.

— Je…

— Elle veut la droguer ! Elle pense que ça serait bien qu'elle recommence à faire du raft ! Juste la droguer et la laisser se mettre en danger en retournant à ce qui a pris tout…

— Penny, va-t'en, dit Manou.

À ces mots, ma mère lâche une espèce de cri primal qui me fait si peur que je me mets soudain en mouvement.

Mais je ne monte pas à l'étage. Je vais dans l'entrée, et quand Manou et ma mère commencent à hausser le ton, je prends à droite au lieu d'aller à gauche. Je suis dehors, leurs voix s'estompent. Enfin, elles s'estompent. Et je cours, je cours pour fuir. Je suis si heureuse de ne plus les entendre que je continue à courir.

Et je ne suis plus là.

44

La fois à Damnation Peak
TATE
Un an plus tôt

M : Tate, j'ai besoin d'un immense service.

T : Qui c'est ?

M : C'est Meghan.

Surprise, je cligne des yeux en regardant mon téléphone. Pourquoi diable Meghan me contacte-t-elle ?

T : Qu'est-ce qu'il y a ?

M : Peux-tu monter à Damnation Peak et faire en sorte que Penny ne conduise pas pour rentrer chez elle ? Je suis à peu près sûre qu'elle a trop bu.

M : Correction. Je suis absolument sûre qu'elle a trop bu. Elle ne fait jamais autant de fautes de frappe quand elle est sobre.

Elle va bien ? : T

M : Elle a eu une grosse dispute avec sa mère.

M : C'est compliqué depuis le retour de Lottie.

M : Je suis désolée. Je sais que c'est pas simple pour toi non plus en ce moment avec les soucis de santé de ta mère.

M : Je suis chez mes grands-parents à Sacramento. Sans ça je ne t'aurais pas dérangée.

M : C'est juste que je ne veux pas qu'elle conduise. Et elle ne répond pas à mes textos.

M : Et si je demande à Laurel…

Mon ventre se noue rien qu'à lire le prénom de la petite amie de Penny.

M : Bref.

M : Je pense que tu es un meilleur choix.

M : Laurel se mettrait probablement à boire avec elle.

T : Je pars tout de suite.

M : Je te revaudrai ça.

T : Ne t'en fais pas pour ça.

• • •

Quand j'arrive à Damnation Peak, d'où on peut voir toutes les lumières de la ville et le ruban sombre et scintillant de la rivière qui serpente à travers, elle est appuyée contre sa voiture en train de fredonner d'une voix avinée, une boutelle de vodka à la main.

Ce n'est pas une petite bouteille. C'est un de ces gallons bon marché que Marion utilise pour faire tremper les herbes de ses teintures.

— Bon sang, Penny, ça doit avoir un goût de Javel, je lui dis en sortant du camion et en claquant la porte.

Tout son visage s'illumine en me voyant.

— Tate !

— Penny. Où sont tes clés ?

— Dans la voiture, dit-elle. Tu viens d'où ?

— Meghan ne voulait pas que tu termines dans le ravin ou que tu tues quelqu'un.

Penny se renfrogne.

— Je ne comptais pas conduire, proteste-t-elle.

— Il est genre 22 heures. Que… ?

— Je vais dormir dans ma voiture.

Je la dévisage.

— J'ai des couvertures ! Elles sont douillettes.

— Penny…

— Tu en veux ?

Elle se redresse en poussant sur la voiture et me tend la vodka.

J'attrape la bouteille et la vide par terre.

— Hey !

Elle me fusille du regard, mais se contente de vaciller sans même essayer de m'arrêter.

— Tu as assez bu.

— Tu sais même pas ce que j'ai bu !

— Je peux le deviner. (Je prends les clés sur le contact et m'assure que le frein à main est bien enclenché.) Tu veux rentrer ?

— Ma mère est là-bas, donc *non.* Je veux pas rentrer.

— OK, je dis en m'adossant contre sa voiture. On peut rester pour l'instant. Mais tu ne peux pas dormir ici, Pen.

— Puisque j'te dis que j'ai ce qu'il faut, dit-elle.

Elle se dirige vers son break, ouvre la portière d'un geste dramatique accentué par son ivresse, puis brandit une couverture en polaire.

— Tu vois ?

Elle l'enroule autour d'elle comme une cape en la faisant voler sous mon nez.

Elle est trop mignonne, même triste et bourrée à ce point. Je ne peux me retenir de glousser.

Ses yeux s'écarquillent.

— Bah ça alors ! Aurais-je fait rire Miss Sérieuse ?

Elle bondit vers moi, en dégageant d'un coup de pied la bouteille de vodka vide qui roule sur le sol en pente.

— Oups.

Puis, elle me dit :

— Tu rigoles jamais. Tu es toujours super triste.

— Je ne suis pas…

Je ne peux pas terminer ma phrase, parce qu'elle tend la main et pose le doigt entre mes sourcils. Elle est dans mon espace, mais trop ivre pour s'en rendre compte et garder ses distances comme elle le fait d'habitude.

(On regarde. On ne touche pas. Parce que quand ça nous arrive…)

— Tu as un petit pli, me dit-elle. Juste là. Parce que tu es triste.

— Je pense que c'est toi qui es triste, ce soir, je lui dis en écartant doucement sa main.

(Elle ne me laisse pas la lâcher.)

— Que s'est-il passé ? je demande.

Elle lâche brusquement mon poignet, et replace une mèche de cheveux derrière son oreille.

— Rien, dit-elle. Rien. Ma mère a juste détruit toute ma vie. C'est tout.

— Penny… Qu'est-ce… ?

Elle se détourne de moi, soudain agitée. La couverture s'envole avec le mouvement, et elle la serre davantage contre elle.

— Qu'est-ce qu'elle a fait tout ce temps où elle vivait avec toi et ta mère ?

— Je pense que c'est à elle que tu devrais demander ça, je réponds avec prudence.

Son regard a toujours eu le pouvoir de me transpercer. Plus aiguisé que n'importe quelle lame.

— Je te le demande à toi.

Je me mords la langue. Il y a tellement à dire. Trop.

Ses yeux brillent dans la lumière des phares de mon camion. Elle a l'air presque sauvage. Une fille à cran. Un faux mouvement et je la perds.

— Vous avez dû mettre ses cachets sous clés ? demande Penny.

Comme je prends trop longtemps pour répondre (parce que *oui*), elle hausse les épaules et dit :

— Manou a dû le faire pour les miens.

Elle ne détourne pas les yeux ; elle me regarde comme si c'était un défi et non pas un putain de crève-cœur.

(Si je me réveille un matin et qu'elle n'est plus là...)

Je n'hésite même pas. Je franchis l'espace entre nous, quatre pas et demi, et elle se retrouve dans mes bras, la tête enfouie dans mon épaule. Le bout de son nez froid contre ma peau.

Elle se raidit le temps d'une respiration, puis elle m'enlace à son tour. Ses bras serrés autour de ma taille, tandis que ses larmes coulent sur ma poitrine.

— Chaque fois que je crois avoir récupéré un petit quelque chose, elle me le prend, sanglote Penny. Pourquoi elle ne peut pas me laisser tranquille ? Elle m'en veut encore. Elle voudrait que je sois morte, et pas lui. Et moi aussi, je préférerais que ce soit lui qui soit en vie.

Je l'écarte afin qu'elle voie mes yeux. Afin qu'elle lise la vérité sur mon visage.

— Pas moi, dis-je rapidement, alors qu'elle cligne des yeux, surprise par la férocité dans ma voix. Ton père ne le voulait pas non plus. Il t'a sauvée. Tu es ici, en ce moment, avec moi, parce qu'il t'aimait tellement que la toute dernière chose qu'il a faite a été de te sauver. Elle ne peut pas te prendre ça... personne ne le peut.

Les larmes tracent de petits sillons sur son visage pendant qu'elle lève sur moi des yeux humides.

— Personne ne peut te le prendre, lui, j'insiste.

— Mais elle continue d'essayer, dit Penny d'une voix rauque. Ça serait plus facile si j'abandonnais.

— Penny, tu es la personne la plus têtue que j'aie jamais rencontrée. Il ne serait pas plus facile de céder au comportement merdique de ta mère. Oublie-la. Juste une minute. Regarde-moi. Calme-toi. Écoute ton cœur. Là. Respire avec moi.

Je prends sa main et l'appuie contre sa poitrine en la recouvrant de la mienne. Les battements affolés de son cœur font vibrer sa peau et la mienne, mais progressivement, avec chaque respiration, ils commencent à ralentir.

Ce n'est pas de la méditation, même si c'est de là que je tiens l'idée. Ça ne ressemble pas à ça quand c'est elle et moi. Quand mes doigts sont pressés contre les siens avec la courbe de son sein juste sous ma paume ; quand ses yeux, ces yeux noirs comme un puits sans fond, scintillent sans presque cligner alors qu'elle plonge son regard dans le mien, comme si j'étais un dessin auquel il manquerait quelque chose.

— Pourquoi tu es venue ? s'enquiert Penny.

— Je te l'ai dit, Meghan me l'a demandé par texto.

— Tu aurais pu transmettre l'info à Manou. Ou à Laurel.

Le prénom de Laurel remet tout en place. Comme si je m'étais jusque-là perdue dans une espèce de conte de fées. Retour à la dure et froide réalité.

— Tu *veux* que je contacte Laurel ?

J'ai à peine fini de parler qu'elle secoue la tête. Et c'est si chou (je suis si égoïste) que je n'essaye même pas de m'écarter d'elle.

(Je me répète que je vais le faire. Oui, je vais le faire.)

— Pourquoi tu es venue ? insiste-t-elle.

— Tu es ivre, je l'avertis.

— Tu es toujours là pour moi, dit-elle. Pourquoi ?

— Penny…

— *Pourquoi ?*

Je déteste la confusion qui filtre dans sa voix. Ça me donne envie de répondre pour de vrai.

— Est-ce que Laurel a raison ?

Mon sang se glace dans mes veines. Ma main lâche la sienne (ma peau souffre de ne plus sentir battre son cœur).

— De quoi tu parles ? je demande d'une voix tremblante.

— Elle ne m'a pas crue quand je lui ai dit qu'on n'avait jamais…

Mon ventre se noue.

— Elle a dit qu'il devait y avoir quelque chose… (Penny laisse échapper un rire nerveux.) Elle a dit qu'il était évident qu'on… (Elle lève les yeux au ciel.) Elle s'est montrée un peu garce, en vrai.

— Laurel est toujours un peu garce, je rétorque.

Un gloussement monte si soudainement à ses lèvres qu'elle se plaque la main sur la bouche.

— Elle a raison ? répète Penny à travers ses doigts.

— Laurel est paranoïaque, je réponds en essayant de me dégager pour de bon, mais de toute évidence, elle a bu trop de vodka, car elle dit :

— Je me demande si je... (Elle me tapote les lèvres, légère comme une plume, puis après ce qui ressemble à une hésitation, elle me caresse les lèvres du bout des doigts et je suis juste...)

Foutue. Putain, je suis complètement foutue.

(Mais ce n'est pas possible. Il y a tellement de raisons de partir, et si peu de ne pas bouger... pourtant, je ne bouge pas.)

— Je me demande tout le temps qu'est-ce qui te rendrait heureuse, dit Penny. Tu ne souris que quand tu es avec ta mère.

— Penny.

Mes mots vibrent contre sa peau. Si elle levait la tête un tout petit peu...

(Si je baissais la mienne un tout petit peu...)

— Qu'est-ce qu'il faudrait ? dit-elle.

(Son pouce est sur ma lèvre inférieure. Et la caresse... doucement. Je ne savais pas qu'on pouvait être touchée si délicatement. Si merveilleusement.)

J'aimerais que la réponse soit aussi simple que « *toi* ». Mais ça ne l'est pas. Ni pour elle ni pour moi. Nous sommes trop brisées. Notre timing est toujours mauvais. Elle ne fait ça que quand elle a bu.

(J'ai envie de capituler. J'ai envie de me noyer entre ses lèvres. J'ai envie d'être faible et de prendre, prendre et prendre encore.)

Mais je ne peux pas. La vie lui a déjà trop pris. Je ne vais pas foutre en l'air son couple. Même si je n'aime pas Laurel.

J'enveloppe sa main dans la mienne et l'écarte de mes lèvres. Ses yeux papillonnent... douleur ou soulagement ? Je ne sais pas.

— Je serais heureuse que tu me laisses conduire, que tu boives de l'eau, et que la prochaine fois tu envoies un message à ta copine pour qu'elle vienne te chercher.

Elle pince les lèvres, et si je n'étais pas si en colère, je me ratatinerais sous la fureur de son regard.

— Dégonflée, dit-elle, puis elle me dépasse et se dirige vers mon camion.

CINQUIÈME PARTIE

VÉRITÉ

(ou : La fois sur le parking du restaurant)

45

11 juillet

R : La statue d'ours pour la tombola vient d'être livrée chez moi.

M : Super ! Pour l'instant, j'ai récupéré les bons cadeaux à la boulangerie Talbot, au magasin de bricolage et à la boutique d'antiquités.

R : Meghan, tu ne m'as pas dit que l'ours faisait 1 m 80 de haut !

M : Oups. Désolée ! J'ai cru que c'était évident.

R : Il est au milieu de l'allée du garage. Le livreur et moi avons eu un mal de chien à le sortir du camion, tellement il est lourd.

M : Tu as besoin d'aide pour le bouger ?

R : C'est une statue d'ours d'1 m 80 taillée d'une seule pièce dans un tronc de chêne lourd comme pas permis. Oui. J'ai besoin d'aide pour le bouger.

M : J'en connais un qui est grognon.

R : Le chien du voisin est en train de péter un câble. Il croit que Barry est un vrai ours.

M : Tu veux dire Berry.

R : Meghan.

M : Admets que tu es en train de rire.

M : Ou au moins de sourire.

Remi est en train de taper…

Remi est en train de taper…

R : Tu m'as eu.

M : Vraiment ?

R : Vraiment.

M : Je serai là dans une demi-heure.

46

TATE

— Drew et toi vous êtes ligués contre moi, se plaint maman tandis que je finis de m'attacher les cheveux pour le travail pendant notre appel en visio.

Je glisse la dernière épingle dans la natte enroulée autour de ma tête. Après presque trois semaines à bosser à la brasserie, Penny et moi avons mis en place une routine. Debout à 4 heures, footing à 5, piscine à 7 heures, Penny au boulot à 10, puis je commence mon service à 11 heures.

Tout n'a pas été simple à la maison. Il y a encore des cartons partout parce que je ne sais pas où tout ranger sans demander à nos mères. Penny n'est pas du matin, et elle boit tout le café, mais elle ne se plaint jamais d'avoir de l'avoine épointée à chaque petit déjeuner ni d'être obligée de courir plus de six kilomètres cinq jours sur sept.

On dîne sur la table de la cuisine au lieu de la salle à manger. Aucune de nous ne l'a exprimé à voix haute, mais je crois que la pièce nous semble bizarre avec juste nous deux dans la maison. Parfois, alors qu'on mange le plat donné par les cuisiniers de la brasserie, comme si on n'était pas capables de faire nous-mêmes nos repas, elle travaille sur son bullet journal, et parfois, je prends un des romans policiers abandonnés par Marion. Mais à d'autres moments, on discute.

Maintenant qu'on n'a personne d'autre avec nous, il y a des jours où c'est comme si on ne pouvait pas s'arrêter.

— Je ne peux pas croire que ma propre fille me trahisse pour l'ennemi, dit maman sur un ton dramatique.

Je m'arrache à mes pensées à propos de Penny et reporte mon attention sur le téléphone.

— En quoi Drew est-il ton ennemi, vu que c'est ton bras droit ?

— Il n'arrête pas de se vanter par texto du fait que tu es douée avec un couteau, comme si je n'y étais pour rien !

Je réprime un petit rire.

— Maman, je ne peux pas mettre un pied dans cette cuisine, et ne serait-ce que respirer, sans que lui ou Louisa soient genre « Oh, c'est Anna tout craché ». Donc je pense que tu n'as pas de souci à te faire, ils savent très bien de qui je tiens ma dextérité avec un couteau.

— Je préfère ça, dit-elle, faussement grincheuse.

— Raconte-moi ce qu'ont dit les docteurs, je demande en sortant mon baume à lèvres de mon sac pour l'appliquer.

Les toilettes de la brasserie sont minuscules, mais propres. En partie parce que c'est l'un de mes boulots.

— Tout va bien, répond-elle, en restant vague, comme d'habitude. Le dernier check-up de Lottie sera probablement la semaine prochaine.

— Déjà ?

— Ça fera trois semaines, dit maman.

— Penses-tu que tu pourras rentrer toi aussi ?

— Je vais sûrement devoir rester pendant les quatre semaines complètes, dit-elle. Mais ne me distrais pas de ma mission : je veux savoir combien de temps Drew laisse la levure dans l'eau tiède…

— Maman.

Je lui lance un regard d'avertissement.

— Je m'ennuie, dit-elle en s'agitant dans son lit.

— Marion n'arrive pas à t'occuper avec des jeux de cartes ?

— Elle a gagné mes bonbons ! Tous mes bonbons ! Je vais devoir commencer à écrire des reconnaissances de dettes.

— Accumuler des dettes de bonbons, c'est le début de la ruine, maman !

Elle s'esclaffe.

— Oh ma puce, qu'est-ce que tu me manques.

— Tu me manques aussi, je réplique, la gorge serrée.

Quelqu'un frappe à la porte des toilettes.

— Je dois y aller.

— N'oublie pas de regarder Drew faire la pâte !

J'éteins mon téléphone pour aller travailler.

Quand je termine enfin mon service, je sens le ketchup et la bière, et Penny m'attend dans le parking depuis trois heures.

— Longue journée ? demande-t-elle quand j'ouvre la portière.

— Maman fait toujours une fixette sur la pâte à bretzels, dis-je juste pour la faire rire.

Mais je n'obtiens qu'un sourire pincé et fugace. Elle a son bullet journal étalé sur un plan de travail pliant fabriqué pour se caler autour du volant.

— Où as-tu dégoté ça ?

— Meghan l'a fait pour moi, dit Penny. Je t'ai dit qu'elle aimait bricoler des trucs.

Elle ne range pas ses feutres ni son cahier. Au lieu de ça, elle triture le bouchon de son feutre bleu, les yeux baissés sur le journal.

Il est ouvert sur les comptes de la maison, et la page est décorée de petits flocons de neige.

— Tu es en train de planifier le budget pour l'hiver ?

Elle confirme d'un hochement de tête.

Je balaye du regard la grille qu'elle a faite avec les coûts attendus et l'argent en banque. Il y a beaucoup plus de coûts que d'argent.

— Je m'inquiète pour le chauffage, admet Penny. Le bois est cher, mais le gaz encore plus. Et ma mère met un chauffage d'appoint dans le garage quand elle travaille, ce qui fait flamber la facture d'électricité.

— Ma mère doit rester au chaud, dis-je. Elle ne peut pas tomber malade.

— C'est pour ça que je veux m'assurer qu'on a tout ce dont on a besoin, mais je n'ai aucune idée de comment faire avec notre nouveau budget.

— On ne peut pas abattre un arbre et couper notre propre bois de chauffage pour ne pas avoir à l'acheter ?

Elle fronce les sourcils en faisant tourner son stylo entre ses doigts.

— Si tu abats un arbre, il faut le faire sécher. Mais il y en a un qui est tombé l'hiver dernier. À l'arrière de la propriété. Il n'a écrasé aucune des barrières, alors Manou l'a laissé.

— C'est un pin ?

— Oui.

— Le pin brûle vite, je dis.

— Le chêne est mieux, confirme-t-elle. Mais c'est un gros arbre. Donc beaucoup de bois. Il faudra que tu m'aides. Je ne peux pas utiliser la tronçonneuse sur de trop longues périodes. Mes mains…

— Bien sûr, je réponds avec empressement.

Elle sourit.

— Merci.

— Qu'est-ce que c'est que ça ? je demande, alors qu'on s'arrête devant le portail.

Derrière, dans l'allée, il y a le camion de Remi et juste à côté, une statue d'ours géante.

Penny se gare derrière le camion.

Dressé sur ses pattes arrière avec une mûre géante posée sur l'épaule comme un sac de farine, l'ours est plus grand que nous deux.

— C'est un ours brun, déclare Penny debout devant la statue, les mains sur les hanches.

Elle a raison, on dirait l'une des statues qui se trouvent à l'extérieur du Blackberry. Tous les restaurants de la chaîne en ont au moins trois. C'est probablement requis par la franchise, un truc dans le genre.

— Qu'est-ce qu'il fiche ici ? *Meghan !*

Sa voix monte jusqu'à un cri pour appeler Meghan.

— Dans la prairie !

Je suis Penny derrière la maison jusqu'à une grande étendue d'herbe jaune qui aurait bien besoin d'un coup de tondeuse. Je devrais lui demander de le mettre dans une des to-do listes de son bullet journal.

Meghan a étalé une couverture et Remi, allongé sur le dos les mains derrière la tête, regarde le ciel.

— J'ai fait une salade de pâtes, annonce Meghan en nous voyant.

— C'est quoi le truc avec l'ours ? s'enquiert Penny en se laissant tomber à côté d'elle et en prenant le bol que lui tend Meghan.

— C'est le grand prix pour la tombola de la collecte, explique-t-elle.

— Meghan l'a appelé Berry, dit Remi.

— Comment avez-vous fait pour en avoir un ? demande Penny, incrédule. Le couple qui les sculpte n'en fait que pour les restaurants.

— De la chance sur le timing et une dose de charme, répond Meghan. Mais il faudra s'occuper du transport pour la personne qui le remportera, si elle est du coin.

— Il faut deux personnes pour déplacer Berry, dit Remi. Meghan et moi, on a réussi à…

— J'ai failli le lâcher sur ton pied !

— Je ne l'avais pas mentionné par gentillesse.

— Un peu plus et je lui broyais les os, dit gaiement Meghan. Mais on voulait dégager Berry de l'allée de Remi.

— Le chien d'un des voisins l'avait pris en grippe, ajoute-t-il.

— On peut le laisser ici jusqu'à samedi ? s'enquiert Meghan.

— Bien sûr, répond Penny. C'est trop bon, dit-elle à Meghan en désignant son bol avec sa fourchette.

Le visage de Meghan s'illumine.

— Cool, parce que je vais en faire pour accompagner le barbecue.

— Est-ce que vous avez une date pour le retour de vos mères ? demande Remi.

— Les docteurs ont dit que ma mère pourrait rentrer à la maison mercredi prochain.

J'ai l'impression de recevoir un coup de poing dans le ventre.

— Quoi ? Quand ?

Penny pose sa fourchette.

— Manou m'a envoyé un message quand je quittais le travail. Ma mère est encore en train d'essayer de décider si elle veut rentrer ou attendre Anna.

— Tu vas aller la chercher ?

— Si elle veut rentrer, oui, répond Penny. Elle est en train de rendre Manou cinglée. Il vaudrait probablement mieux qu'elle revienne. Histoire qu'elles prennent un peu de distance.

— À son retour, elle va vouloir en faire trop. Tu le sais, je l'avertis.

— Je songeais à changer la serrure de son atelier afin qu'elle ne puisse pas y aller.

— Excellente idée, dis-je, sincère.

— Penny ! la rabroue Meghan.

Remi ricane tandis que je m'allonge sur le dos à côté de lui. Les yeux rivés sur le ciel, je me laisse porter par les bavardages.

(Avec le retour de Lottie, il n'y aura plus beaucoup de moments de paix.)

47

Penny
20 juillet

Mon seul jour de congé, je dors jusqu'à 9 heures, ce qui est fantastique. Tate n'est pas encore rentrée de la piscine quand je me rends au garage préparer la tronçonneuse.

Je franchis la porte qui mène à la partie du garage occupée par Manou. Ma mère est spéciale quand il s'agit de son atelier. Elle travaillait déjà ici avant la mort de papa, une faveur de Manou qui aujourd'hui me fait frémir, car ma mère ne s'est pas uniquement éloignée de moi. Avant, elle et Manou n'étaient pas… Si calmement en colère l'une contre l'autre, à défaut de pouvoir le formuler différemment.

J'ai peur que la situation empire. Elles n'ont jamais eu à vivre sous le même toit. Manou a emménagé dans la caravane le jour où maman nous a rejointes, et elles sont douées pour s'éviter. Même quand Manou fait des allers-retours dans la cuisine et dans le jardin.

Mais elles n'ont pas cette possibilité à Sacramento. J'entends la tension dans la voix de Manou quand nous discutons, et dans les silences de ma mère durant ses rares appels. Manou est impatiente de rentrer à la maison, je le sens.

Je tire sur la chaîne de l'ampoule et balaye la pièce du regard à la recherche de la tronçonneuse.

Elle est rangée sous l'établi, dans une caisse en plastique vert. Je la sors avec précaution, et la pose dehors avant de retourner à l'intérieur pour récupérer une scie, un sécateur et une hache sur le mur où Manou accroche ses outils. Je prends aussi un bidon d'essence et un extincteur.

Je suis en train de tout installer sous un soleil éclatant quand je vois mon break remonter l'allée.

— Bien nagé ? je demande à Tate qui descend de la voiture avec une boîte de boulangerie rose.

— Oui. Je t'ai apporté des donuts.

Je lui prends la boîte et je l'ouvre. À l'intérieur, il y a six sublimes donuts crumble à la cannelle.

— Tu as renoncé à l'avoine aujourd'hui ? je m'enquiers, même si je connais la réponse.

C'est non. Elle a mangé son avoine, mélangée avec du beurre de cacahuètes, elle a couru six kilomètres, puis elle est allée nager Dieu sait combien de longueurs de bassin avant de revenir avec ces donuts pour moi, parce que… Pourquoi ?

Parce qu'elle sait que je les aime ? Mes joues s'enflamment à cette pensée.

— Tu as besoin de carburant pour aujourd'hui. Je ne voudrais pas que tu t'épuises.

— Tu veux te reposer un peu avant qu'on se mette au travail ?

— Non, répond-elle. Ça va.

Elle retire sa chemise en flanelle sous laquelle elle porte un T-shirt blanc, vestige d'une course à pied, dont non seulement elle a découpé le cou, mais qu'elle a également transformé en débardeur effiloché en bas. Les franges du T-shirt dansent le long de sa taille, et je suis sans cesse distraite par les morceaux de peau que j'aperçois à travers.

Je me racle la gorge et enfourne un donut dans ma bouche pour penser à autre chose.

— Ça sera plus facile, si nous chargeons la tronçonneuse et tout le reste dans la brouette, dit Tate.

Je hoche la tête en savourant la délicieuse pâtisserie.

La propriété de Manou est en terrasses. La maison et la prairie attenante sont sur un niveau, la route est située derrière la maison, puis il y a une pente qui monte doucement vers la forêt qui se trouve au-delà. Le pin qui est tombé est proche de la limite de la propriété et de la vieille clôture de barbelés maintenue par d'anciens poteaux téléphoniques. Un bricolage de mon grand-père, peu de temps après son mariage avec Manou. *A priori*, il a eu les poteaux à un bon prix, puis les a découpés afin de construire une clôture pour que le chien que voulait ma grand-mère ne puisse pas s'enfuir.

Nous poussons la brouette sur la route de terre, mais après avoir dépassé la caravane de Manou, nous devons l'abandonner. J'attrape les outils et l'extincteur, tandis que Tate se charge de la tronçonneuse et du bidon d'essence. Puis nous grimpons ensemble jusqu'à la clôture.

— Est-ce que ta mère s'est décidée ? demande Tate.

— Oui. J'irai la chercher le lendemain de la collecte.

Je marche derrière elle au milieu des pins. Les aiguilles trop sèches qui tapissent le sol crissent sous nos pas. Nous serons bientôt dans la période la plus dangereuse de la saison des feux qui va durer plusieurs mois, c'est pourquoi j'ai apporté l'extincteur. Il suffirait qu'une étincelle produite par la tronçonneuse retombe au mauvais endroit pour qu'une centaine d'acres se transforment en brasier.

— Son retour ne te dérange pas ?

— Mieux vaut ça que de la voir se déchaîner sur Manou, je réponds. Elles ont besoin d'espace ou ça va tourner à la catastrophe. Ta mère doit éviter le stress… et elle s'entend bien avec Manou. C'est mieux comme ça.

— Dans ce cas, il va falloir qu'on débarrasse la cuisine et le salon, dit Tate.

— Tu veux venir avec moi à Sacramento ? Comme ça tu pourras voir ta mère.

— Si je peux échanger mon service avec quelqu'un, oui. Attention, un nid d'écureuil !

Elle contourne l'espèce de boule composée de feuilles et de poils de chiens errants.

— S'il te plaît, essaye de trouver quelqu'un, je lui demande d'une voix presque suppliante. Je n'ai pas envie de passer des heures en voiture seule avec ma mère.

— Tu veux que je fasse tampon, c'est ça ?

— *S'il te plaît ?* S'il le faut, j'aurai recours à mes yeux de chien battu.

Elle me lance un regard en coin.

— C'est à ça que ça va ressembler, la vie avec un troupeau de Conner ?

— Nous ne sommes pas des oies. Nous devrions au moins être un parlement de Conner. Comme les hiboux. Ou une volée, comme les corbeaux. Les corbeaux sont intelligents. Ils forment des liens complexes, et ils ont des relations transactionnelles, comme les humains.

— Ce sont juste des dinosaures à plumes.

— Beaucoup de dinosaures avaient des plumes. L'image que nous nous en faisons en nous fondant sur les squelettes et les fossiles est probablement inexacte. Mais je suppose qu'il faudra attendre que quelqu'un crée un vrai Jurassic Park pour le savoir.

— Ou bien, on pourrait tirer une leçon des films et ne *jamais* le faire, rétorque Tate. Le fait que tu en parles comme de quelque chose qui va certainement se produire m'inquiète un peu.

J'esquisse un sourire au souvenir de toutes les heures passées à regarder ces films et à en discuter avec mon père.

— Je dis juste que je serais la première dans la file d'attente.

— C'est malin, maintenant tout le temps où on va être dans les bois je vais flipper de me faire attaquer par un vélociraptor, déclare Tate, et je ne peux m'empêcher de rire.

Nous arrivons au niveau du sommet de l'arbre tombé dont les branches s'étalent sur le sol. Il est mort depuis si longtemps que ses aiguilles sont brunes.

Un arbre tombé est chaotique. On n'imagine pas à quel point il est grand avant qu'il soit à terre. Quand ils tombent, les arbres semblent déplacés, et en même temps non, car en réalité c'est nous qui ne sommes pas à notre place. Les arbres appartiennent à la forêt qu'ils soient debout ou au sol.

— C'est quoi le plan ? demande Tate.

— Élaguer l'arbre et mettre les branches de côté pour en faire du petit bois. Puis utiliser la tronçonneuse. Il va falloir trouver un endroit plat pour couper à la hache les rondins que nous aurons obtenus, ensuite il n'y aura plus qu'à descendre les bûches avec la brouette.

Je prends la hache, heureuse de constater que ma main ne me fait pas trop souffrir quand je l'agrippe.

— Ça marche, dit Tate.

Elle penche la tête et m'observe d'un air pensif.

— Quoi ?

Mes doigts s'enroulent autour du manche et je baisse les yeux. Est-ce qu'elle regarde mes cicatrices ?

— Tu te souviens de ce livre qu'on avait lu à l'école primaire ?

— Quel livre ?

Elle prend la scie et se dirige vers l'arbre. Puis elle se fraye un chemin à travers les branches pour atteindre le tronc.

— Celui qui t'a donné envie de partir dans les bois avec une hache ?

— *Crash en forêt* ?

— Oui. C'est ça.

Le sourire sur mes lèvres ne m'est pas familier. Parce que je n'ai pas souvent l'occasion de parler de souvenirs dans lesquels il joue un rôle. Mais Tate ne cesse de m'en soutirer.

— Toutes ces nuits, mon père campait à une centaine de mètres, là où je ne pouvais pas le voir.

Elle sourit. Un de ces sourires si difficiles à obtenir, qui s'épanouissent lentement, et qui vous donnent l'impression d'avoir au creux de la main la lumière d'une étoile.

— Ça ne m'étonne pas de lui.

— Qu'est-ce que tu m'as chambrée pour l'avoir fait à l'époque, je lui rappelle en la rejoignant dans le fatras de branches.

— Parce que je trouvais ça trop cool, et je ne voulais pas que tu le saches.

— Elle l'admet enfin, je m'exclame en parlant au ciel, ce qui lui arrache un rire.

— Grillée, dit-elle.

Elle semble presque pétiller… et Tate ne pétille pas. Elle frémit, mais plus autant qu'avant. Peut-être que maintenant elle va pouvoir pétiller. Peut-être que le poids de l'inquiétude a diminué, juste un tout petit peu. Je l'espère. Elle le mérite.

Nous nous mettons au travail et trouvons notre rythme. Elle scie, je hache. Je dois faire une pause tous les dix coups environ, pour étirer les doigts de ma main droite, mais elle ne fait aucun commentaire, et j'essaye de ne pas laisser mes yeux se poser sur elle quand je m'arrête et qu'elle est encore en mouvement.

Mais Tate en mouvement…

Elle n'est que force et efficacité, les franges de son T-shirt virevoltent tandis qu'elle casse une branche à moitié sciée d'un puissant coup de botte.

De la sueur me dégouline dans le dos, et ce n'est pas parce qu'il fait chaud dehors. C'est elle. Ce sont les souvenirs.

Le souvenir de ses cuisses contre les miennes, celui de la pente ferme de son ventre et de l'envergure de sa cage thoracique sont imprimés dans ma mémoire et dans mes mains…

— Ça va ?

Elle m'arrache à mes pensées et je devrais être reconnaissante, mais mon corps n'a qu'une envie, protester.

— Oui. (Je détourne le regard.) Je fais juste quelques étirements pour mes mains.

— Dis-moi quand tu auras besoin de faire un break.

— Ça va, j'insiste.

— OK. Dans ce cas, je te dirai quand *moi*, j'aurai besoin d'un break, réplique-t-elle, sereine.

Je lève les yeux au ciel et me remets à l'ouvrage.

— Alors c'est quoi tes projets ? je lui demande quinze minutes plus tard, quand le silence m'est devenu insupportable.

J'aurais dû prendre mon téléphone pour mettre de la musique.

— Hmm ?

— Tu sais tout des miens pour après le lycée. Pour le meilleur et pour le pire.

— Tu essayes de récolter de quoi me faire chanter ?

— Pfff. Tu es d'une honnêteté désespérante. Je te parie cent dollars que ta mère connaît tous tes projets.

Elle se tait un instant et répond.

— Je ne prendrais pas ce pari.

— Ah ! Tu vois ? J'avais raison. Alors quels sont tes projets ? Ils doivent avoir évolué au-delà de « juste te tailler d'ici ».

Elle continue à scier. En avant, en arrière, et je pense qu'elle se satisferait peut-être indéfiniment de ce raclement rythmé, mais elle est forte, et sa main est sûre. Elle finit donc par venir à bout de la branche qui se sépare du tronc dans un craquement.

— C'est plus que juste « me tailler d'ici » maintenant, admet-elle.

— Mais encore ?

Elle bascule sur ses talons et me regarde depuis le haut de l'arbre. Ses mains sont-elles aussi collantes de sève que les miennes ? Il suffirait que j'avance et que j'enjambe la pile de branches pour tendre la main et le savoir.

— Trouver une université qui veuille de moi dans son équipe de natation et finance mes études. Obtenir un diplôme. Dégoter un travail qui paye bien et assez stable pour que maman n'ait plus à s'en faire pour l'argent ou les assurances.

Elle compte les étapes sur ses doigts, et je me demande : est-ce qu'elle se souvient ? Cette nuit dans la remise, quand je lui ai parlé de mon plan de vie en trente-cinq points ? Pendant des années, je me suis raconté que, ce soir-là, elle avait bu plus que moi… que c'était pour ça qu'elle était restée si calme et vulnérable quand j'avais pris son visage entre mes mains. Elle ne s'en souvient probablement pas de la même façon que moi. Ni de ce moment dans la remise à foin ni de ceux sous le porche ou à Damnation Peak.

Mais là… la façon dont elle me regarde, presque avec défi, me fait douter.

— Quel genre de diplôme ? Quel genre de boulot ?

— Comptabilité, ou un truc dans ce style, je pense.

Ce n'est pas ce à quoi je m'attendais.

— Vraiment ?

Elle hausse les épaules en posant la scie sur une grosse branche.

— Je suis douée pour les chiffres et pour les conneries des gens.

— Ce n'est pas faux.

Je traîne un autre paquet de branches à l'écart du tronc, et l'ajoute à la pile grandissante que j'ai commencée à quelques mètres de l'arbre.

— Mais c'est vraiment ce que tu veux ? je demande.

Je ne peux pas m'en empêcher, parce qu'elle a parlé de sa mère ; elle n'a pas parlé d'elle… et si elle est dans mon camp, cela veut dire que je dois être dans le sien, non ?

— Je pense que ça pourrait être cool, se contente-t-elle de dire.

J'essaye sa technique et attends qu'elle poursuive. Après au moins une minute à scier, elle reprend enfin :

— J'ai pensé que je pourrais m'installer à Los Angeles, et essayer de travailler pour les gens qui gèrent l'argent des athlètes, un truc dans le genre. Si j'arrive à entrer dans la bonne université.

L'image devient plus claire à mesure qu'elle y ajoute des détails.

— Donc tu veux gérer de grosses sommes.

— Beaucoup de personnes dans le milieu des sports pro viennent de familles comme les nôtres, explique Tate. Ça passe ou ça casse.

— Tu vas être la secouriste de leur argent ?

Elle baisse la tête, et je comprends qu'elle essaye de cacher son sourire. Mais c'est impossible, je sais à quoi ressemblent l'angle de son cou et la courbe de sa joue selon qu'elle sourit ou pas.

— Je ne crois pas que je mettrais ça sur mes cartes de visite.

— Je suis terriblement vexée.

— C'est ce que je vois.

— Tu serais douée pour ça, je lui dis. C'est évident.

— Tu crois ?

Si sa sincérité avait été une dague, je serais morte sur le coup.

— Oui, très douée. Parce que tu es difficile à énerver.

Elle laisse échapper un souffle – presque un rire – et reporte son attention sur la branche.

— Je ne dirais pas ça, marmonne-t-elle si doucement que je me demande si je suis censée l'entendre.

Alors je fais comme si ce n'était pas le cas, je reprends la hache et recommence à couper le bois.

48

TATE
22 juillet

Le jour de la collecte, même avec la rampe, nous devons nous y mettre à trois pour charger Berry dans le camion de Remi. Meghan est déjà au magasin en train d'installer les tables et les barbecues.

— Tiens, attrape ce bout, dit Remi en lançant la corde de l'autre côté du coffre du pick-up.

À côté de moi, Penny hésite et ne bouge pas.

Merde. L'accident.

— Je l'ai, je dis en m'emparant de la corde. Je vais le faire.

Elle lève les yeux, et son soulagement est palpable.

— Merci, chuchote-t-elle en jetant un coup d'œil à Remi.

Il n'a rien remarqué, ou alors il fait comme s'il n'avait rien remarqué.

— Je pense que c'est bon, je dis à Remi en tirant une dernière fois avant d'exercer une pression sur le genou de Berry.

La statue ne bouge pas d'un pouce.

On suit Remi jusqu'à la ville. Retenu par les cordes, Berry se balance néanmoins légèrement à chaque virage.

La capacité de Meghan à accomplir plusieurs tâches en même temps est bluffante, car, quand on arrive, les tables sont prêtes et les barbecues sont allumés. Le parking est vide, mais le moment venu, il sera plein.

Remi est déjà sorti de son pick-up et se dirige à grands pas vers Meghan.

— J'y crois pas, ils ont des tabliers assortis, dit Penny à la fois horrifiée et impressionnée en voyant Meghan lui tendre un tablier.

Remi le met. Puis elle lui dit quelque chose, et il rit.

— Il n'y a que les jumeaux et les couples kitsch qui portent des vêtements assortis, Tate, ajoute Penny.

Je pouffe si fort que ça la fait glousser. Et je dis :

— Viens, allons les aider.

Maman appelle alors que je finis tout juste d'installer les chaises pliantes, et je la mets sur vidéo pour lui montrer la mise en place.

— Vous avez pris tout le parking ! s'exclame-t-elle.

— Meghan a réussi à avoir un tas de lots, dis-je en tournant lentement avec mon téléphone afin qu'elle puisse tout voir.

Ma mère sourit, mais en arrière-plan j'entends des voix et une porte qui claque. Son sourire se flétrit un instant alors qu'elle jette un coup d'œil par-dessus son épaule.

— Ça va ? je demande, déterminée à garder un ton enjoué. Marion et Lottie sont encore en train de se disputer ?

— Oui, dit maman. Je vais te laisser.

— OK, mais…

— Bisous !

Elle m'envoie un bisou et raccroche.

Je range mon téléphone et lève les yeux du paquet de serviettes que j'étais sur le point de mettre sur la table où sont disposés les assaisonnements. Remi et Meghan sont en train de cuire les aliments au barbecue, mais Penny, à l'autre bout du parking, se penche et se relève de façon répétée.

Je cale les serviettes sous l'énorme pot de ketchup et je vais la rejoindre.

— Qu'est-ce que tu fais ? je demande.

— J'adore ces fleurs ! (Elle se penche et sa queue-de-cheval coule sur son épaule tandis qu'elle cueille des pois de senteur rose vif.) Je vais les utiliser pour décorer les tables.

Elle en a tout un bouquet qui déborde des poches de sa robe.

— Je suis censée cueillir des fleurs, moi aussi ? Il faut qu'on finisse de tout préparer.

— Ce que tu es grincheuse. (Son nez se plisse et je me dis que ce n'est pas craquant, mais ça l'est.) Je peux arranger ça.

Elle tend la main de façon inattendue, et je reste immobile, figée en sa présence (dans l'anticipation de son contact). Les coins de sa bouche se relèvent pendant qu'elle glisse des fleurs dans les élastiques qui maintiennent mes tresses.

— Là, dit-elle avec un petit sourire. Puisque tu manques de douceur.

— C'est pas vrai, je dis sans pouvoir m'empêcher de rire. Ce que tu peux être cucul !

Elle m'adresse un sourire resplendissant, et je le lui rends, comme une idiote. (Je me comporte toujours comme une idiote quand il s'agit d'elle.)

— Tu adores ça, dit-elle, puis son sourire s'évanouit tandis qu'elle baisse les yeux, et je ne peux m'empêcher de me demander : *Est-ce que c'est parce qu'elle sait ? Ou parce qu'elle ressent la même chose ?* Car, je te jure, elle s'écarte trop vite pour que ça n'ait pas une signification.

— Viens m'aider avec la vaisselle et le reste, je dis.

Elle me suit, et ses épaules retombent comme si elle était soulagée de trouver une échappatoire.

Quand les gens commencent à arriver, Meghan a tout organisé : elle et Remi s'occupent des barbecues, Penny fait les sandwichs, quant à moi, j'encaisse l'argent des boissons et des tickets de tombola. À midi, on est rodés, et il y a une file constante de gens qui vont des barbecues au champ voisin pour manger sous l'œil bienveillant de Berry avec qui tout le monde prend des selfies.

Je pense que toutes les personnes que j'ai pu croiser un jour sont là. Tant de monde, tant de soutien, ça me met un peu sur les nerfs. Quand Mme Kellog, mon institutrice de CE1, s'arrête et évoque, les larmes aux yeux, la participation de maman à l'association des parents d'élèves, trois femmes derrière elle dans la queue se mettent à pleurer. Tout le monde veut parler et poser des questions, et je n'avais pas songé à cet aspect des choses. Heureusement, lorsqu'elle voit que mon temps de réponse est anormalement long, Penny vient à ma rescousse.

Quand les parents de Remi prennent le relais afin qu'on puisse manger, il s'assied à côté de moi.

— Ça va ? me demande-t-il à voix basse.

— C'est super, je dis.

Et comme c'est mon meilleur ami, il accepte mon esquive.

Après avoir terminé, on retourne sur le parking. Meghan nous a devancés et a déjà repris son poste derrière les barbecues. Penny n'est nulle part en vue.

— Il faut que j'aille récupérer d'autres tickets de tombola dans ma voiture, dit Remi. Tu veux bien aider Meghan ?

— Je sais pas. Est-ce que je peux emprunter ton tablier afin qu'on soit assorties, toutes les deux ?

Il me fusille du regard.

— Je n'allais pas refuser un cadeau fait par une fille. Surtout une fille qui me plaît. En plus, il a plein de poches.

— Donc, elle te plaît.

— Je n'ai jamais dit le contraire.

— Tu étais super agacé quand je lui ai donné ton numéro au début de l'été.

— J'avais tort, admet-il simplement.

— Waouh.

Il sourit. Son regard se porte brièvement derrière moi, sur Meghan.

— Oui, dit-il. Waouh.

Puis il se retourne et se dirige vers son pick-up, comme s'il n'y avait rien de plus facile.

(Et si c'était le cas ?)

— Eh, Tate !

Meghan me sourit en me voyant trottiner jusqu'au barbecue pour l'aider.

— Je vais remplacer Remi quelques minutes. Mais il faut que tu m'expliques quoi faire.

— Oh, super. Prends juste ce vaporisateur et asperge la rangée de viande la plus éloignée. (Elle colle la bouteille dans mes mains.) Ça marche mieux que ce à quoi je m'attendais, dit-elle en emballant un autre rôti. Il y a tellement de monde !

— On a déjà épuisé le gros rouleau de tickets de tombola.

— Vraiment ? C'est génial !

Elle retourne les morceaux de viande avec les pinces à une vitesse prodigieuse.

— Je n'aurais jamais cru que j'aimerais autant rester debout à cuisiner, me dit-elle avec un sourire. Cuisiner sur un vrai feu est bien plus amusant que de le faire à l'intérieur avec un four.

— Une nouvelle passion ?

— Je la dois à Remi.

— Vous vous entendez bien, tous les deux.

Elle me regarde en haussant un sourcil.

— C'est le moment où tu me dis que si je lui fais du mal, je suis morte ?

Cela me fait presque rire.

— Non, je dis. C'est le moment où je te dis qu'il semble plus heureux ces derniers temps, et j'ai l'impression que c'est principalement grâce à toi.

Son sourire taquin disparaît, remplacé par quelque chose de plus vulnérable.

— Tu le crois vraiment ?

— Oui.

Cette fois, le sourire qui naît sur ses lèvres n'est pas taquin. Il y a une douceur qui me donne à penser que celui-là est réservé uniquement à Remi. (Je connais bien ces sourires qui sont réservés à une seule personne.)

— Merci, Tate.

Je continue à fouiller la foule du regard, mais je ne la vois pas.

— Sais-tu où est Penny ?

— Elle est partie prendre une petite pause à l'intérieur.

Je hoche la tête en aspergeant la viande, comme Meghan me l'a expliqué. Mais elle reste tournée vers moi au lieu de reporter son attention sur le barbecue.

— Est-ce que je peux te demander quelque chose ? dit-elle.

— Bien sûr, dis-je, pensant qu'elle va me poser une question sur maman ou quelque chose dans le genre.

— Est-ce que tu vas tenter quelque chose un jour ?

Je lâche la pince qui heurte la grille avec fracas.

— Quoi ?!

— Pas avec moi. (Meghan s'esclaffe devant mon air choqué.) Allez, Tate. Tu sais très bien ce que je veux dire.

— Je ne…, je commence.

— Elle te laisse toucher ses mains, m'interrompt Meghan.

Je la dévisage en me demandant de quoi elle est en train de me parler.

— Hein ?

— Penny. Elle n'aime pas quand les gens lui touchent les mains. Elle les retire. Tu n'as jamais remarqué ?

— Je…

Je ne sais pas quoi dire. Je suppose que je n'y avais jamais fait attention.

(Parce que Penny me laisse toucher ses mains. Il n'y a personne d'autre. Juste moi.)

— Toi et moi, on est amies, Tate ? demande Meghan. Je sais que nous ne sommes pas proches, mais…

— Bien sûr qu'on est amies.

— OK. Alors je vais te dire un truc. En tant qu'amie. Quand une fille, qui ne laisse même pas les gens voir les cicatrices qu'elle a à l'intérieur, te laisse toucher les cicatrices qu'elle a à l'extérieur, ce n'est pas rien.

L'espace d'une seconde, je dois lutter contre les mots qui sont coincés dans ma gorge, car j'ai trop peur de poser la question, mais j'en ai besoin.

— Je vous connais toutes les deux depuis sept ans, dit Meghan. Et entre les critiques et les disputes incessantes, et votre insistance mutuelle sur le fait que vous ne vous tolérez que par égard pour vos mères, il y a une chose que j'ai remarquée.

— Quoi ?

— Quand on y regarde bien, tu es là pour Penny, et Penny est là pour toi. À tel point que ce n'est plus seulement un schéma. C'est une évidence.

Et la voilà (la vérité à laquelle nous ne semblons pas pouvoir échapper).

Je suis là pour toi. Tu es là pour moi.

— Tu sais comment j'appelle ça ? demande Meghan.

— Comment ?

— De l'amour, dit-elle avec un haussement d'épaules, puis elle me serre gentiment le bras avant de reporter son attention sur le barbecue.

Quand nous commençons à ranger pour la nuit, je vais seule à la voiture. Je prends les fleurs que Penny a glissées dans mes cheveux. Je tiens les deux brins dans mes mains pendant un moment, et contemple le rose intense des pétales contre ma peau. Les jeter me semble inimaginable. Mais les fleurs finissent par se faner et mourir, même quand elles ne sont pas coupées.

Je regarde autour de moi en essayant de réfléchir. Le seul livre que j'aie dans mon sac est mon manuel de maths de l'année dernière. J'aplatis les fleurs entre les pages. En me dépêchant de rejoindre les autres pour ranger les tables, je me dis que c'est parce que, une fois séchées, elles seront jolies.

(Mais ce n'est pas ça.)

Ce n'est pas un souvenir non plus.

Parce que même quand les pétales séchés se seront effrités, je m'en souviendrai. Car certaines choses deviennent cassantes avec le temps.

Mais pas ce sentiment.

(*L'Amour.*)

49

La fois sur le parking du restaurant
TATE
22 juillet

— Garde-la droite ! Tu es sûre que tu ne veux pas que je marche en arrière ? me demande Penny.

— Ça va, j'insiste. Plus que deux, c'est ça ? Après on aura terminé.

— Plus ou moins, il nous restera Berry à livrer à son nouveau propriétaire la semaine prochaine.

J'ajuste ma prise sur l'une des tables que nous avons empruntées, et regarde par-dessus mon épaule pour la transporter à travers le parking du Blackberry. Ce ne sont pas des tables en plastique fragiles, et elles sont plus lourdes qu'on pourrait s'y attendre.

On la pose contre le mur arrière du restaurant à côté des autres. Je suis en train de fouiller mes poches à la recherche des clés quand j'entends une portière claquer et Penny inspirer brusquement.

Je lève les yeux, et le seul mot qui me vient à l'esprit c'est *Merde,* et je le dis parce que…

— Merde.

Laurel traverse le parking à grands pas comme si elle se lançait dans une bataille. Ses boucles blondes se balancent autour de ses épaules. À côté de moi, Penny se raidit, et recule jusqu'à heurter le mur.

— C'est la porte de service, Laurel, je dis.

— Je le sais, répond-elle, comme si j'étais idiote. Une fille ne peut pas venir dire bonjour ? (Elle balance ses clés d'avant en arrière sur son doigt.) J'ai entendu parler de votre collecte. Je voulais y faire un saut, mais j'ai pas vu le temps passer.

Penny et Laurel se dévisagent, et je suis entre elles. (Putain, une fois de plus, je suis entre elles.)

Est-ce que je devrais bouger ? (Je suis constamment en train de m'écarter de mon propre chemin, non ?)

— Je t'ai envoyé des textos, dit Laurel à Penny. Depuis que j'ai appris que ta mère était à l'hôpital.

— Je sais.

Penny relève le menton en disant ça. J'ai envie d'être furieuse, mais d'un autre côté je ne lui ai pas parlé de la fois où Laurel m'a coincée dans les vestiaires, alors ce serait hypocrite de ma part.

— Donc, tu ne m'as pas bloquée. (Il y a quelque chose de triomphant dans la façon dont Laurel joue avec ses boucles.) J'aurais aimé que tu répondes. Ma mère voulait envoyer des fleurs. J'ai dû appeler Lottie moi-même pour qu'elle me donne l'adresse.

— Quand as-tu appelé ma… ?

La bouche de Penny se referme si brusquement que je crois qu'elle s'est mordu la langue. Je réprime une grimace de sympathie.

— J'étais inquiète, poursuit Laurel. J'aime vraiment beaucoup ta mère.

— Et elle ne t'aime *vraiment* pas, je marmonne.

Laurel me regarde en plissant les yeux.

— Quoi ? je demande innocemment. Tu t'imaginais que Lottie t'appréciait ?

— Alors c'est vrai, dit Laurel, ses yeux bruns naviguant de Penny à moi. Lottie me l'a annoncé, mais j'ai cru que c'était peut-être la morphine.

— De quoi… ? commence à dire Penny. (Puis ses yeux s'écarquillent, et elle devient soudain rouge pivoine.) Oh.

Laurel lève les yeux au ciel et rejette ses cheveux par-dessus son épaule dans un mouvement dont je ne peux m'empêcher d'admirer la grâce.

— Oui, elle m'a dit pour vous deux.

Je fronce les sourcils. De quoi parle-t-elle ?

— Comment a-t-elle formulé ça, déjà ? (Ses clés se balancent tandis qu'elle tapote des doigts sur sa hanche.) « Elles ont enfin ouvert les yeux et se sont mises ensemble », je crois. Je suis sûre que vous vous êtes toutes bien marrées. (Elle roule des yeux.) Mais en réalité, c'est moi qui devrais rigoler, après tout j'avais raison depuis le début ? (Elle scrute Penny, sans méchanceté, mais plutôt d'un air perplexe.) Tu vas dire quelque chose, Pen ?

Il y a un moment de silence assourdissant pendant lequel j'essaye de comprendre… sans y parvenir. Je suis prise entre Penny et Laurel, et c'est une sensation familière (bien trop familière), mais la dernière fois j'ai su quoi faire.

Là, je ne sais rien du tout.

— Oui, dit Penny. La porte principale est là-bas.

Laurel ne bouge pas.

— Je savais que ça arriverait. Je l'avais prédit, lui dit Laurel. Tu serais une menteuse si tu disais le contraire. Je t'ai dit qu'elle…

— … et tu avais tort à l'époque, dit Penny avec fermeté.

Quand ? De quoi est-elle en train de parler ?

Le haussement de sourcils de Laurel est ce qui me surprend vraiment avant qu'elle se mette à ricaner.

— Je n'y crois pas une seconde.

— Oh, mais va te faire foutre, je lui dis, parce que, merde, qu'elle aille se faire voir avec ses esquives et ses justifications. Elle n'a toujours eu que ça à la bouche.

— L'éternelle protectrice, dit Laurel.

Puis elle semble prendre à cœur le rejet de Penny, car elle fait volte-face et part d'un pas rageur vers le restaurant en secouant la tête comme pour nous en chasser.

— Oh merde.

Penny file comme une biche traversant l'autoroute en direction du break. Je la suis, tout mon corps est engourdi à l'exception de mon cœur qui tambourine bruyamment dans ma poitrine.

— Je vais être malade, dit Penny, en se penchant à côté de sa voiture, le souffle court. Dire que j'avais réussi à l'éviter tout un semestre l'année dernière.

— Penny.

— Sérieux, si je me mets à vomir, ne regarde pas, m'avertit-elle avant d'inspirer profondément en s'adossant à la portière conducteur.

— Penny !

Elle lève les yeux sur moi en rentrant la tête dans les épaules.

— De quoi elle parlait ? je demande lentement.

Penny a l'air d'avoir avalé un verre de clous rouillés.

— Je… J'allais te le dire.

— Me dire *quoi* ?

— Nos mères pensent qu'on est en couple.

— Quoi ?

La confirmation sortant de sa bouche est tellement stupéfiante que j'ai l'impression que mes jambes vont se dérober sous moi. J'aimerais m'appuyer contre la voiture, mais ça serait un signe de faiblesse, et je suis assez en colère pour refuser de lui montrer ce genre de chose pour l'instant. (Et peut-être pour toujours. Tate, tu aurais dû retenir cette fichue leçon la première fois.)

— Tu te souviens de la nuit où tu m'as suivie au lac ? Et que ta mère nous a surprises en train de rentrer enroulées dans des couvertures ?

Je garde le silence pendant que mon cerveau mouline. C'était il y a plus d'un mois. C'était avant la greffe. J'aurais su si maman avait cru…

Oh, putain. C'est pour ça que maman était si bizarre et si sentimentale ces derniers temps ? Je pensais que c'était à cause de la greffe, mais si elle croyait que Penny et moi…

(Ma tête va exploser. Juste… se transformer en bouillie de cerveau.)

— Ta mère a fait une supposition, poursuit Penny en tirant nerveusement sur sa queue-de-cheval. Elle m'a demandé…

Elle devient écarlate.

— Quoi ?

— C'est-à-dire que… elle a juste… elle a dit quelque chose qui m'a fait comprendre qu'elle pensait que nous sortions ensemble.

— Qu'est-ce qu'elle a dit ?

— Tate…

— C'est ma mère ! j'explose. *Ma* mère, *mon* problème. C'est dans le foutu accord, dis-je en frappant le capot si fort que ma paume me brûle.

— Elle a demandé si nous prenions nos précautions, OK ? s'énerve Penny. Elle s'est imaginé que nous avions fait le mur pour coucher ensemble, ce que je ne comprends toujours pas, car nous avons deux lits qui auraient parfaitement fait l'affaire à la maison et l'une de nous n'aurait eu qu'à traverser le couloir. Et puis elle a commencé à parler d'éducation sexuelle, alors je lui ai dit que oui, nous prenions nos précautions, avant qu'elle sorte un préservatif pour me montrer comment en faire une digue buccale, parce que c'était hyper gênant. J'ai paniqué et je n'ai pas osé la corriger, parce que si elle avait appris pour le kayak, elle l'aurait dit à ma mère. Si tu veux jouer la carte de l'accord, on avait dit qu'on ne devait pas contrarier nos mères, non ? Et elle avait l'air vraiment contente. Je comptais rectifier le tir après la greffe, mais à ce moment-là elle l'avait déjà raconté à ma mère, et elles se croyaient toutes les deux dans une de leurs comédies romantiques, j'ai juste... J'ai pensé que je trouverais un moyen de tout expliquer.

— À qui ? À moi ou à elles ?

— À vous trois, dit Penny sans l'ombre d'une hésitation, ce qui m'indique que c'est probablement la vérité.

(Ça n'a pas d'importance. Elle m'a joué la comédie pendant tout ce temps. Quelle idiote je fais.)

— J'ai fait tout un plan à ce sujet dans mon bullet, dit-elle.

Évidemment qu'elle a fait un plan.

— Tu t'es payé ma tête pour donner le change à nos mères, dis-je à voix haute, parce que j'ai besoin de l'entendre.

J'ai besoin qu'elle le dise, qu'elle admette ce qu'elle a fait.

Ses yeux s'écarquillent et son visage prend une expression horrifiée.

— Quoi ? Non. Bien sûr que non. C'est n'importe quoi. Elles ne sont même pas là !

— Je ne te crois pas. Pourquoi je te croirais ?

Elle n'a plus l'air horrifiée. À présent, ses yeux lancent des éclairs. Je me retrouve face à la Penny qui n'a peur de rien au lieu de n'être que la somme de ses peurs ; et la colère déborde, elle explose hors de sa bouche, mordante et pleine de rage.

— Je ne sais pas, Tate, peut-être parce que *ça* (elle agite les doigts entre nous) ce n'est pas *nouveau*. Peut-être que tu devrais me croire, parce que nous avons passé la moitié de nos vies à ignorer ce *truc* entre nous. Je n'ai pas besoin d'inventer quoi que ce soit pour me payer ta tête ni de faire semblant pour quiconque. C'est là. Ça a *toujours* été là. Ce *truc*.

J'éclate de rire. Un ricanement méprisant que je n'aurais jamais imaginé vouloir diriger contre elle (jusqu'à maintenant).

— Tu ne peux même pas le dire.

Et peut-être que je le fais pour la provoquer. Peut-être que je le fais pour voir ce qu'elle fera.

— Comment veux-tu que j'appelle ça ? Meghan parlerait d'« énergie ».

Et voilà qu'elle recommence à mimer les guillemets, et je ne devrais pas trouver ça adorable, et pourtant c'est là, sous la couche de colère.

(Elle a laissé maman croire qu'on sortait ensemble… Mais merde, qu'est-ce qui lui a pris ?)

Penny fait un pas vers moi. Je lutte contre l'envie de reculer, mais j'échoue, même si en fin de compte je n'ai pas le choix, car je suis déjà contre sa voiture.

— Tu préfères le mot *tension* ? demande-t-elle.

Un autre pas.

Je dois vraiment, vraiment me tirer de là. Elle a cet éclat dans le regard. Celui qu'elle avait dans la remise à foin. Et à Damnation Peak. Plein de défi, et sans peur.

— *Histoire partagée ?*

— Je n'ai pas demandé à partager ton histoire, je croasse.

Elle est maintenant à seulement quelques centimètres de moi.

— Je sais, dit-elle calmement.

Elle pose la main sur le break, juste au-dessus de mon épaule affaissée, puis elle fait la même chose avec l'autre main, et je me retrouve prise en tenaille entre ses deux bras. Je me redresse de façon lente et régulière dans l'espace qui nous sépare, et nous formons un *H* incliné contre la voiture. Ses bras lient nos corps pour créer la lettre, et je n'ai jamais autant aimé une forme qu'à cet instant, alors que son visage et son souffle sont si proches.

— Tu appellerais ça comment, Tate ? demande-t-elle.

Remi avait raison au début de l'été. Et j'ai fui. J'ai nié. Mais me voilà, au beau milieu de ses épines. Et elle est là, avec dans son poing mon cœur qu'elle serre assez fort pour le réduire en purée.

— S'il te plaît, chuchote-t-elle, si près que je sens son souffle sur mes lèvres.

Sa main quitte mon épaule et se pose sur ma taille, deux doigts s'insèrent dans les passants de ceinture de mon jean, et j'ai l'impression que je vais mourir si elle m'attire à elle, mais elle ne le fait pas. Elle se contente de me regarder, les yeux écarquillés, plus sérieuse et plus proche qu'elle ne devrait l'être. Je vacille en avant, sous son emprise l'espace d'un instant.

— Tu appellerais ça comment ?

Amour.

— Des ennuis.

Les mots jaillissent de ma bouche, tout droit sortis de mon cœur en bouillie. Une vérité à laquelle je ne peux échapper.

Puis je m'arrache à elle. Sa peau douce contre le jean rêche, ses doigts glissent hors des passants… *Retournes-y, retournes-y.*

Mais je ne le fais pas.

Je m'enfuis.

SIXIÈME PARTIE

PAUSE

(ou : La fois à Yreka)

50

22 juillet

Tate ? (P)

Tu reviens ? (P)

Penny est en train d'écrire...

Penny est en train d'écrire...

S'il te plaît. (P)

Je suis désolée. (P)

• • •

Tu sais ce qui vient de se passer ? (R)

(M) ???

R : Tate est chez moi. Elle est sur mon lit en train de pleurer tout ce qu'elle peut.

M : Oh, non. Il est arrivé quelque chose aux mères ?

R : Non.

R : Il s'est passé un truc avec Penny.

M : Oh merde.

M : Tu crois que c'est grave ?

R : Elle est en train de pleurer.

R : Tate ne pleure jamais.

M : Et merde. Je vais écrire à Penny pour lui demander ce qui s'est passé.

• • •

M : Ça va ?

P : Tu sais où elle est ?

P : Elle est avec Remi ?

M : Penny, qu'est-ce qui s'est passé ?

M : Ça allait super bien entre vous à la collecte !

M : Tu as besoin que je vienne te chercher ? Tu es où ?

Penny est en train d'écrire...
Penny est en train d'écrire...

P : J'ai merdé.

P : Oh, Meghan.

P : J'ai merdé grave.

51

22 juillet

Tate,

P

Je suis désolée. Je n'aurais jamais dû laisser ta mère croire un mensonge. J'aurais dû la détromper sur le moment, même si ça signifiait lui dire la vérité à propos de mes sorties en kayak.

P

Je n'avais pas l'intention de t'utiliser comme bouclier pour protéger mes secrets, mais je l'ai fait. C'était mal, et je suis désolée.

P

Je ferai tout ce que tu veux. Je suis prête à créer un groupe de discussion avec les mères sur-le-champ pour tout leur expliquer. À les appeler pour avouer que j'ai menti. À dévoiler à ma mère notre projet à Meghan et à moi. Tout ce que tu veux. Ce n'est pas ce qui est important.

P

Ce qui est important, c'est que je t'ai blessée. (P)

Je ne veux pas te blesser. (P)

Jamais. (P)

C'est même le contraire de ce que je veux faire. (P)

J'ai cru… (P)

Ces dernières semaines, j'ai cru… (P)

J'ai cru que, peut-être, je te rendais un peu heureuse. (P)

Je veux juste te rendre heureuse. (P)

Même si ça veut dire me faire crucifier. (P)

Métaphoriquement, j'espère. (P)

Mais si tu tiens vraiment à être littérale… (P)

Je sais que ce n'est pas la seule chose pour laquelle je te dois des excuses. — P

Tu m'as dit à Yreka que je fuyais. Tu avais raison... Et je continue de fuir. — P

Je n'aurais pas dû. — P

S'il te plaît. Parle-moi. — P

Tate est en train d'écrire.

Mon cœur fait un bond quand je vois la bulle avec les petits points apparaître. Puis quand mon téléphone vibre et l'image devient claire, tous mes espoirs volent en éclats.

Elle m'a envoyé une photo de l'accord de trêve, sur lequel elle a souligné le dernier point :

T — Interdiction de parler d'Yreka.

52

TATE
Cinq mois plus tôt

Je suis à Yreka pour une compétition de natation avec toute l'équipe, et la journée s'est déroulée à la perfection. J'ai gagné toutes les épreuves auxquelles j'ai participé. J'ai le vent en poupe. J'envoie mes temps à maman et je reçois en retour des milliards de smileys, ainsi qu'une vidéo d'elle et de Lottie en train de danser sur « We Are the Champions » dans la cuisine de la brasserie tandis que Drew et Louisa les accompagnent en frappant sur les pots avec des cuillères.

Nous sommes logées dans un hôtel bas de gamme, ringard et démodé, avec pour décoration des roues de chariot, et au mur un lambris qui doit dater des années soixante-dix. Nous sommes deux par chambre, et Theresa plaisante en disant qu'elle me poussera hors du lit deux places qui occupe presque tout l'espace de la minuscule pièce si je lui pique la couette.

— Tant que tu ne monopolises pas la salle de bains.

— Ne t'inquiète pas ; je suis seulement ici pour dormir, répond-elle.

Je sais que Skylar a apporté une bouteille de vodka, je l'ai entendue en parler pendant la compétition. Ça m'est égal qu'elles me le cachent, car je préfère faire mes étirements et me coucher tôt.

— Je vais dans la chambre de Skylar, me dit Theresa une fois nos sacs défaits, tandis que sans même se regarder dans un miroir, elle applique son éternel brillant à lèvres fuchsia.

Je trouve ça super impressionnant. Personnellement, si j'essayais de faire ça, j'aurais l'air d'un clown. Elle claque des lèvres et range le tube.

— Tu veux venir ?

Je me laisse tomber sur le lit.

— Je suis vannée. Je vais rester là.

Elle hoche la tête, comme si elle s'y attendait.

— OK. J'ai ma clé. Il suffira que tu ne mettes pas le verrou.

C'est à mon tour de hocher la tête.

— Belle performance sur le relais.

Elle sourit.

— Merci. Toi aussi.

Theresa part, et après une douche pour rincer le chlore, je sors mon rouleau de massage, allume la télévision et me concentre sur mes épaules douloureuses. C'est toujours moi qui prends la nage papillon dans la course de relais, ce n'est pas là où je suis la meilleure, mais je suis malgré tout plus rapide que les autres filles. Et il faut commencer fort et terminer fort.

À 21 heures, après avoir regardé un énième épisode d'*Arabesque* sur la télé du motel qui n'a que huit chaînes, j'envoie un texto à Theresa : Juste pour te rappeler que le couvre-feu est à 22 heures.

J'en envoie un à maman pour lui souhaiter bonne nuit, mais ne reçois pas de réponse. Elle est probablement en train de fermer la cuisine. Je regarde de nouveau la vidéo avec elle et Lottie parce qu'elle est aussi ridicule qu'adorable et qu'elle fait chaud au cœur, alors même que je rigole de leurs pitreries.

C'est presque l'heure du couvre-feu. Theresa n'est pas revenue et n'a pas répondu à mes textos. Je ne suis pas sa baby-sitter, donc si elle veut passer la nuit à faire la fête dans le dos de Mme Rawlins et nager demain avec une gueule de bois, je ne vais pas essayer de l'en empêcher. Mais je suis agacée, car je ne peux pas verrouiller la porte alors que je me prépare à me coucher.

Et je suis encore plus agacée quand je l'entends frapper à la porte. A-t-elle perdu ses clés ?

J'ouvre brusquement la porte en disant :

— Qu'est-ce que tu fous, Theresa ?

Mais ce n'est pas Theresa.

C'est Penny, qui se tient là dans la nuit, éclairée par la lumière jaune du motel.

Je reste figée à la regarder une seconde, car sa présence ici est incongrue et complètement inattendue.

Puis tout ça passe au second plan quand je m'aperçois qu'elle pleure. Les joues maculées de mascara, le rouge à lèvres mordillé, elle pleure à chaudes larmes. Je lui attrape le poignet et l'attire doucement à l'intérieur.

— Penny, que fais-tu là ? je lui demande en fermant la porte.

Elle se jette sur le lit – ou plutôt elle jette son corps dessus – et je ne crois pas avoir jamais vu quelqu'un faire ça.

— Elle m'a dit qu'elle m'aimait.

C'est tout ce qu'elle dit entre deux sanglots, et je sens les éclats de glace s'immiscer sous ma peau, parce que Penny ne se comporte pas comme quelqu'un à qui sa petite amie a fait une déclaration d'amour.

— Pourquoi a-t-elle fait ça ? Elle m'a virée de sa chambre ! Comme si c'était moi le problème. C'était *elles* qui étaient déshabillées ! Ça dure depuis longtemps ?

Son regard se reporte sur moi, et il y a un silence horrifié de sa part et confus de la mienne. Puis elle dit :

— *Tu* le savais ?

— Est-ce que je savais quoi ? je demande, abasourdie.

— Tu me mens ? dit-elle d'une voix qui monte dans les aigus. Toute l'équipe se fout de moi, c'est ça ? J'y crois pas, vous vous foutez toutes de ma gueule depuis le début ?

— Penny. (Je traverse la pièce et m'assieds près d'elle sur le lit.) Respire, OK ?

Elle laisse échapper une expiration qui ressemble davantage à un sanglot qu'à un souffle.

— Bien. Maintenant, dis-moi de quoi tu parles. Qu'est-ce que tu fais là ? Et pourquoi tu pleures ?

Nouvelle crise de larmes. Je m'empresse de récupérer une boîte de mouchoirs sur le bureau.

— Je suis venue pour faire une surprise à Laurel. Sa camarade de chambre m'a donné la clé. J'avais tout prévu, et je...

Elle s'effondre une fois de plus, et avant que je puisse lui dire de continuer, quelqu'un frappe à la porte.

— Oh, non. (Elle se redresse brusquement.) C'est elle ?

Elle regarde frénétiquement autour d'elle, comme si elle s'attendait à ce qu'une armoire apparaisse afin qu'elle puisse s'en servir pour fuir, genre portail de fantasy.

— S'il te plaît, ne la laisse pas entrer, Tate. Je sais que tu t'en fiches complètement, mais…

Mon cœur se serre en entendant cette affirmation.

— Ne t'inquiète pas, je lui dis. Juste… reste là.

Je vais à la porte et jette un coup d'œil par le judas. Puis je retire la serviette sur ma tête et j'enroule les mèches mouillées pour faire un nœud à la base de mon cou.

— Tu t'en vas ?

(La façon dont sa voix se brise me fait mal.)

— Je reviens tout de suite, Pen. OK ?

Il lui faut quelques secondes avant d'acquiescer.

— Il y a d'autres mouchoirs dans la salle de bains, je lui dis avant d'ouvrir juste assez la porte pour me faufiler hors de la chambre.

Je la laisse ensuite claquer derrière moi et se verrouiller automatiquement.

Laurel est sur le seuil, ses boucles forment un halo autour de sa tête, et elle a les yeux plissés, l'air méfiant. Elle a à peine le temps de reculer avant que j'envahisse son espace, non par choix, mais par nécessité afin que la porte puisse se refermer.

— Elle est là ? demande-t-elle sur un ton autoritaire.

— Viens faire un tour avec moi.

Je m'éloigne sans attendre de voir ce qu'elle fait. Puis je descends l'escalier et me dirige vers le parking.

— Bon sang, Tate, dit-elle avec mépris, mais ça fonctionne, car elle me suit.

Mes baskets entrent en contact avec l'asphalte, et je continue à marcher jusqu'à un coin désert, en face de l'espace fumeur, matérialisé par des moitiés de roues de chariot fixées à la verticale sur le sol.

Je me retourne, les bras croisés, et j'attends. Si une personne a un peu de bon sens, elle finit par être rattrapée par la culpabilité.

Laurel se balance d'un pied sur l'autre, et ses épaules se voûtent.

Cette fille est incroyablement jolie. Elle et Penny ensemble c'était un festival de baisers, de crop tops et de choupitude. Mais il y a quelque chose dans la façon dont Laurel m'a toujours regardée, avant même qu'elles soient en couple (comme si je tenais tout ce qu'elle désirait au creux de ma main).

— Tu m'as amenée ici pour te battre avec moi ? dit Laurel d'une voix traînante, brisant enfin le silence que j'ai laissé s'étirer entre nous.

— Est-ce que tu as fait quelque chose qui justifierait que je me batte avec toi ?

— Ce ne sont pas tes oignons, Tate, rétorque-t-elle sèchement, visiblement en colère.

(Coupable, c'est sûr.)

— Tu parles ! (Je balance mon pouce vers le bâtiment.) Elle est en train de pleurer dans ma chambre.

— Je ne savais pas qu'elle venait. Elle est arrivée au mauvais moment, et avant que j'aie pu expliquer…

— Expliquer quoi ?

Elle referme la bouche. Ses lèvres scintillent sous la lumière des lampadaires et je cligne des yeux, car les voir ainsi chamboule tout dans ma tête.

Laurel ne porte pas de brillant à lèvres fuchsia.

En revanche, Theresa, oui.

— Expliquer *quoi*, Laurel ?

Je fais volontairement un pas en avant, il n'y a rien d'inconscient dans ce mouvement. Parce que j'ai très envie de lui mettre mon poing dans la figure. A-t-elle vraiment fait ce que je crois qu'elle a fait ? A-t-elle réellement trompé Penny ?

— C'était juste une erreur, Tate, dit-elle. Un moment de faiblesse. Mais ce n'était qu'un baiser, je te le jure. J'aurais pu m'expliquer ! Je lui en aurais parlé, je jure que je l'aurais fait. Mais Penny nous a vues, et elle est partie en courant.

Elle plisse les yeux.

— Elle a couru vers toi. (Elle s'esclaffe d'un rire sans joie.) *Évidemment.*

Quelque chose bourdonne dans ma tête, comme un avertissement.

— Arrête ça.

Elle secoue la tête.

— Non, je ne crois pas. Je n'ai plus besoin de la jouer gentille. Et je l'ai tellement fait en ce qui te concerne.

Elle avance et cette fois c'est elle qui envahit mon espace, mais elle reste plus petite que moi, et je continue à la regarder de haut. De plus, je ne suis pas du genre à flancher ou à battre en retraite.

— J'ai essayé de t'ignorer, dit Laurel. Mais tu es partout, n'est-ce pas ? Tu es la star de l'équipe de natation… Et je ne crois pas qu'il y ait une personne au lycée qui ait quelque chose de négatif à dire sur toi. Tu es Tate, la fille triste et stoïque, dont la mère est malade, et que tout le monde veut aider.

— Parle encore une fois de ma mère, et nous allons avoir un problème plus gros que celui que nous avons déjà.

Elle s'esclaffe, mais j'entends la peur qui se cache derrière son rire.

— Je ne pouvais pas t'échapper à l'entraînement ni au lycée, et quand j'ai rencontré Penny, je me suis dit : au moins ma vie amoureuse ne sera pas polluée par cette fille. Et puis Penny…

Elle détourne le regard, comme si ce souvenir était douloureux.

— Qu'est-ce qu'il y a avec Penny ?

Je me déteste de poser la question, mais je veux savoir. Elle a pu connaître Penny d'une façon qui sera toujours hors de ma portée, et pour ça, je la hais… Et je la hais encore plus d'avoir gâché cette chance.

— Penny se donnait tellement de mal pour ne jamais parler de toi. Mais je *savais*. Au fond de moi, je savais. (Elle secoue la tête en souriant, mais ça ressemble plus à une grimace, comme si son visage luttait pour ne pas se décomposer complètement.) L'une de vous allait finir par craquer, un jour. Alors, je vous ai devancées.

Elle lâche un rire larmoyant. Ses yeux brillent, et je crois bien que ce sont des larmes.

Pourquoi feindre ça ?

Elles doivent être réelles et je sens mon ventre se nouer (parce que ça signifie que ses sentiments pour Penny sont aussi réels… étaient réels).

— Tu t'inventes des trucs pour justifier de l'avoir trompée.

— Non. Et si tu ne le vois pas… (Elle secoue la tête.) Je n'y crois pas.

— Penny ne parle pas de moi, parce qu'elle ne pense pas à moi. On n'est pas amies.

— Ça, c'est clair, vous n'êtes pas des amies. Demande à Remi. Ou à Meghan. Demande à n'importe quelle personne avec qui l'une de vous est réellement amie. (Son sourire est de retour, et cette fois il est mesquin.) Demande à vos mères.

— Leur demander quoi ?

Je suis étonnée de réussir à garder une voix neutre. Elle se fout de moi, j'en suis consciente. Mais je ne peux m'empêcher de tomber dans le panneau.

— Tu sais très bien quoi, siffle-t-elle. Tu es intelligente. Et tu es sournoise. Mais tu la regardes quand vous êtes dans la même pièce. Et elle aussi te regarde.

Je ne le nie pas. (Je ne peux pas, parce que c'est totalement vrai en ce qui me concerne, et peut-être un peu en ce qui concerne Penny, car parfois, quand je la cherche dans une pièce, je m'aperçois qu'elle m'a déjà trouvée.)

— Je me casse.

— Je peux te suivre jusqu'à ta chambre, tu sais, rétorque-t-elle.

— Tu n'arriveras même pas jusqu'au trottoir.

— Oh, putain ! Ça. (Elle me plante son index dans le sternum.) *Ça*, là. Tu t'entends au moins ? Vous gardez peut-être vos distances quand vous le pouvez, mais toi et Penny vous êtes comme votre propre meute. Vous êtes prêtes à mordre tous ceux qui s'approchent de vous.

Je relève le menton.

— Penny est venue me voir. Elle m'a dit de ne laisser entrer personne, surtout pas toi. Je ne fais que l'écouter.

— Pourquoi ? *A priori*, ce n'est même pas ton amie. C'est *ma* copine.

— Si tu l'as trompée, je ne crois pas que ce soit encore le cas.

— Salope, grogne-t-elle en montrant les dents.

— Sûrement. Mais pas là.

— Tu ne pourras pas la cacher pour toujours, s'emporte Laurel. Il faudra bien qu'elle me voie. Il y a le lycée. Elle ne peut pas se planquer.

— Penny fera ce qu'elle voudra. Et je l'aiderai. Je n'ai plus rien à te dire.

— Eh bien moi, si.

Je hausse les épaules et je fais demi-tour. J'avoue : une partie de moi a envie qu'elle m'attaque. Mais je ne me battrai pas à moins que ce soit pour me défendre. Pas quand Penny est en train de pleurer, seule dans cette chambre. Et puis maman serait furieuse.

Mais Laurel est une lâche, et elle me laisse partir. Elle va probablement courir rejoindre Theresa. Je n'arrive pas à décider si je suis en colère contre elle aussi. Theresa et moi, on s'est toujours bien entendues. Peut-être que Laurel lui a dit qu'elle et Penny avaient rompu avant qu'elles... fassent ce qu'elles étaient en train de faire quand Penny les a surprises.

Le temps que je gravisse les marches, ouvre la porte et entre dans la chambre mon inquiétude a considérablement augmenté. Penny est étalée sur mon lit. Emmitouflée dans le dessus-de-lit râpeux, elle ressemble à un blaireau dans son terrier. Toute sa tête est recouverte, mais de temps en temps, j'entends renifler. Au moins, je sais qu'elle respire et qu'elle n'est pas en train de s'étouffer sous tout ce polyester.

— Penny, ça va ?

Pas de réponse. Juste des reniflements.

Je regarde l'heure sur mon téléphone. Mme Rawlins va passer nous voir d'une minute à l'autre. J'espère que Theresa va avoir le bon sens de rester planquée avec Laurel, ou ailleurs.

Je m'active dans la pièce afin de préparer mes affaires pour les épreuves du lendemain, puis j'éteins les lumières. Ainsi, quand Mme Rawlins frappe à la porte, dix minutes plus tard, elle ne voit que le tas de couvertures qu'est Penny, et elle n'a aucune raison de penser que ce n'est pas Theresa.

— Tout va bien ici ? elle demande lorsque je lui ouvre.

— Très bien, dis-je.

— Bonne nuit, Tate. Theresa.

— Bonne nuit.

Puis je referme avant que Penny ait à simuler une réponse. J'entends Mme Rawlins s'éloigner, frapper à la porte suivante, et je pousse un soupir de soulagement.

Dans le noir, je me tourne vers Penny, enroulée dans les couvertures, et j'ai envie de soupirer de nouveau. Je me dirige vers le lit, et tire sur la couverture du dessus.

— Penny, je peux en avoir une ? Il faut que je me fasse un lit par terre.

Elle souffle, et je me demande sérieusement si je vais devoir dormir dans la baignoire avec mon peignoir de natation, quand elle émerge enfin en sortant de son cocon avec un geste qui n'évoque absolument pas un papillon. Elle allume la lampe de chevet.

Son nez est rouge, ainsi que ses yeux, et le mascara qui a coulé la fait ressembler à un raton laveur très triste, mais aussi très mignon.

— Tu ne vas pas dormir par terre, Tate, franchement. (Elle se lève.) Je vais me laver.

Elle disparaît dans la salle de bains et je n'ai d'autre choix que de m'asseoir sur le bord du lit en essayant de respirer. Je l'entends faire couler l'eau de la douche, et y rester longtemps, si longtemps que quand elle revient dans la chambre enroulée dans une serviette, je suis allongée sur le lit. Lorsqu'elle voit le pantalon de jogging et le T-shirt que j'ai posés en évidence, l'expression sur son visage est difficile à déchiffrer. Mais elle les prend et disparaît de nouveau dans la salle de bains… Et à son retour elle porte mes vêtements. (La voir dans *mes* vêtements me rend toute chose.)

Penny s'assied du côté droit du lit, dos à moi. Puis après les avoir démêlés avec ses doigts, elle entreprend de tresser ses cheveux. Le T-shirt « Journée de la Terre » dont j'ai découpé le col glisse sur son épaule bien plus loin qu'il ne le fait sur la mienne, et j'ai envie de graver le souvenir de sa peau dans mes vêtements et dans mon cerveau si profondément que ce sera la dernière chose que je verrai avant de mourir.

Je déglutis. Dormir par terre serait plus raisonnable. Beaucoup plus raisonnable.

Mais je reste dans le lit tandis qu'elle finit de se coiffer et s'installe à côté de moi.

(Putain, parfois, je n'ai vraiment pas de cerveau.)

Elle éteint la lampe, et dans le silence, j'entends sa respiration tremblante.

— Ça va ?

Penny secoue la tête. Il y a assez de lumière qui s'échappe de la salle de bains pour que je voie le mouvement, le contour de son profil.

— Qu'a dit Laurel ? demande-t-elle enfin.

— Elle a dit que ce n'était qu'un baiser…

Penny renifle avec mépris.

— Vu qu'elles étaient en culotte, ça m'étonnerait.

— Je déteste ce mot.

Elle lâche un rire, qui n'est pas dépourvu d'humour.

— Culotte ? Pourquoi je ne suis pas surprise ?

Penny se tourne vers moi, sur le côté, et je fais de même de telle sorte que nous sommes à présent face à face.

— Ce n'était pas qu'un baiser, Tate.

— Je te crois.

— Vraiment ?

— Bien sûr. Je n'étais pas au courant qu'elle te trompait, je lui dis de nouveau. J'ai vraiment besoin que tu me croies. Si j'avais su…

— … tu me l'aurais dit ?

— *Oui*, je réponds, agacée par la pointe de sarcasme dans sa voix. Putain, Penny, tu me prends pour qui ?

— Je sais pas, marmonne-t-elle.

— Est-ce que je t'ai déjà menti ?

Je ne réalise pas que c'est la mauvaise question à poser, même une fois que les mots ont quitté ma bouche.

(Je ne réalise pas que c'est un éclair entre nous.)

Mais elle reste silencieuse trop longtemps, ses yeux rivés sur moi dans la pénombre, et plus ça dure, moins je peux détourner le regard.

— Non, dit-elle enfin. Tu dis toujours la vérité. Même quand c'est atrocement désagréable.

— Je te l'aurais dit, j'insiste.

— Dans ce cas, ça craint que tu n'aies pas été au courant, dit-elle d'une voix chargée de larmes.

— Je suis désolée. Je sais que tu…

Je ne veux pas le dire. Mais je sais que c'est vrai. Ce n'est pas comme avec Jayden. Elle avait des sentiments pour elle. Peut-être même…

(Je ne veux même pas y penser, tellement je déteste cette idée.)

— Ça n'a pas d'importance, dit-elle sur un ton morne, presque comme si elle se l'était déjà répété un million de fois… ou peut-être comme si elle l'avait pensé un million de fois. Je savais que ça ne marcherait pas. Vraiment. J'ai juste cru… (Elle renifle.) Bon sang, je ne suis qu'une idiote.

L'entendre parler d'elle-même avec un tel dégoût me tord le ventre.

— Non, tu n'es pas *idiote*, je dis avec férocité.

— Comment appellerais-tu une fille qui essaye sans cesse de se faire aimer de personnes qui de toute évidence ne l'aiment pas ? demande Penny. D'abord ma mère. Et maintenant, Laurel. Il faut que je l'accepte.

— Accepter quoi ?

— Que je ne… Que je ne l'ai pas. Ce truc qui fait que les gens t'aiment. Je suis trop ou trop peu, je ne sais pas. C'est vrai que je suis autoritaire, et je peux être agaçante…

— *Penny*.

Mes doigts trouvent les siens dans le noir, sur le lit, et sa main est assez proche de son visage pour que je sente la chaleur des éclaboussures de ses larmes sur le dos de la mienne.

— Elle l'a dit une fois, chuchote Penny, mots brisés qui me glacent d'horreur. Que j'étais… que j'étais difficile à aimer.

— Mais qu'elle est conne, cette fille, je grogne.

— Non, dit Penny, et l'horreur se transforme en quelque chose de nouveau, quelque chose de bien pire, je ne suis pas sûre qu'il existe un terme pour ce qu'elle me confie ensuite.

— Pas Laurel. Ma mère.

Et oui, à ce moment précis, j'ai envie de dire *Mais qu'elle est conne, Lottie*, mais je ne peux pas, parce que ce n'est pas si simple, ce qui est encore plus rageant.

— Personne ne va jamais m'aimer, dit-elle, désespérée.

Elle est si sûre d'elle que je ne peux le supporter, surtout en étant dans ce lit avec elle (et amoureuse d'elle… toujours, toujours amoureuse d'elle).

Je le fais avant d'avoir le temps d'y réfléchir, parce que si j'y réfléchis je ne commencerai pas, sans même parler d'aller jusqu'au bout.

— Penny. (Je dis son prénom à voix basse dans les quelques centimètres qui nous séparent, question et réconfort contenus dans ces deux syllabes.) Viens.

Je tire doucement sur sa main et tends mon autre bras afin de lui offrir mon espace pour qu'il devienne le sien (le nôtre).

Et elle vient. Elle se blottit contre moi, le visage baigné de larmes, en proie au chagrin (toujours en proie au chagrin)... et elle s'emboîte parfaitement. À présent que je le sais, je ne pourrai jamais l'oublier. La façon dont elle se cale juste sous mon menton, le haut de sa tête, le creux de son cou, et sa tresse contre mon bras, tout un nouveau territoire à découvrir. Elle agrippe ma main entre nous contre sa poitrine, dans la douceur de ses courbes ; et mon ventre palpite, mon esprit s'éparpille dans un milliard de directions.

Mais mon corps sait quoi faire. Ma main libre lui caresse les cheveux, et le petit bruit qu'elle émet alors me confirme que c'est ce dont elle a besoin. Il n'y a pas un millimètre entre nous, nos bras et nos jambes sont entremêlés. Nous ne parlons pas, et nous bougeons à peine. Et lentement, petit à petit, je sens son corps se détendre et s'abandonner à la pesanteur du sommeil.

Je continue à lui caresser les cheveux, même quand je suis sûre qu'elle s'est endormie.

Je ne le dis pas avant d'être certaine qu'elle ne peut pas m'entendre.

(Mais il faut que je le dise.)

— Tu n'es pas difficile à aimer, je chuchote dans le noir, mes mots contre le sommet de sa tête, au-dessus de mes doigts, comme s'ils pouvaient s'infiltrer dans son esprit, son corps et son cœur… afin qu'elle se voie comme moi je la vois. C'est vrai que tu peux être autoritaire, mais tu es aussi douée pour tout, alors qu'est-ce que ça peut faire ? Et tout le monde est agaçant par moments. Mais tu n'es *jamais* difficile à aimer. Et je le sais, Penny. Parce que je t'aime. Je t'ai aimée avant même de comprendre ce que c'était.

Je ferme les yeux sur ces mots que je croyais ne jamais prononcer. C'est d'une cruauté inimaginable, la fille que je veux dans mon lit, dans mes bras, les sentiments enfin exprimés… mais rien n'est comme je l'avais rêvé quand je m'autorisais à le faire. Parce qu'elle a le cœur brisé, et que je suis en colère contre tout le monde sauf elle, et parce que nous serons toujours ces deux comètes dans le ciel. Une collision bouleverserait notre galaxie, mais nous allons pour toujours nous rater dans un chaos de « et si ».

Mon pouce caresse l'arête de sa tresse qui repose sur son épaule. Et je me rappelle à moi-même : Ce moment est la seule chose que j'aurai. Mais c'est difficile de s'accrocher à cette idée alors que je suis dans ses bras, sa main dans le creux de mon dos, sous mon T-shirt.

(Et si…

… tu lui disais ?

… tu l'embrassais ?

… ça se passait bien ?

… c'était ce qu'elle veut ?

… certaines filles avaient le droit de réaliser leurs rêves ?)

53

Cinq mois plus tôt
Une heure du matin

M — Comment ça s'est passé ?

M — Laurel a été surprise ?

M — Je veux tout savoir !

M — Enfin, pas tout. Mais tu as compris.

Meghan, c'est Tate. — T

Je sais qu'il est super tard. Mais tu pourrais me répondre quand tu auras ce message ? — T

M — Je suis là. Il est arrivé quelque chose à Penny ? Est-ce que je dois t'appeler ?

PAUSE

Penny va bien pour l'instant. (T)

(M) Que s'est-il passé ?

Elle s'est disputée avec Laurel. Elle est avec moi dans ma chambre. (T)

Peux-tu venir la chercher tout à l'heure avant que je rende la chambre ? (T)

(M) Je serai là.

Merci. (T)

54

Penny
Cinq mois plus tôt
Six heures du matin

Je ne saurai jamais ce qui m'a réveillée. Mais je me souviens de la sensation.

Chaleur. Pas la chaleur insupportable, poisseuse, qui donne envie d'envoyer valser les couvertures. Mais la chaleur d'une lumière dorée sur un parquet de bois, et d'un bijou offert sur une peau aimée.

Je cligne des yeux dans la clarté floue et remue sous les draps. Mes orteils frôlent la longue ligne de sa jambe. Nous ne sommes pas en cuillère, mais je le regrette presque ; j'aurais préféré lui tourner le dos, car nous sommes face à face, enlacées, et que c'est bien pire – bien mieux – d'être blottie dans ses bras, enveloppée dans le refuge de son corps, ses bras musclés, ses épaules, et sa peau parsemée de taches de rousseur contre mes cicatrices.

Sa main est sur ma hanche, ses doigts étirés de telle façon que j'ai envie de pousser contre pour voir s'ils se refermeront sur moi. Mon front est contre sa clavicule, ma tête repose dans le creux de son cou et de son épaule, et je sens ma tresse contre la peau de l'intérieur de nos deux bras.

Je ne bouge pas. Vu que je suis réveillée, je devrais m'écarter. Je ne suis pas venue à Yreka pour dormir dans le lit de Tate… ni dans ses bras. Je suis venue pour Laurel, et maintenant je suis ici au lieu d'être avec elle. Elle se moquerait de moi si elle nous voyait. Elle appellerait ça une revanche.

Putain… Elle me balancerait « je te l'avais bien dit ».

Comment en suis-je arrivée là ?

Pourquoi je ne suis pas allée au restaurant en face du motel ? Pourquoi n'ai-je pas téléphoné à Meghan pour qu'elle vienne me chercher la nuit dernière ? Je n'ai même pas pensé à lui envoyer un message, alors que c'est elle qui m'a conduite jusqu'ici. Elle qui m'a aidée à planifier cette surprise pour Laurel.

Pourquoi suis-je directement allée voir Tate, comme si mes pieds savaient quelque chose que j'ignore ?

Mes doigts s'enroulent autour de l'ourlet de son T-shirt de nuit, tandis que les questions s'accumulent dans ma tête. Je desserre mes doigts, mais ma main se retrouve à plat contre son dos, et c'est… une expérience. Je sens ses muscles à travers le tissu.

Son téléphone se met à vibrer sur la table, et elle bouge brusquement. Je comprends alors que pendant tout ce temps, elle était réveillée. Peut-être même qu'elle l'est depuis plus longtemps que moi. Elle s'écarte, et mes mains tombent avec le mouvement, mais nos jambes sont toujours entremêlées. Elle éteint l'alarme, et…

… elle revient.

Elle se réinstalle aussitôt dans l'espace encore chaud, la seule différence est qu'elle est légèrement descendue de façon que nous soyons désormais face à face et ses mains sont entre nous au lieu qu'il y en ait une sur ma hanche.

— Ça va ? s'enquiert-elle.

Sa voix est un peu rauque le matin, et ça provoque un tiraillement dans mon ventre.

Je hoche la tête, car j'ai peur que si je parle, elle s'éloigne, cette fois pour de bon.

— Bien, dit-elle, et je me demande si c'est pour combler le silence.

Je me demande si elle le ressent aussi… le poids à couper le souffle de l'absence d'espace entre elle et moi. Je veux l'alléger, le faire disparaître et je sais comment. Peut-être que je n'ai pas toujours su. Peut-être que j'ai flirté avec cette idée comme un enfant qui aime le feu, mais déteste se brûler. Mais, ici et maintenant, dans ce lit avec elle, j'ai la sensation…

… de lui appartenir.

Elle m'aime. Elle l'a dit. Ça compte, même si elle me croyait endormie.

Non ?

Est-ce que je veux que ça compte ?

— Il est tôt, dit-elle, et je sais pourquoi.

Je suis censée approuver, et l'une de nous deux est censée s'écarter, et c'est censé recommencer de zéro encore une fois : Le monde qui s'écroule, Tate qui est toujours là, et moi qui suis toujours lâche. Surtout quand c'est important.

Ça ressemblerait à quoi d'être courageuse ?

De découvrir quel goût elle a ?

De connaître la forme de ses lèvres ?

D'apprendre son corps contre le mien ?

— Penny ? dit-elle, parce que je ne m'écarte pas.

— Ne pars pas, je réponds.

Il n'y a pas d'espace dans ce lit.

Je ne veux pas qu'il y en ait, jamais.

— Penny.

Cette fois, ce n'est pas une question. C'est un soupir. Ses yeux sont fermés quand je tends la main pour tracer la ligne de sa mâchoire. Mes doigts s'arrêtent sur la tache de rousseur sous son oreille.

— Tu ne veux pas savoir ? je demande, parce que moi, oui.

Je veux savoir. Je veux ressentir davantage.

Et elle me fait toujours ressentir tellement plus.

Avec elle, je ressens tout.

J'ignorais que je pouvais toucher quelqu'un si complètement, et ça tourbillonne en moi, gravant un nouveau savoir dans chacune de mes terminaisons nerveuses. Les seules parties de nos corps qui ne sont pas en contact sont nos lèvres.

Si elle s'avançait juste un tout petit peu…

Si elle glissait la main dans mes cheveux, et m'attirait à elle…

C'est alors qu'elle le fait… et je me laisse aller, consciemment, avec reconnaissance… enfin.

Je vais enfin savoir.

Mes yeux se ferment. Je sens monter en moi l'anticipation, et puis…

Rien.

— Penny, dit-elle doucement.

J'ouvre les yeux, et le souffle que j'inspire…

Oh, ses yeux.

Elle est toujours si triste.

— Je mérite mieux que ça, dit Tate. Mieux que toi le cœur brisé par une autre fille. Mieux que des traces de larmes et une fuite… parce que tu es en train de fuir, Penny. Tu fuis tellement de choses.

Elle aurait pu me faire moins mal en prenant un couteau et en me poignardant. Surtout quand elle s'avance et dépose un baiser sur mon front. J'ai le souffle coupé par l'intensité avec laquelle elle se fond en moi comme si nous n'étions qu'une, l'espace d'une seule seconde.

— Tu mérites bien mieux toi aussi, murmure-t-elle avec férocité à mon oreille. *Nous* méritons mieux.

Elle se lève et disparaît dans la salle de bains, me laissant étendue là, aussi chiffonnée que les draps du motel.

Quand j'entends couler l'eau de la douche, ça me sort brusquement de ma transe. Mon cœur bat sauvagement, je baisse les yeux. Je suis dans tous mes états et ma respiration se fait plus rapide.

J'arrive tant bien que mal à atteindre mon téléphone, puis la porte, et je jaillis dans l'air froid du matin. Je me dirige d'un pas vacillant vers le parking en essayant de respirer au moment où Meghan se gare.

— Penny ! Penny ? Que s'est-il passé ?

Elle sort précipitamment de sa voiture pour me rejoindre. Incapable de parler, je secoue la tête et je me mets à pleurer. Elle ne dit rien.

Elle m'emmène juste loin d'ici.

55

Penny
23 juillet

Après notre dispute sur le parking, Tate ne rentre pas à la maison. Le lendemain matin, quand mon réveil sonne, elle n'est toujours pas revenue.

J'hésite à lui envoyer un message. Mais l'extrait de l'accord de trêve par lequel elle m'a répondu la nuit dernière fait pencher la balance vers le « non ».

Une partie de moi y pense. Aller chez Remi, sortir le grand jeu.

Mais je la connais. C'est pour ça que je n'aurais jamais dû laisser Anna croire que nous étions en couple. Tate me détestera encore plus si j'insiste.

Aussi, quand ma mère me téléphone pour m'annoncer qu'elle est prête à rentrer à la maison, je prends le volant pour Sacramento en pleurant pendant tout le trajet. Quatre heures et demie de larmes et de musique triste, et pas un message, pas un appel, de sa part. Je dois m'arrêter deux fois dans des stations-service afin de prendre un gobelet de glace pour mes yeux, histoire de ne pas arriver à l'appartement toute bouffie et trop visiblement perturbée.

J'ai quand même une sale tête quand je frappe à la porte.

Quand Manou ouvre et me voit, le soulagement dans son regard est palpable.

— Oh, Penny, dit-elle. Tu es là.

J'entre et la serre dans mes bras.

— C'est à ce point-là ?

— Ta mère...

Manou laisse sa phrase en suspens, car ma mère est assise sur le canapé du salon, emmitouflée dans une couverture.

— Salut, maman, j'appelle.

— Ma chérie ! Bonjour ! dit-elle avec un grand sourire en s'apprêtant à se lever.

— Non, non, ne bouge pas, je lui dis en me précipitant vers elle.

Lorsqu'elle tend les bras, j'hésite presque. C'est quand la dernière fois que je lui ai fait un câlin ? Je ne sais même pas. Trop longtemps pour que je m'en souvienne.

Ça fait bizarre. Et pas seulement parce que j'ai peur de lui faire mal. Elle est encore en rémission.

— Où est Tate ? demande Manou derrière moi.

— Oh, elle n'a pas envoyé de message ? Elle devait travailler, dis-je, le mensonge dans ma bouche comme une cuillère de cannelle, insupportable.

— Anna se repose, ajoute Manou. Je vais aller la prévenir dans un instant.

— Je vais le faire, dit maman en levant les yeux au ciel, et Manou sourit d'un air déterminé.

— Évidemment, répond-elle. Je vais aller mettre les bagages dans la voiture de Penny.

— Merci, dit ma mère visiblement à contrecœur. Viens t'asseoir ma chérie, ajoute-t-elle à mon intention en tapotant le canapé à côté d'elle.

Et j'y vais parce que je n'ai pas vraiment le choix.

— C'est sympa ici, je lui dis en balayant l'appartement du regard.

L'endroit est très moderne, avec des meubles aux lignes épurées et des touches de couleur çà et là, et un peu trop de couvertures extravagantes.

— Mon atelier me manque, dit maman. Je suis impatiente de rentrer. D'être libre. Ta grand-mère est un *tyran.* Je ne sais pas comment tu as fait pour la supporter pendant ta convalescence.

Je la dévisage, la chaleur envahit ma poitrine et me monte aux joues avec une sensation de nausée, tandis que son commentaire résonne en moi. Mon instinct me dit de ne pas relever. De me cacher dans les mensonges et les faux-semblants. De la jouer *Je vais bien* au lieu de *Tu me tues.*

Mais esquiver la vérité ne m'a apporté que des ennuis, des souffrances, et la perte d'une personne avec qui je n'ai même pas pu être pour de bon.

J'en ai assez, je crois.

— Sans Manou, mon pouce n'aurait pas la dextérité qu'il a aujourd'hui, je rétorque. Elle a fait tous mes exercices avec moi.

— Bien sûr, ma chérie, dit ma mère. Je voulais juste dire… C'est différent.

Oui. Tu m'as, moi. Je ne t'avais pas, toi.

— Je vais voir comment va Anna, dit-elle. Je reviens tout de suite.

Elle se dirige vers le couloir, et je me laisse aller contre le dossier du canapé en essayant de ne pas tenir compte de la peur qui me prend aux tripes.

Jusqu'à cet instant, je n'avais pas réalisé quel soulagement ça avait été ces dernières semaines de ne pas avoir à marcher sur des œufs en sa présence.

Je suis une mauvaise fille.

C'est une mauvaise mère. Voilà ce que Tate dirait si elle était là.

Je sors mon téléphone, en espérant qu'un message m'a échappé… mais rien.

Que vais-je bien pouvoir dire si Tate n'est pas là quand j'arriverai à la maison avec ma mère ?

Comment vais-je rétablir la vérité à propos de ma relation avec Tate sans que ma mère détruise de nouveau tous mes projets ?

Je n'ai pas de réponses, juste trop de questions, de l'anxiété à revendre et nulle part où exprimer tout ça. Alors, assise sur le canapé, je sors mon bullet journal que je feuillette nerveusement. Et je tombe sur l'un de mes collages.

Celui du jardin. Maman a dit qu'elle l'avait aimé. Un compliment artistique de sa part est…

Eh bien, c'est très rare.

— Penny !

Je lève les yeux, et me force à sourire en voyant Anna entrer lentement dans la pièce, soutenue par ma mère.

— Salut. Je suis désolée que Tate n'ait pas pu venir.

— Ne t'en fais pas, elle m'a envoyé un message, me rassure Anna en m'embrassant sur la joue après s'être assise à côté de moi.

Ma mère s'assied de l'autre côté, et je suis entre elles, mon bullet journal encore sur les genoux.

— Ça alors ! c'est un de tes collages ? demande Anna. Je peux regarder ?

Je ne peux vraiment pas lui dire non.

— D'accord, dis-je en la laissant prendre le cahier.

— Quel talent, murmure Anna en suivant du doigt la grille du jardin que j'ai créé à partir de pétales de fleurs séchés.

— Tu as tourné très impressionniste, dit ma mère.

La porte d'entrée s'ouvre sur Manou, de retour après avoir rangé les bagages dans la voiture.

— Tout est prêt, dit-elle en s'installant dans le fauteuil capitonné en face du canapé.

— Tu me mets déjà dehors ? demande ma mère d'une voix légère, avec cependant une expression qui ne l'est pas.

— Il vaut mieux qu'on y aille, je dis lorsque Manou ne répond pas. Ça nous évitera de tomber dans les bouchons.

— Très bien, soupire ma mère.

Je me lève et elle se penche pour serrer doucement Anna dans ses bras. Elle lui chuchote quelque chose à l'oreille et Anna rit, puis hoche la tête.

— Embrasse Tate pour moi, d'accord ? demande Anna.

Je réponds par un sourire, même si j'ignore si je verrai Tate avant le retour de sa mère.

Elle ne peut pas se cacher pour toujours. Mais elle peut le faire pendant un moment, si elle veut.

Ce n'est pas comme si ma mère en avait quelque chose à faire, elle ne s'en rendrait probablement même pas compte. Je la connais trop bien.

Réussir à ce qu'elle lâche Anna et la faire marcher jusqu'à la voiture tient du calvaire, mais je finis par y arriver. Manou est sur le trottoir. Je ferme la portière avant de la rejoindre.

— Eh. Tu tiens bon ? je demande.

Parfois, elle me posait cette question après les séances de rééducation. Une inquiétude qui est devenue une habitude, puis un motto.

— Je suis fatiguée, me dit-elle.

Ça me déstabilise, car je suppose que nous en sommes au même point. Incapables de continuer à tourner autour des vérités douloureuses.

Maman est vraiment esquintée. Et nous aussi.

Il n'y a pas de gagnantes dans cette histoire. Nous sommes toutes perdantes. Et nous ne semblons pas réussir à nous retrouver.

— Je prends le relais, je lui dis.

Mon objectif était de la réconforter un peu, mais son visage se décompose.

— Oh, Penny, dit-elle avant de me serrer contre elle. Sois prudente sur la route.

— Promis.

Quand je monte dans la voiture, ma mère a déjà mis la musique, donc je suppose que c'est elle qui choisit. Au moins, ce n'est pas un de ces podcasts qui parlent d'affaires criminelles réelles. Elle en écoute parfois en travaillant.

J'arrive à sortir de Sacramento et à faire une bonne partie de la longue portion d'autoroute bordée de rizières et de champs sans qu'elle commente trop ma conduite, mais chaque fois qu'un gros camion passe à côté de nous, elle se crispe comme s'il allait se déporter vers nous et nous envoyer dans le décor.

— Ça va ?

Je tressaille, surprise par sa question.

— Je vais bien, je réponds en me concentrant sur la route.

C'est une ligne droite, un sol plat, idéal pour faire pousser du riz, jusqu'aux montagnes où les vergers seront remplacés par des pins sauvages et des falaises.

— Tu as pleuré.

— Une crise d'allergie, je mens en espérant que ça lui fera une excuse pour ne pas poursuivre, même si je n'ai jamais eu d'allergie de ma vie.

Mais pour une fois, elle n'esquive pas. Évidemment, c'est quand je veux qu'elle me fiche la paix, qu'elle ne le fait pas.

— Il s'est passé quelque chose avec Tate ? Ne te mets pas en colère, ajoute-t-elle hâtivement. Anna m'a dit que vous étiez… Tu sais que nous sommes contentes pour vous, n'est-ce pas ?

— Maman, je ne… Laisse tomber, OK ?

Elle baisse les yeux sur ses mains, et triture son bracelet à breloques. Elle l'a fabriqué il y a plusieurs années avec des pennies aplatis sur des rails de chemin de fer, dans lesquels elle a percé des trous. Quand j'étais petite, j'avais l'habitude de jouer avec à son poignet. Elle riait et disait qu'elle me le donnerait lorsque je serais plus grande.

Elle n'a jamais été douée pour tenir ses promesses.

— Est-ce que vous vous êtes disputées ? Ça arrive dans tous les couples. C'est parfaitement normal, même si sur le moment on a l'impression que c'est la fin du monde.

— Nous allons bien. Je vais bien. C'est ce que tu veux, alors tout le monde va bien.

Elle laisse échapper un rire nerveux.

— Qu'est-ce que ça veut dire ?

— Rien. Est-ce que tu as fait quelques croquis pendant ta convalescence ?

— Je parlerai de mes croquis si tu me parles de tes collages, dit-elle, et c'est si puéril que je ne peux même pas être en colère.

— Tu viens de voir l'un de mes collages. Je te l'ai montré.

— Tu l'as montré à *Anna*, rétorque-t-elle.

— Tu étais assise jusqu'à côté d'elle.

Mes doigts se crispent sur le volant.

— Pourquoi ne veux-tu pas me laisser les voir ? demande ma mère. Tu as cessé de dessiner. Ce bullet journal et les collages sont les seules choses artistiques que tu fais désormais, et…

— Mais c'est pas vrai, j'explose. C'est quoi ton *problème* ?

— Pardon ? *Penny !*

Elle crie mon nom parce que je me suis déportée hors de la route sur le bas-côté. Je m'arrête en dérapant, et les pneus font voler le gravier. Puis j'enclenche le frein à main et me tourne vers elle.

Je brandis mes mains sous son nez de telle façon qu'elle ne puisse pas éviter de voir mes cicatrices, comme elle le fait d'habitude.

— Je ne dessine plus parce que ma motricité fine est nulle. Je ne peux plus réaliser le genre de détails que j'étais capable de faire avant. Alors je suis passée au collage. Et oui, je ne fais plus que mon bullet. Parce que c'est la seule chose que je *peux* faire sans que mes doigts me fassent souffrir au bout de vingt minutes.

Une expression horrifiée s'affiche sur son visage. Peut-être que c'est sincère, mais ça m'est égal. Je suis bien trop furieuse.

— Penny… je suis désolée. Je ne pensais pas…

— Oui… Tu ne penses jamais.

J'enclenche le clignotant d'un geste brusque et me réengage sur l'autoroute.

Nous ne parlons pas pendant plus de trois cents kilomètres.

56

TATE
23 juillet

J'entends la voiture de Penny s'arrêter dans l'allée, mais je ne bouge pas de ma chambre, même quand leurs voix montent jusqu'à moi.

Une grande part de moi ne voulait pas revenir. Remi a dit que je pouvais rester aussi longtemps que je le souhaitais, et j'ai vraiment été tentée. Mais je savais que Lottie le dirait à maman, qui ne manquerait pas de s'inquiéter.

Alors je suis là. Et elles sont en bas. Même à cette distance j'entends la tension dans la voix de Penny pendant qu'elle aide sa mère à s'installer.

(Je déteste le fait que, même maintenant, j'ai envie de la rejoindre.)

— Maman, non !

Je me lève d'un bond, parce que je connais ce ton. Mes pieds martèlent les marches, et j'esquive les valises posées dans l'entrée. Quand j'arrive dans le salon, Lottie est par terre, le visage tordu de douleur, et Penny peine à l'aider à se relever.

— Eh, eh, je dis en me précipitant vers elles. Une seconde. Il faut la soulever correctement.

— Je vais bien, dit Lottie en me tapant sur les mains.

— Lottie, s'il te plaît. Laisse-moi t'aider.

Je la soulève avec précaution et je l'accompagne jusqu'au canapé. Elle s'y assied avec un soupir.

— Où as-tu mal ? je demande. Tu as mangé ? Est-ce que Manou t'a donné tous ses médicaments ? je demande à Penny.

— Ils sont dans son sac. Je vais les chercher, dit Penny en s'élançant dans le couloir.

— Tu veux quelque chose à boire, Lottie ?

— Je veux juste aller dans mon atelier, répond-elle. Le carnet de croquis dont j'ai besoin est là-bas. Je peux traverser le jardin. Je suis censée bouger.

— Pas après être restée assise dans une voiture pendant des heures ! Tu dois te reposer, insiste Penny en revenant avec un sac en plastique sur lequel est imprimé le logo de l'hôpital. J'ai tous les médicaments et les instructions.

— J'ai besoin de mon carnet. La galerie d'art de San Francisco attend mes vitraux d'ici à quelques semaines, dit Lottie. S'ils se vendent bien, ils en voudront peut-être d'autres.

— Je vais le chercher, maman, dit Penny. Tu es tombée quand tu t'es levée. Regarde, je t'ai préparé un petit panier avec des trucs à grignoter, et j'ai trouvé une cloche. (Elle prend la cloche sur la table d'appoint près du canapé-lit.) Tu peux être super agaçante et la faire sonner au lieu de m'envoyer des textos.

Lottie prend la cloche avec un sourire. Naturellement.

— Je vais te chercher de l'eau, je dis parce que c'est la seule chose qu'il n'y a pas dans le panier préparé par Penny, comme si Lottie était dans un hôtel.

Penny ne me suit pas tout de suite, mais alors que je sors la carafe d'eau du réfrigérateur j'entends des pas dans le couloir.

— Tu es revenue.

Je prends un verre dans le placard.

— Bah oui, je vis ici.

— Tate, est-ce qu'on peut… ?

— Non, on ne peut pas, je réponds en remplissant le verre avec une telle fureur que j'éclabousse le plan de travail.

— Tate.

— Quoi ? (Je me retourne brusquement pour lui faire face.) Qu'est-ce que tu veux ?

— Je veux m'excuser.

— Ce n'est pas la peine.

— Si, ça l'est.

— Puisque je te dis que non, j'insiste. (Je déteste la façon dont cette graine de doute glacée s'insinue en moi.) On n'est pas amies. On ne l'a jamais été.

— On n'a jamais été ennemies non plus, dit Penny.

Elle a raison.

Ce qu'on était… Avant, je pensais que c'était peut-être quelque chose d'indéfinissable. Qu'il n'existait pas de mot pour décrire nos chemins qui se croisent sans cesse et nos vies mêlées malgré nous.

Je ne le pense plus.

Je pense désormais qu'il y a un mot pour ça.

Je pense juste qu'on fuyait ce qu'il y avait entre nous, et quand on ne pouvait pas le faire, on se disputait.

C'était plus simple.

Et puis elle a tout foutu en l'air en nous amenant sur un terrain compliqué. Tout ça pour que maman ne vende pas la mèche à propos du kayak.

— Penny ? (La voix de Lottie nous parvient depuis le salon.) Tu n'étais pas partie chercher mon carnet ?

Penny attend que je dise quelque chose en me regardant d'un air désespéré.

— Penny ? appelle de nouveau Lottie.

— Vas-y, je lui dis.

— Je suis désolée, répète-t-elle une fois de plus.

Puis elle hausse la voix et lance :

— J'y vais, maman !

Je ne retourne pas dans le salon avant d'avoir entendu la porte d'entrée se refermer, me confirmant qu'elle est partie.

57

Penny
23 juillet

Quand j'appuie sur l'interrupteur de l'atelier, la lumière de l'ampoule vacille et s'éteint.

— Évidemment, je marmonne.

Je tends les mains devant moi et, marchant comme un zombie, j'avance en restant du côté droit de la pièce afin de ne pas me cogner dans un vitrail.

Si jamais je casse l'une des œuvres mises de côté pour la galerie, j'en entendrai parler jusqu'à la fin de mes jours.

Il fait chaud comme dans un four ici, une chaleur intense, corrompue, qui emplit vos poumons à chaque souffle.

Ma main se referme sur le bout de la table de travail, et j'ouvre le tiroir à l'intérieur duquel je tâtonne à la recherche de la lampe-torche. Je finis par la trouver.

J'éclaire les outils et les pièces en cours sur la table. Son carnet, fermé par des élastiques, est posé dans un coin. Je l'attrape, et alors que je me retourne pour partir la lumière tombe sur le vitrail exposé sur un chevalet à ma droite.

Je les vois dans la pénombre : trois vitraux. Deux sont complètement recouverts par des draps, et le troisième est partiellement révélé par le tissu qui a glissé.

Au départ, j'ai l'impression que mon cerveau me joue des tours. Ce n'est pas possible.

Parce que ce que je vois…

C'est comme un rêve.

Un cauchemar.

Je m'en approche à pas prudents, comme un loup rampant vers un piège, et je tire lentement sur le drap. De la poussière s'envole, mais je ne la vois pas.

Tout ce que je vois c'est le vitrail.

Tout ce que je vois c'est ce qu'elle a fait.

Je découvre le deuxième, puis le troisième, et quand je recule je les vois tous ensemble…

Je n'ai jamais autant haï quelqu'un que ma mère.

Ce sont des œuvres abstraites, comme tout ce qu'elle a fait depuis la mort de papa. Et en même temps… elles ne le sont pas. Pas pour quelqu'un qui sait.

C'est un triptyque. Une histoire en trois parties. Une trilogie de douleur. Il y a probablement un terme artistique pour ça, mais je ne le connais pas et je m'en fiche parce qu'elle…

Le premier vitrail est bleu et vert. La forêt et la rivière qui la traverse. Il y a de délicates arêtes de gris – figurant des personnes, papa et moi – sur des éclats jaunes et bleus, comme un raft qui formerait une sorte de berceau pour les silhouettes. La scène est sereine, pour qui ne sait pas.

Sinistre pour ceux qui savent.

Sur le deuxième, le vert a été repoussé vers les bords, l'accent est mis sur le bleu et le blanc, tout n'est que tempête et vagues, si chaotique qu'il faut regarder avec attention pour voir le gris des personnages dans le bouillonnement. Mais une fois que vous les avez trouvés, il est impossible de ne plus voir le désespoir.

Le troisième vitrail est comme une vue aérienne rendue abstraite : les verts et les marrons de la forêt et des falaises, le serpent de couleur de la rivière qui passe du bleu à un jaune éclaté pour se terminer en rouge sang.

Je me laisse glisser à terre, le poing encore serré sur le dernier drap.

Est-ce que je connaissais la terreur avant ça ? Parce que je n'ai jamais rien ressenti de tel, le choc d'un trop-plein qui m'assaille de toute part, ce rouge qui me hurle dessus comme une sirène d'incendie. Mon visage se déforme, mes lèvres luttent contre le cri que je voudrais laisser s'échapper.

J'ignore combien de temps je reste là, à genoux, à regarder ce que ma mère a fait.

À fixer l'art qu'elle a créé à partir de mon traumatisme.

La seule chose que je sais, c'est qu'en dehors de ma respiration laborieuse le bruit suivant à me parvenir, c'est elle.

Tate, bien sûr.

Toujours témoin de mes pires moments.

— Penny, ta mère m'a envoyée… (Elle s'interrompt brusquement.) Qu'est-ce que c'est que ce bordel !

Je jette un coup d'œil par-dessus mon épaule, mais ce n'est pas moi qu'elle regarde. Elle a les yeux rivés sur les vitraux, et l'expression horrifiée sur son visage…

… est comme un cadeau.

Une validation.

Je ne suis pas folle. Elle le voit aussi. N'est-ce pas ?

— Tu… tu le vois, toi aussi ?

Les mots s'échappent de ma bouche et ma voix est si aiguë que je ne la reconnais pas, et merde, est-ce que je respire au moins ?

J'ai besoin de respirer. Comme Jane, la thérapeute, me l'a appris.

Avant d'avoir réfléchi à ce que je faisais, je suis allongée sur le sol. Le ciment du garage est frais. J'aime ça. Je crois que je vais juste rester là. Mais soudain, Tate est près de moi, elle me redresse doucement, et me soutient.

— Penny, regarde-moi, m'ordonne-t-elle alors que tout est flou et brouillé.

— Je...

Je n'arrive pas à détacher mon regard des vitraux. Je veux un marteau. Je veux les réduire en *miettes.*

— Hé, dit-elle en se plaçant entre moi et le triptyque. Ne regarde pas ça. Regarde-moi, OK ?

Je force les mots à sortir :

— Elle en a fait de l'art.

— Oui, dit simplement Tate.

Est-ce une trahison ? Ma mère peut-elle me trahir après m'avoir abandonnée si totalement ? Ça fait l'effet d'une trahison. Ou peut-être que ça confirme juste que je n'aurais pas dû espérer.

Je les ai perdus tous les deux ce jour-là. Je me mentais à moi-même en pensant que ça finirait par changer.

— C'est hyper glauque, dit Tate, résumant la vérité d'une simple phrase.

C'est un tel soulagement, que je m'affaisse contre elle, sa peau est chaude et ses épaules sont douces. Elle referme ses bras sur moi, et une de ses mains se pose derrière ma tête avant de l'envelopper. Son pouce caresse l'endroit de ma nuque où commencent mes cheveux et des larmes coulent aux coins de mes yeux. Nos corps se touchent comme un frémissement, comme ce frisson revigorant avant la détente quand vous vous glissez dans une eau plus chaude que vous.

Mais je ne peux pas me détendre. Pas ici. Pas juste à côté de ça.

— Je ne peux pas rester ici, je dis.

Et sans un autre mot je m'extirpe de ses bras et je sors du garage pour rejoindre la maison. J'entends Tate jurer et me suivre dans le jardin, mais je ne regarde pas en arrière.

Je me rends directement dans le salon où ma mère est étendue sur son canapé-lit. Son carnet toujours serré dans ma main, je songe un instant à le lui jeter à la figure. À le feuilleter pour voir s'il y a des croquis des vitraux dans le garage. Je m'imagine les déchirer. Mais au lieu de ça, je reste debout au pied du lit jusqu'à ce qu'elle lève les yeux sur moi.

— Le voilà, dit ma mère en tendant les mains pour l'attraper, ce qui lui arrache une légère grimace. Merci, ma chérie.

Mais je ne le lui donne pas.

— Tu croyais que je ne le découvrirais jamais ? je demande.

— Découvrir quoi ?

— L'un des draps de ton triptyque est tombé.

— J'espère que tu l'as remis. Je veux qu'ils soient en parfait état pour la galerie, dit-elle sans même quitter des yeux son carnet.

— Non, maman. Je ne l'ai pas remis.

Elle relève la tête.

— Tu as l'air en colère.

Elle a le culot de froncer les sourcils.

— Tu crois ?

— Pourquoi es-tu... ?

Elle a l'air si surprise. Ça me fait me ratatiner, juste une seconde, pile au mauvais moment, et les mots meurent dans ma gorge. Je tremble de tout mon corps tant j'essaye de tenir le choc.

— Ces vitraux sont atrocement dérangeants, Lottie.

Les mots viennent de derrière moi.

De Tate.

Elle se tient sur le seuil de la salle à manger, au niveau de la double porte branlante que nous ne fermons jamais, car elle ne cesse de se casser. Elle semble prendre tout l'espace, comme si ses larges épaules pouvaient tout porter.

Une fois encore, elle est le témoin d'un de mes pires moments.

La bouée de sauvetage à laquelle je me raccroche.

— Pardon ? dit ma mère en lui lançant un regard noir.

— Tu m'as entendue, répond Tate.

— Tu es en terrain glissant, jeune fille.

Sa voix se fait plus dure, mais ne monte pas en volume.

— Maman, tu n'avais pas le droit..., je commence.

— ... de pratiquer mon art ?

Ce coup-ci, elle hausse le ton.

— De faire de l'art avec ce qui est arrivé.

— Ça m'est arrivé à moi aussi, Penny.

— Putain, j'y crois pas, marmonne Tate.

Et ma mère tourne de nouveau la tête vers elle, cette fois plus lentement.

— Gillian, arrête ça, gronde-t-elle.

J'inspire et j'expire en essayant de garder mon calme. Cela ne marchera que si je ne pète pas un câble. Parce que sinon elle s'en tirera en disant que je suis hystérique, ou elle fuira encore, comme elle l'a fait quand elle m'a annoncé qu'elle vendait l'affaire de papa. Et ce n'est même pas que j'en ai marre de fuir. C'est qu'après avoir vu ce qui m'est arrivé représenté avec des morceaux de verre coloré, je ne peux plus.

Elle joint les mains ; c'est un geste censé être suppliant, mais je n'y vois qu'une tentative de me calmer.

— Nous avons toutes les deux perdu ton père, dit-elle.

— Non. (Le désir de briser ce pacte tacite de silence ne fait pas que monter en moi, il bouillonne.) Tu n'as pas le droit de faire comme si c'était la même chose. Et tu n'as pas le droit de transformer ce jour en art alors que tu n'étais même pas là.

— Personne ne m'a demandé de venir, dit-elle. Peut-être que si j'avais été là…

Ses traits se tordent et je prends conscience que tout ça appuie sur une vieille, très vieille blessure.

Je cligne des yeux, surprise, parce que je n'y avais jamais pensé sous cet angle, et peut-être que c'est égoïste. Papa et moi sommes partis seuls ce jour-là, une sortie père-fille, et nous ne lui avons même pas proposé de nous accompagner. Elle n'a jamais aimé les rapides.

— Maman, je dis, à la fois douce et brutale, parce que c'est ce qu'est cette vérité. Si tu étais venue, on serait tous morts.

— Je… Non. Non. Ce n'est pas…

Elle se plaque une main sur la bouche pour essayer d'étouffer un sanglot.

— Le poids supplémentaire… On aurait coulé encore plus vite. On ne serait jamais arrivés jusqu'à cet arbre. Et si tu m'avais demandé ce qui s'est passé ce jour-là, tu l'aurais su. Mais tu n'as jamais demandé. Pas une seule fois. Tu t'es contentée de m'ignorer, de me forcer à arrêter la thérapie, de te torturer avec des suppositions et de transformer en art les fantasmes que tu as imaginés au lieu d'affronter la réalité !

— Ce ne sont *pas* des fantasmes… Comment oses-tu dire ça !

Les larmes inondent ses yeux.

— Fantasmes. Métaphores. Comment appelles-tu une rivière rouge sang ? (Je secoue la tête.) Tu n'as pas le droit de faire une métaphore d'une réalité que tu as fuie. Tu n'étais pas là. Tu n'étais pas là avec lui. Tu ne l'as pas entendu me supplier de le lâcher. Tu ignores ce qui s'est passé. Parce que tu n'as jamais demandé ! Tu n'as jamais posé *une seule question.* Et c'est à peine si tu sais ce qui s'est passé après, vu que tu n'étais pas là non plus.

— Penny…

J'ai perdu tout contrôle. Les mots continuent à jaillir, enfin… enfin.

— Papa m'a lâchée parce qu'il n'avait pas le choix. C'est la vérité. Je le sais. Mais toi tu m'as lâchée parce que c'était trop dur de t'occuper de moi. Je n'ai eu que Manou. Et elle n'a même pas pu faire son deuil parce qu'elle prenait soin de moi. Je sais ce que ça signifie de passer en premier pour quelqu'un, parce *qu'elle* m'a fait passer en premier. Pas toi. Tu as pu faire ton deuil autant que tu le voulais, comme tu le voulais. Manou et moi, on était là, à essayer de faire en sorte que je puisse à nouveau me servir de mes mains, pendant que tu vendais la maison et sa société. Puis tu es revenue comme une fleur après avoir vécu *plusieurs mois* chez Anna et tu l'as effacé de chez sa propre mère en faisant comme si tout allait bien. Après que nous ayons fait le plus dur, après que Manou ait tout fait pour moi, tu as envahi sa maison et ce que nous avions construit, en attendant de moi que je me comporte comme si ça allait bien. Comme si tu étais une *vraie* mère. Et je l'ai fait. Parce que c'était plus facile. Parce que tu es plus facile à vivre quand les choses se passent comme tu veux. Mais tu n'auras pas sa mort. Tu n'auras pas ce jour-là. Tu n'étais pas là. Ça ne t'appartient pas.

— Penny.

Ses yeux sont pleins de larmes.

— Cesse de répéter mon prénom ! Dis quelque chose qui a du sens ! Tout ce que tu as fait, c'est foutre ma vie en l'air et me couper de la personne qui m'aidait vraiment ! Tu ne dis jamais rien de significatif !

Mais elle continue juste à pleurer. Et je sais que peu importe à quel point je le veux, je n'aurai pas de réponse ou rien de ce que je souhaite aujourd'hui.

Rien dans cette situation de merde ne peut être résolu en une conversation, une journée, ou un terrible moment de révélation.

Mais rien ne sera résolu sans plusieurs conversations sur des jours, des semaines, des mois, voire des années. Et si elle refuse de parler, même maintenant, si elle continue à me tenir à l'écart…

Que suis-je censée faire si elle ne veut même pas essayer ?

Je jette le carnet de croquis sur la table basse.

— Tiens, je dis, parce qu'il n'y a rien à ajouter.

— Penny, s'il te plaît, dit-elle.

C'est une supplique. Une supplique pour un retour à la normale. Pour recommencer à faire comme si de rien n'était, et continuer à jouer à nous éviter.

Mais j'en ai assez.

Fini les jeux.

Place à la vérité.

— Tu sais, si tu m'avais posé des questions sur ce jour-là, je t'aurais tout dit. Je t'aurais raconté à quel point il a été courageux. Et calme. Comment il a tout fait pour me sauver.

Et si tu n'avais pas eu si peur, tu saurais : la dernière chose qu'il a dite, ses derniers mots… ont été de me supplier de te dire qu'il t'aimait.

Le bruit qu'elle produit n'est pas humain.

Il est familier.

C'est le même son que j'ai produit quand il a lâché la corde.

58

TATE
23 juillet

Penny quitte le salon et je n'essaye pas de l'arrêter. Je reste dans l'encadrement de la porte pendant que Lottie sanglote sur le canapé.

Voyant qu'elle est sur le point de se noyer dans sa morve, je vais vers elle et pose une boîte de mouchoirs sur ses cuisses.

— Tu es contente ? me demande-t-elle, comme si elle avait cinq ans.

Je la dévisage, incrédule. Une partie de moi a envie de ravaler les mots qui me brûlent les lèvres. Mais je ne peux plus. Pas après ça.

— C'est ta faute, Lottie. Elle allait craquer à un moment ou à un autre. Et si tu pensais le contraire, tu es bête.

Elle inspire brusquement, le nez bouché, visiblement furieuse, mais je suis distraite par le bruit d'une voiture qui démarre.

Merde ! Je me précipite vers la porte d'entrée et l'ouvre à la volée juste à temps pour voir les feux arrière de Penny s'éloigner dans l'allée et franchir le portail ouvert.

— Qu'est-ce qu'elle fout ! je hurle, emportée par un sentiment de colère, aussitôt remplacé par de la peur.

Elle ne devrait pas conduire. Pas quand elle est aussi contrariée. C'est dangereux.

— Tate ? appelle Lottie. Est-ce que c'était… ? Que se passe-t-il ?

Je l'ignore et claque la porte d'entrée.

— Tate ? répète-t-elle. Je vais me lever si tu ne…

— Pitié, non ! (Je retourne précipitamment dans le salon.) Tu n'aideras personne si tu te blesses.

— Est-ce qu'elle est partie ? s'enquiert Lottie, la lèvre tremblante.

Si elle se remet à pleurer…

— Tu pensais vraiment que ces vitraux ne la dérangeraient pas ? je demande, incapable de me retenir.

Comment a-t-elle pu être si cruelle ?

— La conseillère, dit Lottie.

— Quoi ?

— La conseillère. Celle que j'ai dû voir pour devenir donneuse. Elle m'a demandé pourquoi je n'utilisais pas l'art pour exprimer pleinement mon chagrin, et je n'arrêtais pas d'y penser. J'ai juste… C'était la seule façon de faire sortir sa question de ma tête. De sortir les images de ce jour de…

La fin de sa phrase se perd dans un de ces horribles sanglots.

Merde. C'est tout ce qui me vient à l'esprit. Je suis si furieuse. Parce que, bien sûr, Lottie a eu droit à une épiphanie en thérapie, alors qu'elle a empêché Penny de poursuivre la sienne.

Je n'ai jamais autant aimé et haï quelqu'un que Charlotte Conner. Je ne sais pas quoi faire de ces sentiments ; je me sens accablée, et je ne suis même pas sa fille. Penny doit se sentir…

Il faut que je la retrouve.

Mais je ne peux pas laisser Lottie.

— Reste ici, je dis en quittant le salon pour me rendre dans le couloir.

Je m'assieds lourdement sur la première marche de l'escalier et sors mon téléphone.

J'ai besoin d'un plan. J'ai besoin d'une solution. J'ai besoin d'un putain de miracle.

J'ai Meghan et Remi. Ce qui est presque pareil.

Je leur envoie un message dans une conversation de groupe :

Besoin d'aide Est-ce que l'un de vous deux peut venir et rester avec Lottie ?

Je dois retrouver Penny. Elles ont eu une dispute.

Une grosse, grosse dispute.

Alors que j'attends que l'un d'eux me réponde, je me mets debout et monte l'escalier afin que Lottie n'entende pas notre discussion.

Chacun de mes pas est incertain. J'ignore si c'est la bonne décision.

Tout ce que je sais, c'est que ça doit cesser.

Que parfois il y a des choses qui nous dépassent.

Que parfois on a besoin d'aide.

Lottie n'a fait qu'entraver la guérison de Penny. Elle a édicté des règles ridicules, elle a évité de parler de George, comme un papillon de nuit fuyant les ténèbres. Elle a fait souffrir Penny, elle l'a diminuée et elle a laissé grandir la tristesse de sa fille parce que c'était plus simple pour elle, Lottie, que de faire face à la perte qu'elles avaient subie.

Penny mérite davantage.

Penny mérite la totale.

Elle mérite une putain d'aide.

59

Penny
23 juillet

J'ai toujours aimé monter ici à Damnation Peak. Toutes les lumières de la ville se reflètent sur la rivière qui descend en serpentant à travers les montagnes. C'est paisible, même quand vous ne l'êtes pas du tout.

Je n'arrive pas à me les sortir de la tête. Les vitraux de ma mère. L'idée que quelqu'un les possède… Je ne sais même pas ce que ça me ferait.

Elle me dirait probablement que je n'ai pas mon mot à dire.

Je ne l'ai jamais eu. Pas plus quand elle a décidé que toutes les affaires de papa devaient partir dans un entrepôt, que quand elle m'a arrachée à la thérapie, ou quand elle est revenue après m'avoir abandonnée, pour finalement se jeter à corps perdu dans le sauvetage d'Anna.

Je replie mes jambes sous moi et m'adosse au pare-brise en contemplant les lumières.

Peut-être que je pourrais juste conduire. Tout laisser derrière moi. Trouver un boulot quelque part loin d'ici et ne jamais revenir.

Je ne veux pas rentrer à la maison, jamais. Pour quoi faire ? Il n'y a plus rien pour moi là-bas.

Me voilà revenue au point de départ. La seule famille qui m'aime vraiment, c'est Manou.

J'ai mal au cœur, rien que de penser à elle. C'est elle qui a connu papa le plus longtemps. C'est bizarre d'y songer de cette façon, mais c'est vrai. Elle a été en vie pendant chaque seconde de celle de mon père.

Ça doit rendre sa disparition encore plus douloureuse. Pas moins.

Mais elle ne me l'a jamais reprochée. Elle n'a jamais cessé d'essayer de m'aider. Elle n'a jamais regretté que j'existe.

J'aimerais qu'elle soit là.

La nuit où elle a mis mes cachets sous clé, elle est restée à mon chevet pendant des heures. Elle ne pouvait toujours pas me tenir les mains à ce moment-là, mais elle a posé les siennes à côté des miennes pour que je sente leur chaleur.

Elle était simplement là. Elle existait avec moi. Elle s'est assurée que je continue d'exister.

Je me souviens comment c'était. De ne plus vouloir exister.

Je ne veux plus jamais ressentir ça.

Je pose mes mains l'une sur l'autre et je ferme les yeux. Mais ils sont là, dans ma tête : ces foutus vitraux. Cette rivière rouge sang. Comment a-t-elle osé ?

Le bruit d'une camionnette qui s'approche me fait me redresser. Je plisse les yeux à cause de la lumière des phares, mais je comprends dès que je vois, derrière la cabine, la silhouette de Berry qui n'a pas encore été livré à ses nouveaux propriétaires.

Tate me trouve toujours.

Peut-être que c'est quelque chose que j'ai toujours aimé chez elle.

— C'est chaud de conduire avec cet ours à l'arrière, dit-elle en grimpant sur le capot pour s'asseoir à côté de moi, et s'adosser au pare-brise.

— Ma mère ? je finis par demander.

— Je lui ai collé Meghan sur le dos, dit Tate.

Ça m'arrache presque un rire. Mais je n'ai pas ce qu'il faut en moi pour qu'il sorte vraiment.

— Je suis désolée, dis-je.

— Tu es…

— Tu es venue jusqu'ici. Tu es furieuse contre moi pour tout un tas de bonnes raisons et tu es quand même venue jusqu'ici. Tu n'étais pas obligée.

— J'avais besoin de m'assurer que tu allais bien.

— Je ne crois pas que j'irai bien un jour. Et je ne crois pas que je peux retourner là-bas, je lui réponds calmement.

Je sens son regard, mais je ne peux faire un tel aveu en le soutenant.

— Penny, dit-elle avec douceur.

Elle se redresse, croise les jambes en tailleur et se positionne face à moi.

— J'ai fait quelque chose. Et tu vas peut-être être en colère contre moi, mais je suis en colère contre toi, aussi. Donc on peut juste être en colère l'une contre l'autre, si c'est comme ça que ça doit se passer.

— Qu'as-tu fait ?

Elle me tend son téléphone. Je le prends. Il est ouvert sur l'appli Notes.

MON PLAN POUR AIDER PENNY

1. Appeler Marion.
2. Obtenir le numéro de l'ancienne thérapeute de Penny.
3. Poser un ultimatum à Lottie.
4. Prendre un rendez-vous en urgence avec la thérapeute.

Je garde les yeux rivés sur le plan. Les mots deviennent flous, et les larmes gouttent de mon nez sur l'écran. Je les essuie à la hâte et lui rends le téléphone.

— Je n'ai encore rien fait de ce qui est sur la liste, me dit-elle. Je… tu aimais bien la thérapeute, j'ai raison ?

Je confirme d'un hochement de tête.

— Tu voulais continuer à la voir ? Tu voulais voir un psychiatre et…

— Oui, je souffle, car je peux à peine articuler un mot tellement mon cœur bat vite.

C'est si simple, écrit noir sur blanc. Quatre étapes pour aider.

Quatre étapes pour avoir à nouveau accès à quelqu'un qui m'écoute vraiment.

Quatre étapes pour obtenir des réponses et apprendre à me connaître moi-même.

— Penny, je ne peux rien faire à propos de ta mère et les conneries monumentales qu'elle n'arrête pas de faire. Mais je peux la forcer à t'autoriser à retourner voir la thérapeute.

— Tu n'as pas vu comment elle a réagi à la seule session à laquelle elle est venue, je proteste, parce que à ce stade il est trop difficile de laisser naître un espoir, quel qu'il soit.

— Je me moque de ce qu'elle en pense, dit Tate. Si c'est ce que *tu* veux, je ferai en sorte que ça arrive.

— Comment ?

— Ta grand-mère va lui dire que si elle ne t'autorise pas à y aller, elle n'aura plus d'atelier.

Je la regarde bouche bée.

— Tu ne peux pas…

— C'est la maison de Marion. Son garage. Tu crois qu'elle refusera ? Tu crois qu'elle ne veut pas te voir heureuse et en bonne santé ?

— C'est ma mère, Tate.

— Elle te fait du mal, dit Tate. C'est aussi terrible que si elle t'avait empêchée de te faire opérer ou si elle t'avait obligée à arrêter la rééducation en plein milieu du protocole. Personne ne lui dit rien parce que dès qu'il s'agit d'émotions et de santé mentale ce monde est merdique.

— Je…

Je ne peux pas la contredire.

Difficile d'argumenter face à tant de vérités.

— Elle n'est pas méchante, poursuit Tate. Elle est juste bête, égoïste et toujours perdue dans un puits sans fond de chagrin. Elle aussi a besoin d'un accompagnement, mais ce n'est pas mon boulot.

— Parce que je le suis ?

Quand elle croise mon regard, je ne peux détourner les yeux. Nous sommes passées de tristes à électriques en un instant, et je n'en reviens pas.

— Tu n'es pas mon amie, dit Tate. Et tu n'as jamais été mon ennemie, Penny. Tu es… *toi.* Et je suis dans ton camp. Ce qui signifie que je ne vais pas te laisser tomber. Surtout pas quand tout ce que tu veux, c'est retourner voir la thérapeute qui t'aidait.

Je veux bien plus que ça, mais si je le dis, ça va déverrouiller tout un tas de portes que j'ai gardées fermées bien trop longtemps.

— Je ferai ce que tu veux que je fasse, reprend Tate. Si tu ne veux pas de ce plan, je ne ferai rien. Mais si c'est ce que tu souhaites, je vais rester assise ici et te tenir la main pendant que tu appelleras ta grand-mère. Je serai là quand Marion parlera à Lottie. Et je t'emmènerai moi-même chez la thérapeute. Mais si *tu* ne changes pas quelque chose, Penny, rien ne changera. Lottie ne le permettra pas.

Elle a raison.

Tate a toujours raison. C'est vraiment agaçant la plupart du temps, mais aujourd'hui…

Je lui suis si reconnaissante.

Je tends la main.

Elle la prend.

— Appelons ma grand-mère.

60

Penny
2 août

Le cabinet de Jane est comme dans mon souvenir. Quoique, pas tout à fait… Elle a de nouveaux coussins. Mais l'odeur est restée la même. Me retrouver dans cette pièce me bouleverse, et au moment où je m'assieds sur le canapé, c'est comme si un nœud dans ma poitrine se desserrait enfin.

— C'est bon de te revoir, dit Jane.

Je hoche la tête, les lèvres pincées, en luttant pour ne pas laisser déborder mes larmes.

J'ai été à cran toute la semaine, dans l'attente de ce rendez-vous. Ma mère a signé les papiers dès que Jane les a envoyés.

J'aimerais que tu comprennes à quel point j'ai peur de te perdre, Penny, m'a-t-elle dit quand elle me les a tendus.

J'ai eu envie de lui crier : *Tu m'as déjà perdue.* Mais je ne l'ai pas fait.

Jane aurait été fière.

Elle pousse discrètement la boîte de mouchoirs vers moi. Je m'en empare et la tiens entre mes mains au lieu d'utiliser un mouchoir. Juste pour avoir quelque chose à quoi m'accrocher.

Puis, j'avoue :

— Je suis nerveuse.

— La dernière fois que nous nous sommes vues, ça a été assez dramatique, dit Jane avec un sourire plein de douceur. Ta mère était vraiment contrariée par la perception qu'elle avait de la situation.

— Elle avait tort.

— Elle a agi sous le coup de la peur, dit Jane. Les diagnostics rendent les choses plus réelles pour certaines personnes. L'opposition aux médicaments est monnaie courante, mais j'admets que j'ai été démoralisée par sa réaction. Ce n'était pas juste vis-à-vis de toi, Penny. Ça a dû être très douloureux.

— Je suppose qu'on peut ajouter ça à la liste, je réplique.

Ma tentative de blague tombe à plat, car Jane se contente de me regarder et d'attendre que la vérité remonte à la surface.

Dans le silence et l'espace qu'elle me donne, je finis par avouer :

— Ça a été dur.

— Ta grand-mère a évoqué le fait que ta mère avait été hospitalisée.

— Oui, elle a filé un morceau de son foie à sa meilleure amie.

— Et qu'en as-tu pensé ?

— Je trouve ça bien, je réponds. Vraiment. Je suis tellement contente qu'Anna aille bien. Mais ça a été… Elle ne m'a même pas prévenue. Elles nous ont annoncé la nouvelle cinq jours avant leur départ.

— C'est court comme délai, dit Jane. On dirait que c'est une habitude chez elle.

— Depuis deux ans, je passe ma vie à encaisser les merdes qu'elle me balance, dis-je. Papa meurt, et elle l'enterre au lieu de respecter ses volontés. Elle ne revient pas à la maison et me refourgue à ma grand-mère pour aller vivre avec Anna. Ces dernières années, Tate a passé plus de temps avec ma mère que moi. Vous vous rendez compte à quel point c'est tordu ? (Je ne m'arrête même pas pour la laisser répondre.) Et après elle a vendu la société de rafting. À cause de vous.

— À cause de moi ? demande Jane, perplexe.

— Enfin, pas vraiment à cause de vous. Mais à cause de la séance que nous avons eue. Elle a tellement flippé à l'idée que je retourne sur l'eau qu'elle a édicté cette règle débile selon laquelle je n'avais plus le droit d'aller dans l'eau à moins que ce soit dans une piscine ; ensuite elle a vendu la société de papa, et depuis j'ai dû regarder son ancien associé couler la boîte.

— Ça fait beaucoup à gérer, dit Jane.

— Et puis elle a donné son foie à Anna – enfin une partie de son foie – et Tate et Anna ont emménagé avec nous, parce que vous saviez que les traitements antirejet étaient hyper chers, Jane ? C'est criminel. Ce pays craint un max. Et maintenant, je dois vivre dans la chambre en face de celle de la fille qui…

Je m'interromps.

Enfin. Waouh, ça, c'était de la logorrhée.

Une logorrhée d'émotions.

Jane se redresse un peu sur sa chaise.

— Ça a été dur, je répète. Et puis ça a été pire.

— Comment ça ?

— J'ai cessé de faire semblant.

— De faire semblant...

— Faire semblant que j'allais bien. Ma mère est restée un mois complet à Sacramento pour sa convalescence. Tout ce temps, je n'ai pas eu à éviter le sujet de la mort de mon père. Je n'ai pas eu à craindre qu'elle me surprenne à sortir en douce pour aller faire du kayak. Je n'ai pas eu à sourire quand elle passait devant moi avec son dîner pour aller manger dans son atelier au lieu de partager un repas avec moi. C'était comme si, après son départ, toute la maison était passée du noir et blanc au technicolor. Genre criard et saturé comme dans les comédies musicales des années cinquante.

Jane glousse.

— Moi aussi j'aime ces comédies musicales.

— C'était tellement bien de ne pas avoir à faire semblant. C'était tellement bien de pouvoir parler de mon père avec Tate. Avec quelqu'un qui avait des souvenirs de lui en commun avec moi. De manger avec quelqu'un matin et soir. Alors, quand ma mère est revenue...

— Tu as dû recommencer à faire semblant.

— Je n'ai même pas tenu le temps du trajet pour rentrer. Et puis, j'ai vu...

La rivière rouge sang tourbillonne dans ma tête. Cette semaine, chaque fois que je suis passée devant son atelier, j'ai songé à y entrer pour les détruire. Mais quand j'ai eu le courage de tourner la poignée, la porte était fermée à clé.

Elle m'avait enfermée à l'extérieur.

Protéger ses fantasmes morbides était plus important que tout le reste.

Je raconte à Jane la découverte des trois vitraux et la confrontation qui a suivi. Quand j'ai terminé, elle garde le silence pendant un long moment.

— L'art est quelque chose que ta mère et toi avez en commun, n'est-ce pas ? demande-t-elle enfin.

— Oui. Je suppose.

— Est-ce que tu t'es exprimée par le biais de l'art depuis l'accident ?

Je me hérisse.

— Vous êtes en train de dire que ce qu'elle a fait n'est pas grave ?

— Non, dit Jane. C'était incroyablement blessant. Et elle a dépassé un grand nombre de limites. Elle a tout fait pour ne pas parler avec toi non seulement de la perte incommensurable qui a affecté vos vies à toutes les deux, mais aussi du traumatisme énorme, tant physique que psychique, que tu as subi. Et maintenant, elle utilise l'art pour combler les trous à propos de ce qu'elle ignore de l'accident et de ce jour-là.

— Je lui aurais tout dit, j'insiste. Il lui suffisait de demander.

— Je sais, dit Jane. Et tu mérites de lui raconter ce qui s'est passé, autant qu'elle mérite de l'entendre au lieu de créer des scénarios dans sa tête.

— Elle veut les vendre, je chuchote. Les vitraux.

— Peut-être qu'elle déteste les regarder autant que toi, Penny, dit doucement Jane.

C'est une possibilité qui ne m'était pas venue à l'esprit.

— Alors, pourquoi les avoir faits ?

— Je suppose que l'art est sa façon de gérer le stress, dit Jane. Comme le rafting l'est pour toi. Ta mère a puisé dans sa boîte à outils et choisi celui qui lui était le plus familier. Le plus sûr. Elle s'est donnée à fond dans son travail, dans les histoires qu'elle s'est racontées sur l'accident afin de ne pas avoir à affronter ce qui s'est passé après. Les choix qu'elle a faits chaque jour depuis le drame. Parce qu'elle a fait de très mauvais choix. Et ta mère… elle a beaucoup de mal avec ses émotions.

— Elle n'est pas la seule, moi aussi, mais elle m'oblige à gérer en permanence les miennes et les siennes.

— Et ce n'est pas juste. Cependant, nous pouvons travailler ensemble à des moyens de poser des limites quand elle essaye de faire ça. La différence entre vous deux est que tu es consciente d'avoir des difficultés avec tes émotions, dit Jane. Tu es allée chercher de l'aide. Et tu as le travail que nous faisons ici à ajouter à ta boîte à outils.

— En gros, c'est à moi d'être plus mûre qu'elle ? je demande.

— En gros, tu dois savoir que tu as ton mot à dire quant au genre de relation que tu veux avoir avec ta mère, dit Jane. Ou si tu veux en avoir une, tout court. Tu peux poser tes limites. Tu as évoqué la difficulté à faire semblant après son retour. Le fait que c'était libérateur de pouvoir parler de ton père. Que se passerait-il si… tu continuais à parler de ton père ? Si tu lui demandais de prendre un dîner en famille ? Si tu lui disais que tu veux parler de l'accident ? Et si tu lui disais que tu comptes aller faire du kayak sur le lac parce qu'il n'y a pas de danger et que tu as besoin de cet exutoire ?

— Je ne sais pas, je réponds à voix basse.

Jane se penche en avant.

— Peut-être que le moment est venu de le découvrir.

SEPTIÈME PARTIE

ENFIN

(ou : La fois où nous avons trouvé
comment nous y prendre)

61

TATE
9 août

— Tu les vois ? je demande en tendant le cou au-dessus de l'évier, les yeux rivés sur l'allée plongée dans la nuit.

Pas de lumières de phares.

— Elles ne vont pas tarder, dit Penny.

Elle touille la sauce des pâtes qui a mijoté toute la journée sur la cuisinière.

Ce matin elle a fait un cake au citron, avec le fameux ingrédient secret – la gelée au citron. Il est sur le dessus du réfrigérateur, pour plus tard.

— Est-ce que je devrais aller chercher ta mère ? je demande.

— Oui, probablement, répond Penny.

Ces deux derniers jours, lentement, mais sûrement, Lottie a réintégré son atelier. Je l'ai suivie le premier jour de peur qu'elle tombe. Même si le docteur lui a recommandé de se déplacer, elle doit encore y aller doucement. Le deuxième, je me suis contentée de la regarder depuis le porche et d'aller la voir toutes les heures. Je lui ai apporté son déjeuner chaque fois et je l'ai aidée à rentrer au moment du dîner, qu'elle prenait dans sa chambre.

Je laisse Penny dans la cuisine, et me dirige vers le garage.

Il commence à faire nuit, maman et Marion sont parties tard ; le dernier rendez-vous de contrôle a pris plus de temps que prévu, mais les docteurs lui ont donné le feu vert.

D'une minute à l'autre, maman sera à la maison.

Ce sera fini. Ce sera le début.

(Le reste de nos vies. Maman en bonne santé. Épanouie. Je ne sais même pas comment le visualiser, et je suis impatiente de le découvrir.)

Je frappe doucement à la porte de l'atelier de Lottie, puis j'essaye de tourner la poignée. À ma grande surprise, cette fois, elle n'a pas fermé à clé. J'entre, parce que je ne veux pas qu'elle se lève avant d'être prête.

Il est là : son triptyque de douleur. Les draps ont depuis longtemps disparu.

Lottie est en train de le regarder, avachie dans son fauteuil.

— Maman et Marion ne devraient pas tarder à arriver, je lui dis. Le dîner est prêt à la maison. Veux-tu de l'aide pour rentrer ?

Elle hoche la tête, mais reste assise les yeux rivés sur les vitraux.

Puis elle prend une longue gorgée d'eau. Pitié, faites que ce soit de l'eau. Sinon, on est grave dans la merde.

— Je suis censée les emballer, dit-elle en agitant la bouteille en direction du triptyque. La galerie les attend.

— Tu vas vraiment les leur envoyer ? je lui demande.

Si elle le fait, je ne sais pas si Penny pourra le supporter.

Le visage de Lottie est comme une flamme derrière un parchemin de papier. Il s'assombrit avant d'être consumé par la lumière.

— J'allais le faire. Mais, maintenant...

Elle essuie ses larmes.

— La seule bonne décision que j'aie prise de ma vie a été de devenir amie avec ta mère.

Je ne peux même pas la contredire. Peut-être que c'est vrai. Ce qui est sûr c'est qu'elle a un historique plutôt pourri en matière de choix.

— Tu peux te demander ce qu'elle ferait à ta place.

Les yeux de Lottie se mettent à briller tandis qu'elle réfléchit à ma suggestion. C'est presque flippant, la façon dont ils balayent les vitraux, comme si elle essayait de les mémoriser.

Elle balance violemment sa bouteille contre celui du milieu. Ça arrive si vite, dans un mouvement si soudain, que je sursaute dans mes claquettes avant même que la bouteille heurte en plein dans le mille la rivière bouillonnante.

Le verre épais se fend sous l'impact, le chevalet vacille.

Crac.

Il tombe, entraînant dans sa chute les deux autres vitraux qui percutent le sol et volent en éclats, chaos de bleu de vert et de rouge.

Lottie se lève en tremblant et fait un pas vers les débris. Je la retiens, car elle ne porte que des chaussons. Elle lutte faiblement pour se libérer, mais j'ai si peur de lui faire mal que ma prise n'est pas très efficace.

— Tate ?! Lottie !

Des mains parcheminées m'écartent de Lottie, et je manque de m'écrouler de soulagement en constatant qu'il s'agit de Marion.

— Maman ? j'appelle avant même de la voir.

Elle se tient sur le pas de la porte et regarde Marion pousser Lottie dans son fauteuil aussi délicatement que possible afin qu'elle ne se blesse pas.

— Que se passe-t-il ici ? demande maman. Tate ? Ça va ?

J'acquiesce.

— Lottie ?

Lottie secoue la tête.

— J'ai merdé, marmonne-t-elle. J'ai vraiment merdé…

— Nous allons les réparer…, commence à dire maman, mais Lottie secoue de nouveau la tête.

— Non. Je n'aurais pas dû les faire. J'aurais dû lui parler. Je n'aurais pas dû merder.

— Qu'est-ce que… ?

Maman laisse sa phrase en suspens et interroge Marion du regard.

— Plus tard, dit cette dernière.

— Est-ce que tu m'as caché des choses ? demande maman.

— Oui, répond Marion, sans honte ni excuses. Tu as d'autres choses à gérer. Lottie, où sont tes chaussures ?

— Dans la maison, répond Lottie. Il faut que je nettoie ça.

— Il faut que tu mettes des chaussures, rétorque Marion. Et ensuite il faut que tu poses tes fesses sur un canapé ou dans un lit et que tu te reposes. Tu as une tête de déterrée.

— Maman, il faut que tu retournes dans la maison, toi aussi, je lui dis. Le trajet…

— Je vais bien, m'assure-t-elle. Lottie, que se passe-t-il ?

Lottie secoue la tête.

— Ça va, insiste-t-elle en se levant. J'ai juste besoin d'aller dans ma chambre.

L'idée qu'elle aille se terrer dans sa chambre pour un autre dîner pendant que je regarde l'espoir s'éteindre à l'intérieur de Penny me tue. Alors j'essaye :

— Nous avons préparé le repas. Tu devrais manger.

— Je n'ai pas…, commence-t-elle à dire.

Mais je l'interromps.

— Ça ferait plaisir à Penny.

Elle lève les yeux sur moi.

C'est comme si une lumière s'était soudain rallumée en elle.

— Vraiment ?

— Vraiment.

— Laissez-moi vous aider, les filles, dit Manou en se plaçant entre maman et Lottie.

Puis elles prennent le chemin de la maison.

Je les suis en fermant la porte de l'atelier derrière moi.

Mon regard tombe sur les éclats de verre qui scintillent sur le sol de ciment gris, et je sais que ce n'est pas suffisant.

Mais c'est un pas dans la bonne direction.

62

Penny
9 août

Le dîner est tout sauf parfait.

La sauce que j'ai préparée, elle, est absolument parfaite. Impossible de se rater avec les recettes de Manou. Mais dès que tout le monde arrive dans la maison, l'atmosphère devient bizarre. Ma mère a les yeux tout rouges, et Anna les sourcils froncés. Manou les installe toutes les deux sur le canapé, et Tate reste avec elles, pendant que ma grand-mère vient dans la cuisine me serrer dans ses bras un long moment.

— Tu tiens bon ? me chuchote-t-elle à l'oreille.

— Non, je réponds. Mais je pense que ça va venir. Grâce à toi, Tate et Jane.

Quand elle s'écarte, elle sourit, avec une pointe de tristesse chargée de regrets.

— Je suis désolée d'avoir laissé la situation dégénérer à ce point.

— Ce n'est pas ta faute.

— J'aurais dû intervenir davantage, dit-elle. Je n'aurais pas dû laisser ta mère interrompre ta thérapie. Je promets que ça n'arrivera plus.

— Je ferai en sorte que ça n'arrive plus, je réplique en songeant à ce que Jane a dit à propos des limites.

Les pâtes sont cuites. J'utilise la passoire pour les transférer dans la casserole qui contient la sauce, puis je les mélange pour qu'elles soient bien imprégnées.

— Il y a du pain à l'ail dans le four, je lui dis en apportant la casserole sur le comptoir pour servir les pâtes.

— Et tu as fait un cake au citron, dit Manou en repérant le gâteau au-dessus du réfrigérateur.

— Tate m'a aidée.

Elle a été adorable pendant cette semaine infernale alors que ma mère m'évitait au maximum et que je me faisais toute petite comme si aller voir Jane était une sorte de péché.

— Elle a fait beaucoup, commente Manou en sortant le pain et en commençant à le couper.

Tate m'a aidée sans relâche. Elle s'est interposée entre ma mère et moi. Lui a apporté ses repas pour que je n'aie pas à le faire. Elle est allée la voir toutes les heures, par précaution.

C'est si injuste. Je lui ai menti. Ainsi qu'à nos mères. Tout ça pour que mon autre mensonge ne soit pas découvert. Et au lieu de me laisser tomber comme elle aurait dû le faire, elle a convaincu ma grand-mère de faire du chantage émotionnel à ma mère pour qu'elle m'autorise à reprendre ma thérapie. Le plan de Tate pour aider Penny. J'en ai une capture d'écran sur mon téléphone. Je le regarde avant de dormir. Comme si c'était un talisman.

Quatre étapes pour commencer à comprendre.

Quatre étapes pour commencer à guérir.

Combien faudrait-il d'étapes pour me rapprocher d'elle ?

Le seul parmesan que nous avons se trouve dans les petits paquets qui datent de la dernière fois que nous avons commandé des pizzas. J'en ouvre un au-dessus de chaque portion de pâtes. Puis je dispose les assiettes sur mon bras et transporte les cinq avec l'aisance de quelqu'un habitué à survivre au rush du dimanche matin au Blackberry.

Manou me suit avec le pain à l'ail, et je distribue les assiettes. Puis je tire la table basse près du canapé de maman afin qu'elles puissent l'utiliser.

Je m'assieds à côté de Tate et je me rends compte que nous avons créé des camps : les mères sur le canapé de ma mère, et nous sur celui d'Anna. Deux miniconseils de guerre ennemis, prêts à négocier un traité.

— Ça a l'air super bon, dit Anna. Ne vous vexez pas si je mange peu. Ce trajet m'a coupé l'appétit.

— Veux-tu aller te coucher tout de suite ? demande Tate en se levant d'un bond.

On dirait qu'elle est prête à attraper sa mère et à la porter jusqu'à sa chambre.

— Non, répond Anna. Ce que j'aimerais vraiment c'est savoir ce qui se passe.

Un silence de mort tombe sur le salon. Je baisse les yeux sur mes pâtes.

Anna désigne Lottie.

— Tu as pleuré.

Puis Manou.

— Tu es évasive avec moi depuis ce coup de fil tardif la semaine dernière.

Avec un geste en direction de Penny elle ajoute :

— Penny est si nerveuse qu'elle est pratiquement en train de vibrer.

Et elle plante son regard dans le mien.

— Quant à toi, Tate, ma puce, tu as ce petit creux qui apparaît entre tes sourcils quand tu paniques intérieurement. Sans même parler des vitraux massacrés dans l'atelier. Je parie que ce n'était pas un caprice d'artiste.

Je lève les yeux sur ma mère.

— Tu les as détruits ?

Elle ne peut même pas me faire face. Au départ, je pense que c'est parce qu'elle est en colère, mais quand elle répond « oui », son regard croise le mien et ce n'est pas de la colère que j'y vois.

— Je suis désolée, dit-elle. Je n'aurais jamais dû accepter de les vendre. Et je n'aurais jamais dû les faire. Pas sans t'en avoir parlé d'abord. Ça aurait dû rester un croquis. Quelque chose juste pour moi.

Que se passerait-il si tu cessais de faire semblant ?

— Oui, je dis. Ça aurait dû être juste pour toi.

Anna fait naviguer son regard entre nous deux. Attentive à notre conversation, elle assemble les pièces du puzzle.

— Je ne veux pas te faire souffrir, Penny, dit ma mère.

— Alors, arrête, je rétorque.

Parce que en réalité c'est aussi simple que ça. Ça devrait être aussi simple.

Mais ça ne l'est pas. C'est un voyage. Peut-être le voyage d'une vie.

— J'essaye vraiment, dit-elle.

Ce sera le voyage d'une vie si elle peut s'investir dedans. Et j'ignore si elle en est capable. Je ne sais même pas si j'ai envie qu'elle le fasse. Si c'est réellement mieux de guérir ensemble et de se rapprocher au lieu de guérir en s'éloignant l'une de l'autre. Je pense que, parfois, s'éloigner de quelqu'un est la solution la plus saine. Il y a une partie de moi qui espère que ce ne sera pas le cas, mais une autre se demande si ce n'est pas inévitable.

— Alors, fais-toi aider, parce que essayer toute seule ne te réussit pas, je lui dis.

C'est un challenge. Et je ne crois pas qu'elle soit prête à le relever. Si elle a vu un psychothérapeute avant la greffe, c'est uniquement parce que, sans ça, elle n'aurait pas pu donner son foie à Anna.

Ses yeux s'embrasent, mais je me contente de soutenir son regard, déterminée à tenir bon. Incapable de continuer à jouer la comédie.

Si elle veut sa fille, elle va devoir m'accepter telle que je suis, et pas seulement l'enveloppe qu'elle aura vidée de ce qui ne lui plaît pas.

— C'est beaucoup demander, Penny.

— Non. Et si tu ne peux pas le faire pour moi ou pour toi, alors fais-le pour papa.

Ses doigts s'enroulent autour de sa serviette quand elle entend les derniers mots, comme si elle avait besoin de quelque chose de familier pour s'ancrer.

— Il aurait détesté te voir comme ça, je lui dis.

Et c'est la vérité. Ça l'aurait anéanti de la voir si triste. Si perdue. Si peu disposée à demander de l'aide.

— Moi aussi je déteste me voir comme ça, Penny, chuchote-t-elle.

C'est tout ce qu'elle peut me donner pour l'instant. Une reconnaissance de sa détresse. Peut-être qu'un jour nous en arriverons au point où celle-ci sera si grande qu'elle n'aura pas d'autre choix que de se faire aider. Je ne pense pas que ce soit pour aujourd'hui, ni même pour demain ou pour la semaine prochaine. Mais elle pourrait me surprendre. J'aimerais qu'elle me surprenne.

Mais qu'elle le fasse ou pas, je suppose que Jane a raison : ce sera à moi de décider si le fait qu'elle change me suffira.

Ce que je sais, c'est qu'elle et moi avons quelque chose que je n'ai pas eu avec papa : du temps pour nous retrouver, si je choisis de le faire.

Ma mère et moi avons du temps. Anna et Tate ont du temps.

Les seules personnes pour qui je crains qu'il soit trop tard sont Tate et moi.

63

Penny
11 août

— Je crois que nous sommes perdues.

— Mais non, insiste Tate alors que le pick-up est secoué par un méchant nid-de-poule.

Je regarde nerveusement derrière nous. La statue de l'ours Berry est attachée à l'arrière avec la dose de cordages, mais ça fait au moins quinze bornes que le bitume a été remplacé par du gravier, et devant nous le gravier cède la place à de la terre.

La livraison de Berry a été une galère dès le début. Il nous a fallu une éternité pour obtenir un jour de congé en commun afin d'y aller. Puis Remi n'était pas disponible. Du coup, je suis seule avec Tate pour trimballer cette statue géante à travers la forêt.

Les nouveaux propriétaires de Berry vivent au fond des bois du comté Nord. Un endroit approprié pour un ours taillé à la tronçonneuse, mais une plaie en ce qui concerne la livraison.

— Il est écrit de prendre la première à droite sur South Fork Road, dit Tate en désignant les indications griffonnées sur une serviette en papier que m'a donnée Remi. Jusque-là, toutes les routes secondaires étaient sur la gauche. C'est juste plus loin qu'on le pensait.

— On devrait appeler pour vérifier, je dis en m'emparant de la serviette et en sortant mon téléphone.

Mais il n'y a pas de réseau. Je ne sais pas à quoi je m'attendais. Si loin dans la forêt, nous sommes vraiment coupées de tout.

— Là ! s'exclame Tate. Un embranchement à droite.

Elle met le clignotant, telle une bonne élève, alors même que nous n'avons pas vu un seul autre véhicule de tout le trajet. Elle tourne et… *crac !* Soudain, nous basculons sur la droite, le corps de Tate glisse vers le mien, retenu par sa ceinture tandis que tout le côté gauche du pick-up se soulève.

— Merde, dit Tate.

— Est-ce qu'on vient de… ? Qu'est-ce qui s'est passé ?

Mon épaule est coincée contre la portière et la poignée s'enfonce inconfortablement dans mon flanc.

— Je vais regarder, dit-elle en se détachant avec une main, l'autre agrippée à la poignée de la portière.

Puis elle l'ouvre et se laisse tomber à terre.

Je l'entends jurer, mais comme je ne la vois pas, je me détache à mon tour et sors la rejoindre.

— Tate ?

— Par ici.

Je contourne le pick-up de Manou. Allongée sur le dos, Tate essaye de regarder en dessous. Maintenant que je suis dehors, je vois que la Chevrolet est affaissée sur un côté, la roue gauche tordue vers l'intérieur. À l'arrière, l'une des cordes a lâché et Berry penche dangereusement.

— On a heurté quelque chose ? je demande.

— Ça, répond Tate en désignant un long fossé peu profond creusé à l'entrée du virage quelques mètres plus loin. Un ralentisseur de fortune. Je l'ai pris de travers et ça a abîmé l'essieu.

— Merde. (Je m'accroupis à côté d'elle pour mieux voir.) Avec le poids de Berry à l'arrière, on ne va pas pouvoir utiliser le cric, ça serait trop risqué.

Tate s'extirpe de sous le véhicule et se relève en frottant son jean pour en chasser la poussière.

— Ça ne changerait pas grand-chose. On n'aurait pas pu le réparer ici.

Je regarde par-dessus mon épaule, puis la route devant nous. Rien que de la forêt.

— Nous sommes à au moins douze kilomètres de la route principale, peut-être quinze.

Tate examine le ciel à travers les arbres et dit :

— Il fera nuit dans une heure.

— Et nous n'avons pas de réseau. Manou va flipper en ne nous voyant pas revenir.

— Peut-être que quelqu'un va passer ? suggère Tate.

— Peut-être, je réponds. Avec un peu de chance.

— Et nos mères ont l'adresse, me rappelle Tate. Si elles ne nous voient pas rentrer, quelqu'un viendra nous chercher.

— Il va s'écouler un moment avant qu'elles se rendent compte qu'on ne revient pas. On devrait faire le point sur ce qu'on a sur nous.

— Bonne idée.

C'est le camion de Manou, donc la boîte à outils est bien fournie. Elle est juste difficile à atteindre, car je dois me glisser derrière Berry. Je me faufile entre la statue et la boîte à outils et tends ce que j'y trouve à Tate. Il y a une couverture en laine, un kit de survie avec une trousse de secours, une lampe-torche, un spray contre les ours, un grand sachet hermétique rempli de trucs à grignoter, deux bidons d'eau et trois fusées éclairantes que je ne vais certainement pas allumer en pleine saison des feux.

— Pas mal, dit-elle en étalant tout sur le hayon. Au moins, on ne mourra pas de faim.

— Manou et ses bonbons à la rescousse.

Je prends un sachet de M&M's et je l'ouvre. Assise sur le hayon à côté de la nourriture, je balance mes jambes.

— Si nous sommes coincées ici, qu'est-ce qu'on va faire toute la nuit ?

Les mots sont à peine sortis de ma bouche que je grimace, parce que merde, Penny. Dans le genre gênant, ça se pose là.

— Il y a un paquet de cartes dans le kit de survie, dit Tate.

— Ah bon ? Tu veux jouer ?

Elle confirme d'un hochement de tête, en prenant le paquet. Elle retire l'élastique et commence à mélanger les cartes. Pendant qu'elle nous distribue dix cartes à chacune, je divise les M&M's restants pour servir de mise.

Nous jouons jusqu'à ce que la nuit tombe et que le chant des criquets et autres bruits nocturnes battent leur plein. Puis je me lève pour allumer les feux de détresse. Nous sommes suffisamment sur le côté de la route pour que personne ne nous rentre dedans, mais mieux vaut être prudentes. Tate rassemble toutes les affaires dont nous avons besoin et les met dans la cabine. Ensuite, nous grimpons à l'intérieur.

Il n'est même pas 22 heures, et je suis complètement réveillée, avec trop de pensées qui se bousculent dans ma tête.

— Quelle semaine, je soupire en me laissant aller contre le dossier du siège.

— Quel mois, renchérit Tate.

— Quel été.

Je la regarde en disant ça et penche la tête, en souhaitant qu'elle fasse de même.

— C'est presque fini.

Elle dit ça comme si c'était censé être une bonne chose. Un réconfort. Mais mon corps tout entier rejette cette idée, comme si quelqu'un m'avait donné du sirop pour la toux en voulant me faire croire que c'était du sirop d'érable.

Parce que, d'une certaine façon, cet été m'a transformée.

Je ne peux détacher les yeux de son profil déterminé. Je n'en ai pas envie. Peut-être que si je continue à la regarder, elle finira par tourner la tête. Elle me récompensera avec ses yeux bleus et un jugement.

— Est-ce qu'on peut en parler ? je demande.

— Je ne sais pas..., commence-t-elle. De quoi ?

— De ça. De tout ça. Je sais que j'ai dit à plusieurs reprises que j'étais désolée d'avoir menti à ta mère, mais...

— Penny, ne fais pas ça.

Ses mots se superposent aux miens, comme si elle connaissait mes pensées avant qu'elles sortent de ma bouche.

— Je suis désolée, Tate. Pour ce qui s'est passé avec Laurel sur le parking du restaurant. Pour avoir laissé ta mère croire que...

— Je ne veux pas en parler, dit-elle en attrapant la poignée de la portière.

Je la suis. Cette fois, elle ne peut aller nulle part où je ne puisse la suivre.

— Je suis désolée d'avoir merdé, je poursuis en marchant derrière elle.

Elle est à trois mètres du camion, la lumière de la lune et des feux de détresse illuminent par intermittence son dos de rouge. J'hésite et m'attarde près du hayon.

— J'aurais dû corriger ta mère. J'ai été égoïste. C'était plus facile que de lui expliquer la vraie raison. Mais ce n'était pas juste vis-à-vis de toi, et je suis désolée.

— Très bien, dit Tate en se retournant. Tu es désolée. J'ai compris.

— Je suis désolée pour d'autres choses, je poursuis, car je peux le sentir : le temps qui file entre mes doigts en ce qui la concerne. Je suis désolée que tu aies dû mettre tes émotions de côté pour m'aider.

— Pas moi, dit-elle sur un ton féroce. Je peux être furieuse contre toi et t'aider en même temps. Ça s'appelle gérer ses émotions et faire la part des choses.

Je ris, et peut-être que ce n'est pas le meilleur moment, mais elle est tellement bizarre parfois. Elle me surprend toujours.

— Ce n'est pas tout, dis-je. À Yreka…

— Non. (Son expression se durcit.) Je ne parlerai pas d'Yreka. C'est dans l'accord de trêve.

Je me passe la langue sur les lèvres.

— OK. Alors je veux changer l'accord.

Les lumières rouges clignotent sur son visage et donnent à ses yeux une teinte plus foncée. De petites mèches rebelles frisottent sur ses tresses.

— Penny.

— On peut toutes les deux l'amender.

— Penny.

Ce n'est pas un soupir cette fois. Peut-être que c'est un avertissement. Peut-être une supplique.

Peu importe, je n'en tiens pas compte. Ce n'est jamais le bon moment. Alors je vais faire en sorte que ça le soit. Car bientôt il sera trop tard.

— Je veux parler d'Yreka.

Elle inspire si fort que ça doit être douloureux.

— C'est toi qui as voulu mettre cette clause dans l'accord.

— J'ai changé d'avis.

Ça s'affiche sur son visage : l'agacement. Et comme je m'y attendais, elle craque et demande :

— Pourquoi ?

Quatre mots. Si je les dis. Rien ne sera plus pareil. Je ne sais pas si je suis prête. Mais peu importe, je suis décidée à prendre le risque.

— Je t'ai entendue.

— Quoi… ?

— Dans le motel. À Yreka. Je ne dormais pas.

La vibration entre nous est comme l'air qui scintille un jour de forte chaleur. Il change votre perception.

— Tu…

— Je t'ai entendue.

Ses mains se crispent. Je veux les prendre dans les miennes. Je veux l'apaiser. Comment peut-elle ne pas savoir que c'est OK ?

Parce que ça n'a jamais été OK.

Nous nous sommes chamaillées. Elle a attendu et j'ai fui. J'ai menti, et elle est restée dans l'ignorance. Nous avons fait des erreurs, nous nous sommes trompées, et nous n'avons pas parlé des bons sujets. Nous nous sommes esquivées et nous avons fui comme des têtards tout en nous tournant autour.

Nous avons trop perdu. Nous avons aussi gagné, mais pas assez pour compenser ces pertes immenses.

Nous sommes là. Une fois de plus, nous sommes là. Elle et moi, respirant l'une dans l'autre, réunies par tant de choses, que j'ignore si je pourrais en faire la liste complète maintenant.

Je ne pense pas que je crois au destin.

Mais je crois en ça.

En elle.

En ce *nous*.

Elle me dévisage. Les feux de détresse clignotent.

— Dis quelque chose. S'il te plaît, Tate.

Et c'est tout ce dont elle a besoin pour s'animer.

— Tu es exaspérante, dit-elle, mais elle s'avance vers moi au lieu de s'éloigner. Tu rends les choses les plus simples si compliquées.

Ses yeux scintillent dans la brume rougeoyante. Trois pas de plus. Encore trois, et elle sera juste devant moi. Rien qu'à cette pensée, mon corps tout entier s'embrase.

— Être près de toi, c'est comme être larguée dans un labyrinthe sans guide, sans fil, et sans aucun sens de l'orientation.

— Je pourrais dire la même chose de toi ! je rétorque.

— Je suis une personne simple et directe, insiste Tate. Je ne suis pas un labyrinthe.

— Tu plaisantes ? Il y a tellement de choses qui se passent sous la surface que tu pourrais couler le *Titanic.*

— Donc, maintenant, je suis aussi froide qu'un iceberg ?

— Non, tu es profonde et inébranlable comme un iceberg. Ce n'est pas du tout la même chose. C'est toi qui évoques la mythologie grecque ! Qui fait ça ? Je suis censée être qui dans ta métaphore, le roi Minos, qui sacrifie des gens au Minotaure ?

— Plutôt celui qui a créé un labyrinthe insoluble, réplique Tate.

— Dédale, donc.

— J'hallucine, évidemment tu connais le nom du type qui a créé le labyrinthe, marmonne-t-elle au ciel. Tu vois, c'est exactement ce dont je parle : j'essaye de faire une métaphore et on se retrouve à discuter mythologie. Simple (elle balance sa main gauche d'un côté)… Compliqué.

Elle jette sa main droite de l'autre. Ses bras sont grands ouverts.

Comme une invitation.

Alors j'avance.

Un pas.

Deux.

Et ensuite, je n'ai plus besoin de bouger.

Parce qu'elle comble l'espace qui nous sépare par une sorte de saut qui fait vibrer mon cœur et naître l'espoir. Quand elle baisse les yeux sur moi, je sais. Je *sais.*

Cette fois, enfin, nous sommes sur la même longueur d'onde au même moment.

— Tu m'énerves tellement, dit-elle encore, mais il y a moins de conviction maintenant que je suis si proche.

Sa main trouve la mienne, et mes doigts trouvent une nouvelle maison, repliés en sécurité dans sa paume.

— Tu m'aimes, je dis, et le sourire qui s'épanouit sur mes lèvres est un défi. Sans peur face à la vérité.

Elle me regarde tandis que son pouce caresse mes doigts, son visage trahissant son combat intérieur.

— Tout va bien, je lui dis.

Je me penche et mes lèvres effleurent la main qui tient la mienne. Je pense au porche, il y a deux ans, à ses lèvres sur mes bandages. À la remise à foin, et à cette envie irréfléchie d'être choisie qu'elle avait éveillée en moi. Je pense à ce temps passé avec elle dans la salle d'attente, au son du tic-tac de l'horloge. Aux réveils matinaux, à cette ridicule bouteille d'eau et à beaucoup trop de flocons d'avoine.

— Je t'ai aimée avant de savoir ce que c'était, moi aussi. Et quand j'ai compris, j'ai pensé que je n'en étais pas digne. Et j'ai su que tu méritais mieux que moi.

— Eh, proteste-t-elle.

Toujours à me défendre, y compris contre moi-même.

— Eh, je réplique à mon tour d'une voix douce.

Et je lève la tête, et si elle ne se penche pas je vais devoir me hisser sur la pointe des pieds pour y arriver.

Mais elle le fait.

Je lève la tête et elle penche la sienne. Elle glisse une main autour de ma taille, j'accroche avec mes doigts l'un des passants de sa ceinture, et c'est comme toutes ces autres fois, cet instant frémissant où on est prêtes à se lancer, avant que ça parte en vrille.

Mais cette fois personne ne nous interrompt.

Cette fois je n'hésite pas.

Cette fois, elle non plus.

Cette fois ses lèvres trouvent les miennes, et elle a un goût de M&M's aux cacahuètes, tout comme moi sûrement. Sa main quitte ma taille pour se poser sur ma joue et elle m'embrasse comme si nous avions été séparées par une guerre. Une guerre dont nous avons été les instigatrices. Je n'arrive plus à respirer. Je n'arrive plus à penser, mais c'est bon. Je suis sur le point de mourir et de renaître ici même, surtout quand ses doigts appuient à cet endroit sous ma mâchoire dont j'ignorais qu'il pouvait me faire une telle impression.

Évidemment, c'est à ce moment-là que la Chevrolet émet un grincement retentissant sous l'effet combiné de l'essieu cassé et du poids de l'ours Berry, et qu'elle s'incline encore plus sur la droite. Ce qui n'aurait pas posé de problème si, à cause du mouvement, la dernière corde retenant Berry n'avait pas lâché !

— Merde.

Tate me tire hors du chemin juste quand Berry dégringole la tête la première sur le flanc de la montagne, impatient de ne faire à nouveau plus qu'un avec la terre. Sous l'impact, l'énorme mûre se détache de l'épaule de l'ours et nous dépasse en roulant de biais.

— Oh, la vache ! je m'exclame dans le silence choqué tandis que nous regardons la scène.

Puis j'éclate de rire.

— Quelle. Putain. De Journée.

Elle me dévisage et le sourire qui pétille dans ses yeux est comme la parfaite chute libre.

— Si terrible que ça, hein ?

— Il y a eu quelques points particulièrement positifs, je dis en glissant de nouveau les doigts dans le passant de sa ceinture pour l'attirer à moi.

— Vraiment ?

Cette fois, c'est moi qui l'embrasse.

Cette fois, il s'écoule un très long moment avant que je puisse répondre : « Vraiment. »

64

TATE
11 août

Alors oui.

C'est moi qui ai craqué la première. Plus tard, j'argumenterai que c'est elle qui m'y a poussée. Mais je fais le premier pas. Après m'être chamaillée avec elle à propos de mythologie grecque et du *Titanic*, j'embrasse Pénélope Conner devant un ours de deux mètres de haut qui essaye ensuite de nous écrabouiller en pleine forêt.

L'étoffe d'un conte de fées. Et ce n'est pas du sarcasme.

L'embrasser est comme me réveiller après un siècle. Tout me semble neuf.

(Je me sens neuve partout où elle me touche.)

L'aimer n'est pas nouveau. C'est un état permanent auquel j'ai fini par m'habituer.

Mais être aimée par elle ?

C'est comme toucher l'eau pour la première fois.

Et je sais.

(J'ai enfin trouvé ma place.)

ACCORD DE TRÊVE DE PENNY ET TATE

(établi le 22 juin, amendé le 11 août)

- Nous ne révélons pas à nos mères notre vraie date d'anniversaire. Plus facile que de tout expliquer.
- Je serai là pour toi.
- Tu seras là pour moi.
- Je t'aimerai.
- Tu m'aimeras.
- Ça sera dur par moments.
- Mais nous serons heureuses la plupart du temps.

Remerciements

J'ai essayé de trouver une chouette façon de diviser cette histoire en six parties, mais je ne suis pas autrice pour rien. Les chiffres n'ont jamais été mon truc.

Un livre est un travail d'équipe à bien des égards, et je tiens à remercier les formidables personnes bourrées de talent qui ont participé à la création de celui-ci.

Un énorme merci à mon éditrice, Lisa Yoskowitz, qui m'a ouvert les portes du monde de l'édition il y a presque dix ans, et qui après tout ce temps a vraiment compris ma modeste ode aux structures de fanfiction et aux amours saphiques avec une lente montée en tension. La vie m'a balancé un paquet d'obstacles lors de l'écriture de ce livre, et je te suis reconnaissante pour tes conseils ainsi que le naturel et la délicatesse dont tu as fait preuve dans ces moments-là.

Merci également à ma fantastique éditrice britannique, Rachel Boden, pour sa perspicacité et ses notes qui m'ont encouragée à creuser davantage.

Merci à mon agent, Jim McCarthy, qui après plusieurs livres remplis de meurtres n'a pas cillé quand j'ai dit :

« Alors, j'ai écrit ce livre qui parle de presque s'embrasser et de l'accès aux soins médicaux en milieu rural... » Je t'apprécie énormément et j'adore ton goût pour les cardigans avec des chats.

Merci à Lily Choy, dont l'œil structurel a été une véritable bénédiction pour ce projet. Et merci à Caitlyn Averette pour son aide.

Merci à Kathleen Cook, dont l'attention aux détails et la ligne temporelle ont été grandement appréciées, et nécessaires, car je m'étais trompée de quelques jours !

Merci à l'incroyable équipe de PAO pour l'extraordinaire couverture. Un merci tout particulier à Kim Ekdhal qui a donné vie à Penny et Tate avec ses magnifiques dessins, et Jenny Kimura pour le superbe travail fait sur l'extérieur et l'intérieur du livre.

Merci à Cheryl Lew, Emilie Polster, Andie Divelbiss, Savannah Kennelly, et Christie Michel pour tous les efforts fournis pour la promotion et la commercialisation de ce livre.

Merci à mes formidables amis qui m'ont écoutée gémir sur mes difficultés à structurer correctement cet ouvrage : Elizabeth May, Charlee Hoffman, Dahlia Adler, Jess Capelle, Sharon Morse, R.C. Lewis, Romily Bernard, et tout le monde dans le Trifecta.

Et merci à K, qui a dû conduire à travers un autre feu de forêt pendant que j'écrivais ce livre. Un jour, mon amour, promis, je ne serai pas en retard sur mon planning quand nous devrons évacuer.

Imprimé en France par
CPI Brodard & Taupin
en juin 2023

Composition réalisée par Nord Compo à Villeneuve-d'Ascq

#lisez! engagé
www.lisez.com
Pour plus d'information :
Imprimé sur du papier issu de forêts gérées durablement.

N° d'édition : 65580/01 – N° d'impression : 3053435